“双一流”建设丛书 · 学术新锐系列

变革时代的镜像

——中国现实主义文艺40年解析

（1978–2018）

张　宏◎著

中国传媒大学出版社
· 北京 ·

目录

前　言

作为一种文艺实践方式，现实主义在人类文化建设的历史进程之中居功至伟，以其为方法而创作出的诸多伟大作品在灿烂的世界文化长河中至今星光璀璨、熠熠生辉。同样，现实主义创作也是中国现当代文学的主体部分，是中国社会主义文艺发展的核心内容。无论是革命历史小说等优秀的红色经典作品，还是新时期以来路遥、张贤亮、张承志、王蒙等人的创作，都具有鲜明的现实主义特征。与此同时，在中国社会主义文艺繁荣发展的时代进程中，现实主义并不是一个静态的僵化概念，而是与时代同步发展的，并且呈现出动态和充满活力的文艺特质。这是因为，作为一种人们感受和认知现实的审美实践，现实主义的本质不仅在于它的文学性，更在于它的时代性。而当代文学批评的作用就在于使这种本质明晰化，并通过对文本的创造性阐释，呈现一种关于个体处境与当代现实的新认知。基于这一认识思路，笔者在 2004 年进入中国传媒大学任教以来，就一直将中国新时期以来的现实主义文艺作为主要研究课题之一，并且陆续发表了十余篇文章。现在，承蒙中国传媒大学传媒学术新锐资助奖励项目的支持，这些论文终于有了结集成书的机会。不过，在书稿形成的过程之中，笔者也对原来的文章进行了必要的修改，并且增加了部分新近研究的内容。

概括地讲，本书的主要研究对象为 1978 年到 2018 年中国现实主义的文艺实践，主要内容包括：一是现实主义理论的历史梳理与时代创新研究；二是改革开放的时代语境下现实主义的创作流变及批评研究，涉及对 20 世纪 80 年代“新启蒙主义”文学实践的反思、对 20 世纪 90 年代以来“主旋律”文艺的脉络梳理、对 21 世纪初期崛起的“底层文学”的关联研究、对大众文化对现实主义文艺的影响解读等；三是新媒体语境下文艺创作的现实主义流变研究；四是新世纪现实主义影视作品分析研究。当然，因为这一时期相关的现实主义文艺作品体量庞杂，笔者才力有限，研究肯定存在不足和遗憾之处，这也为以后的继续研究提供了必要的理由。

“文变染乎世情，兴废系乎时序。”书稿的修订时间，恰逢必将载入史册的新世纪庚子年，笔者深切感到，当下中国社会正处在一个伟大的新时代，文艺创作有责任参与、反映和解释这种时代变革，关注社会现实，感知国运变化，讲好中国故事，体现时代风貌。因此，在本书出版之际，笔者由衷地希望，面对新的历史阶段，能够有更多的文艺创作者在把握习近平新时代中国特色社会主义思想的前提下，以历史的眼光对社会现实的发展进行科学判断，固守文艺创作的时代方位和使命责任，守正创新、开拓进取，为人民创作出更多“有筋骨、有道德、有温度”的现实主义文艺精品。

第　一　编

历史与当下：
现实主义文艺的脉络梳理与时代诉求

现实主义创作在中国的历史嬗变与当下意义*

作为一种重要的文艺实践方式，现实主义创作在中国经历了一个曲折和复杂的演变过程。今天在文学和影视等领域，现实主义创作重新开始活跃，并被赋予新的时代意义。而对其历史嬗变的考察与梳理，可以帮助我们更加清晰地认识文艺与现实的密切关系，了解当下文艺的发展状况，并从中获得丰富的创作启示。

一、现实主义文学的历史演变

现实主义在各国的文艺实践中都历史久远，不过，作为一种系统和成熟的创作方法则开始于 19 世纪初期的法国。1820 年代，司汤达在《拉辛与莎士比亚》中提出了一系列现实主义的创作原则，如强调伟大的作家应该表现他们的时代，以及文学需要反映时代的变革等。1830 年代，在法国、英国等资本主义国家，现实主义思潮开始迅速崛起，并发展成为“19 世纪一个主要的，而且是最壮阔、最有益的”文学潮流。[①]

20 世纪初期，现实主义被早期接触西方思想的知识分子介绍到中国。1902 年，在梁启超《论小说与群治之关系》中，就出现了“理想派小说”与“写实派小说”的提法，这大约是浪漫主义和现实主义最早的中文表述。之后，以新文化运动为标识，中国现代文学应运而生，写实也成为文学革命的先驱者们大力倡导

---

* 本文发表于《文学评论》2010 年第 2 期，原题目为《论现实主义创作在中国的历史嬗变与当下意义》。收入本书后，部分内容做了修改。

① 高尔基.和青年作家谈话[M]//高尔基.论文学.北京：人民文学出版社，1978：335.

的创作方式。陈独秀就宣称："吾国文艺，犹在古典主义理想主义时代，今后当趋向写实主义。"[①]其时，"乡土中国"面临空前激烈的社会变局，正是问题小说和以鲁迅的《故乡》等为代表的中国乡土小说倡导关注现实、揭示问题，并且书写了当时中国包括城乡、婚恋、劳工、家庭、教育、伦理在内的几乎所有问题。此后，现实主义创作贯穿了中国现代文学的整个发展脉络，并且涌现了茅盾等以史诗眼光观照现实、以生活横截面来再现社会的现实主义经典作家。与此同时，在国族危难的时刻，以笔参与现实，关注社会问题，思考和表达现实困境，并用文艺独有的方式进行回应和解答，成为当时具有良知的艺术家不谋而合的创作观念。

20 世纪 30 年代，马克思主义经典现实主义思想和社会主义现实主义理论也先后被推荐到中国。1933 年 4 月，瞿秋白在《现代》第 2 卷第 6 期发表《马克思、恩格斯和文学上的现实主义》，向中国介绍了"莎士比亚化"和"席勒式"的论述。同年 11 月，周扬在《关于"社会主义现实主义与革命浪漫主义"——"唯物辩证法的创作方法"之否定》中，第一次将苏联的社会主义现实主义理论引入中国。之后，社会主义现实主义逐渐成为左翼文学遵循的一种"先进"的创作理论，在 20 世纪 40 年代解放区的延安文艺整风中，特别是在毛泽东发表《在延安文艺座谈会上的讲话》后得到巩固，并且在 20 世纪 50 年代被"普及"到新中国的整体文艺实践中，成为贯穿"十七年"文学的主导文艺思想。

新中国成立以后，现实主义创作仍然是大部分时间里的文艺"主旋律"，并且出现了"三红一创"等代表作品。不过，由于社会主义现实主义文艺创作的内在规定，这一时期的文艺创作中广泛存在着政治正确、公式化、概念化、简单化的弊病。而试图超越这一内在规定的举动，如胡风提出的"主观战斗精神""精神奴役的创伤"，"双百"时期提出的"写真实"和"干预生活"的口号，作品如萧也牧的《我们夫妻之间》、赵树理的《"锻炼锻炼"》、王蒙的《组织部新来的年轻人》等，以及关于文艺真实性、现实主义创作道路、"中间人物论"等围绕着现实主义的争论，最终都没有获得预期的效果。1966 年到 1976 年的特定历史时期，"三突出"等原则的提出，更是让社会主义现实主义创作走向了反现实主义的道路。

简要地说，此前现实主义在中国的发展，主要源于以下三方面的理论和创作资源：新文化运动时期对 19 世纪欧洲现实主义的继承；20 世纪 30 年代左翼

① 陈独秀.现代欧洲文艺史谭[M]//陈独秀.陈独秀著作选 第 1 卷.上海：上海人民出版社，1984：156.

文学对苏联社会主义现实主义文艺理论的引入；20 世纪 40 年代解放区文艺理论和实践的发展。而在新中国成立以后，在文学一体化的过程中，左翼文学成为唯一的文学事实，社会主义现实主义也就成了举国遵循的文艺规定。

20 世纪 80 年代伊始，“伤痕文学”“反思文学”“改革文学”等仍然沿袭了现实主义的创作方式，它们以对“文革”的批判、否定与告别，表达了自己对“大写的人”的诉求，并宣告了一个“现代化”时期的到来。这一时期的文学，也因为其对“五四”精神和欧洲启蒙思想的重新接轨，而被后来的一些学者称呼为“新启蒙文学”。①

1985 年前后，西方现代主义思想和文学在中国受到广泛关注。与此同时，在文学主体论和文学本体论的指引下，标举从“写什么”到“怎么写”的“纯文学”成为影响中国文坛的主要理念。此后，文学或者从“向外转”变为“向内转”，强调个人至上的“人的文学”；或者止步于“能指的循环”，津津乐道于文字和符号的游戏。结果，文学丧失了对社会现实的关注性和批判性。1990 年代，市场化浪潮席卷中国，“纯文学”因为其自吟自唱的写作方向而陷入无人喝彩的困境，成为詹明信意义上的“失败的形式”，“人的文学”也蜕变成为书写身体欲望与感官刺激的商业文学。可以说，“新启蒙文学”在反抗套在当代文学头上的政治教条的同时，也同中国文学的现实主义传统渐行渐远。

二、现实主义视野下的中国影视

现实主义创作不仅是属于文学的专利，也广泛存在于影视等其他艺术领域之中。中国电影在很长时期内与现实主义关系密切。无论是早期的默片和左翼电影，还是新中国成立之初的“红色经典”电影，都曾经出现过一批反映时代风貌的现实主义力作，并且在社会上影响巨大。同样，在新中国，电视剧从诞生之日起就和现实主义的艺术表现形式联系紧密。《一口菜饼子》《新的一代》《养猪姑娘》《共同进步》《家庭问题》等早期电视剧，都属于反映时代风貌的现实主义作品。

1980 年代以来，中国影视再次沿袭了现实主义的创作方式，并且出现了许

① 关于“新启蒙文学”的论述，可参见：汪晖.当代中国的思想状况与现代性问题[M]//孟繁华，林大中.九十年代文存 1990—2000.北京：中国社会科学出版社，2001。

多优秀的作品，如谢晋、吴天明等第三代、第四代导演的部分电影作品，反映改革题材的电视剧《乔厂长上任记》《新星》等。这些影视作品以其振聋发聩并贴近生活的现实主义主题，赢得了前所未有的良好反响或收视率。于是，“乔厂长”成了改革者的代名词。登载过小说《新星》的过期《当代》杂志也因为很多人排队购买而销售一空。

1990年代以降，市场经济大潮袭来，置身在全球化语境中的中国影视，逐步为商业诉求与资本逻辑所支配，一些电影大片沉溺于自己空中楼阁式的想象中，和社会现实越来越远。在此语境下，现实主义作为一种艺术表现形式，已经不能满足商业电影的需要了。21世纪以来，这种情况在中国电影大片中愈演愈烈。但是，在其票房数据节节走高的背后，却普遍存在着票房与口碑背离、叫座不叫好的情况。造成这种情况的原因有许多，其中一个重要的原因就是这些电影片面强调商业逻辑，以制造娱乐“笑果”为目标，刻意回避、遮蔽甚至脱离对中国现实的思考。正如评论家在论及这些中国大片时所指出的那样：“在根本上来说，这些大片是反市场、反艺术的，因为它以垄断性的宣传和档期取代了市场的自由竞争，以华丽的外表和大而无当的主题、支离破碎的故事取代了对现实的关切与艺术上的探索，以海外资金与跨国运作取代了对民族国家的认同。”①

在电影趋向消费主义逻辑的同时，电视剧也长时间陷入了“娱乐至上”的误区。1990年代，由于在商业运行方面准备不足，内地电视剧市场惨淡，港台剧一直占据着内地电视剧市场的主要份额。进入21世纪，内地电视剧的播出仍然长时间沿袭了“剧集当家，娱乐做主”的陈旧模式，“美潮过后是韩流，你方唱罢我登场”。在引进电视剧的挤压之下，内地电视剧迅速抛弃原有的现实主义创作方式，开始向消费主义和娱乐化需求转化，一时间，荧屏充斥着“爱得死去活来的言情”与“飞来飞去的侠客”，间或穿插“我爱我家”式的室内剧和“戏说历史”式的古装剧。但是这种商业电视剧更多地从反映市场逻辑的收视率考虑，而在思想艺术和现实表达方面乏善可陈，其类型化和模式化的叙事套路很快就引起观众的反感。

可以说，无论是文学还是影视创作，在1990年代以来的中国文艺界都普遍出现了一种唯娱是从、以乐为上的创作方式。“我就是一个码字的”与“老百姓图的就是一个乐子”成为文艺创作者的身份认同与实践目标。其在创作中表现

① 李云雷.中国电影：“大片时代”的底层叙事[J].艺术评论，2008(3)：43.

出来的则是对现实的遮蔽、虚构和意义真空，从而成为不及物的“空洞能指”。它们在叙述上尽管充满了各种中国表象与历史符号，却与真正的中国现实无关。同经典现实主义和左翼文学中的革命现实主义相比，它们更像是投机和媚俗的现实主义、装饰门面的现实主义、裸露私欲的现实主义。这些伪现实主义“制造”娱乐也“生产”现实，其实质却是国家话语与资本逻辑合谋的结果。在它们的“制造”和“生产”下，现实变成了鲍德里亚笔下的类像。和摹本不同，类像没有原本，因此它们可以无限复制并且理直气壮地宣称它们中的每一个都是原本。社会因此而进入一个“仿真”的时代，在这个时代里，现实和类像一样，都是文化生产出来的幻象和符号，于是便无所谓真实或者虚构。或者更准确地说，虚构已经成为真实的一部分。鲍德里亚把这种状况称为超级现实主义，而真正的现实主义就在这种后现代的文化游戏中被谋杀掉了。

进入21世纪，伪现实主义在中国不断地翻新花样，2009年以来流行的“山寨文化”就是最新的一个变种。作为2009年的潮流词汇之一，“山寨”最早是指国内一些厂家复制国外名牌产品制作的廉价产品，如“山寨手机”等，随着其涵义的不断延伸，人们将那些通过模仿、复制、拼贴和翻拍生产出来，然后再通过各种本土符号和现实表象打扮成中国化、现实化和原创化面目的文化产品，都形象地称为“山寨文化”。电视剧《丑女无敌》就是其中的一个代表，这部翻拍自美国热播电视剧《丑女贝蒂》的作品，通过各种中国元素改头换面成为国产电视剧。在这种转化过程中，美国社会及其文化表征都成了中国的“现实”存在，而在这种现实被精心构造出来的同时，真正的现实却被遮蔽了。

造成这种状况的表面诱因是市场经济的确立，其深层原因却是在时代转型之后，知识界和文艺界在面对中国现实的时候，在思想准备上的匮乏和无法应对，在价值观念上的矛盾和危机，在创作态度上的消极逃避和主动妥协。1980年代后期，以市场经济和城市化为核心的中国的现代化进程开始了新一轮改革。之后，一个贫富差距不断扩大、利益日趋分化的世俗社会迅速形成，这也导致社会话语的分裂与思想意识的混乱。1980年代以来，以启蒙思想为文化标识和社会共识的主流价值观开始瓦解，物质坚硬、欲望狂欢、市场独大、消费凸显，昔日建构的所谓“大写的人”如今已经“习惯死亡”，一个建立在新自由主义逻辑上的新意识形态开始形成。历史在“进步”的同时，宣告了一个渴望着“进步之乌托邦”的“美丽新世界”的破灭。也因此，这一时期被一些学者称作有别于“新时期”的“后新时期”。在这一过程中，现实发展与知识界的文化期待和社会理想产生激烈摩擦，一些艺术家的创作理念和创作方式也因此发生了剧烈的变化。在很大程度上，文艺创作以追求大众化和世俗化为理由，呈现出向粗鄙化、庸俗化、戏说化和感官化靠拢的倾向。于是，我们看到了标榜“零度写作”“原生态”的新写实小说，热衷戏说和消解的新历史小说，还有迎合消费欲望的隐私写作、身体写作和叫喊写作。这些书写，或者用对于“一地鸡毛”式的日常生活的热爱来完成对理想的告别、表达对现实的全盘认同，或者用彻头彻尾的语言游戏和文字狂欢来掩饰对于现实表述的无力和逃避，或者用每况愈下的感官刺激来实现对消费主义逻辑的主动接受与殷勤迎合，却都反映了创作者在时代变化和商业大潮中价值暧昧和无力抗拒的尴尬心态。这种状况同样也出现在影视领域，无论是片面追求视觉刺激、游戏精神、解构主义和娱乐“笑果”的商业大片，还是以戏说、言情、古装和武打为代表的类型电视剧，在一味地迎合市场逻辑和商业需要的同时，也折射出了其作为现实表征和意义符号之一种，在面对现实时其在思想意识和价值取向上的混乱、无力、回避和失语。

三、现实主义的困境与创新

狄更斯在《双城记》的开篇写道：“这是一个最好的时代，这是一个最坏的时代。”其时，资本主义在西方正在经历一个充满着“鲜血和肮脏”的上升期，面对巨变的社会现实，艺术家们不约而同地选择了现实主义作为抗争的方式。20 世纪末期以来，中国的社会主义实践正在经历一场新的变革，中国的艺术家们却以各种冠冕堂皇的理由，纷纷抛弃了现实主义创作。这种抛弃的代价是有目共睹的，那就是抛弃了现实思考的文艺，也将为现实所抛弃。这些年众声喧哗、名目繁多的文艺实践最终却在现实社会中被不断边缘化，本身就是一个最好的回应。可以说，变革的时代需要现实主义的诉说、思考和阐释。正如作家梁晓声曾经宣布的那样：“新时期文学曾试图肩负起的一个重要的使命，便是向往着完成现实主义的复归。但是令人遗憾的是，在这个曲折复归的过程中，它不但时时招致僵化的文艺观念的顽强阻止，也经常受到来自‘中国式’的某些‘现代主义’文学团伙的轻蔑和贬斥。这使中国的现实主义文学一直不得不于当代侧身而立，并且在伤痕累累中仰倒”，“我确信，现实主义，至少在今后十年里，仍将继续它的复归实践，而不是在伤痕累累中彻底倒下。我所言现实主义，不唯是一种‘创作方法’，更是一种文学宗旨——对现实社会予以极大关注，而非故作仪态地逃避的宗旨。在中国，文学必将补上‘现实主义’这一课，一切脱离‘现实主义’内容的形式上的‘现代主义’，实在是撑不起中国当代文学的巨大骨架”。①

正是在这样的时代语境之下，有关现实主义的讨论成为21世纪以来的重要话题。不过，作为一种具有极大包容性和时代适应性的文艺创作方式，现实主义要想在今天重新焕发生命力，就不仅需要摆脱各种话语权力的“规训”，还要汲取新的思想和艺术资源。同时，它还需要创作者在面对现实的时候，具备马尔库塞意义上的“新的感受力”。近年来，底层叙事在中国文坛的出现，就体现了在这一方向上的努力。和把“贴近现实”变成不加评判地复制和无条件地认同现实的新写实小说不同，底层叙事并没有将普通人的生活简单化与平面化，作家贴近现实却没有与现实完全吻合，而是对现实保持一种有距离的审视、反思和批判的态度。因此，底层文学不仅为学院研究者所认可，也为广大的普通民众所接受。此后，底层叙事成为文艺界最重要的热点之一，并从文学扩展到影视等领域。不过，由于无法完全脱离政治限定，且在思想和理论资源上缺少更加有效的支持和推动，底层叙事“前进”的步伐显得异常艰难，这也让一些评论家对其在当下及可见的未来能够到达的高度持有争议。

在影视界，开始于1980年代末期的“新纪录运动”一直持续至今。“新纪录运动”在创作方式上倡导纪实性拍摄，大量应用访谈、现场录音、长镜头等手段，强调创作的自主性，关注普通人的生活和社会的变迁。进入21世纪以后，“新纪录运动”仍然在此脉络下延展，并且更加强调底层叙事。除了纪录片之外，在大片对当下的现实集体失语的时候，贾樟柯等独立制作出身的中青年导演，更多地承担了叙述现实的工作，在对底层疾苦和现实生活的关注中，发展出了独特的艺术形式。2006年上映的电影《三峡好人》就是一部有关底层叙事的作品，并得到了知识界的极高评价，被认为成功地“记录了可以看作中国现代化进程中一个缩影的现实场景，记录了我们这个巨大的变迁时代的毁弃、伤痛和代价，记录了人民在这个大变迁的年代遭受的冲击和无力”②。不过，《三峡好人》虽然获得国际大奖和知识界的好评，却在国内票房上成绩惨淡，这也让评论家们对

---

① 梁晓声.关《浮城》的补白[N].光明日报，1994-03-02.

② 崔卫平.大片呈现低矮的人性，小片呈现低矮的现实？[N].晶报，2008-11-19.

现实主义电影在和商业大片的竞争中表现出担忧。实际上，目前现实主义电影基本是小制作，为一些小范围的观众所欣赏，并且普遍存在“叫好不叫座”现象。对于坚持现实主义电影的创作者来说，在文艺日益为资本逻辑所支配的今天，他们所要面对的只能是一条“光荣的荆棘路”。

2002年，一部反映革命历史和当代生活题材的电视剧《激情燃烧的岁月》在全国各地轮番热播，让人们重新看到现实主义对电视剧创作的宝贵价值。此后，中国电视剧的创作开始由凌空虚蹈的追求娱乐逐渐走向对真实历史和现实生活的关注。随后，反映农村题材的电视剧《民工》《星火》，反映革命和当代军人形象的电视剧《亮剑》《士兵突击》，讴歌革命者坚定信仰的电视剧《人间正道是沧桑》《潜伏》陆续热播，并不断创造收视率纪录。

福柯在研究话语与权力的关系时认为：重要的不是话语讲述的年代，而是讲述话语的年代。按照福柯的说法，考察革命历史叙事在当下掀起的热潮，无疑显得意味深长。正所谓所有的历史都是当代史，对革命历史的叙述只不过是另一种更加耐人寻味的现实主义叙事。曾几何时，“新启蒙”主义大行其道，“个人”替代了“人民”、利己主义替代了集体意识，于是人们开始“告别革命，躲避崇高”，在市场经济浪潮之中，纷纷把新自由主义和消费主义看成支配自己生活实践的内在逻辑，一些既得利益者的个人欲望不断膨胀，却对贫富差距不断扩大、底层民众生活苦难的社会现实漠然视之。可以说，《亮剑》《潜伏》等革命历史题材电视剧的热播，折射出来的更多是当下中国的社会症候。这不仅是因为举国庆祝中华人民共和国成立60周年之时，观众对重启红色记忆和向革命先烈致敬的热情，也不仅是因为对革命历史的不断叙述是在当下全球化语境中保持本土化品质和实现国族认同的有效路径，更是因为在这些电视剧里反映出来的主题，例如对革命理想与精神信仰的虔诚与坚守、对国家命运与人民苦难的忧患与关注、对个人欲望和民族利益的无私选择与大义舍取，正是我们这个时代所欠缺和需要的，因此才能获得当下民众的广泛好评。

不过，正如许多主旋律电视剧因无法突破既定的规定而形成让人审美疲劳的模式一样，革命历史题材电视剧也因沿袭了以史为鉴的叙述策略，最终只是对当代社会的一个隐喻。而要在既定的规则与要求之下，创作出直面社会、思考问题和反映民生的现实主义作品，中国电视剧还有很长的路要走。

四、现实主义创作的当下意义

改革开放至今，中国社会以后发国家的身份成为全球化浪潮中的一员，并且正在经历着一场巨大的变革。进入21世纪之后，以市场经济为核心的全球化不断发展，在导致世界经济日益一体化的同时，也潜移默化地促使世界各地的人们在思想和文化上不断趋同化和单一化。不过，正如学者们纷纷指出的那样：这种一体化演变的背后，是西方强势文化符号和价值观念的不断输出，是表征资本逻辑的文化霸权的全面胜利。如果说，在1980年代，国人还在为主动加入全球现代化进程欢欣鼓舞，那么，今天人们更多看到的是全球化进程背后潜在的文化和价值灌输，以及给异质文化者带来的认同焦虑和价值危机。而“如何在‘全球化’的背景下保持文化的自主性？如何让价值的、伦理的、日常生活世界的连续性按照自身的逻辑展开，而不是又一次被强行纳入一种‘世界文明主流’的话语和价值体系中去”[①]，这已经成为包括中国在内的第三世界知识分子普遍思考的问题。在此语境之下，重倡现实主义无疑具有更加迫切的当下意义。

但是，在今天我们再次关注现实主义的时候，也有必要对其进行重新审视。这是因为在世界文艺的发展过程中，现实主义出现了诸多的历史嬗变和争议。即使在当代中国，不同时期对现实主义的理解也有所不同。众所周知，经典现实主义理论包含真实性、典型性、人民性与倾向性四点，但其核心理念却是对社会进步的渴望和对社会问题的批判乃至于对抗。真正的现实主义创作贴近和直面现实，却始终对现实持有一种质疑、批判、反思和超越精神，并且和现实保持一种必要的张力。这就要求创作者在创作态度上必须坚持对社会现实的严肃思考和对广大人民生存状况的真诚关注。因此，真正的现实主义创作者必须成为“社会的良心”，具备一个知识分子必备的独立思考精神和坚定的价值评判系统。可以说，在现实主义的发展历史上，虽然出现了诸多流变，但其核心理念却一直存在。而一旦这种理念丢失，就会出现各种各样的打了折扣和问号的现实主义，甚至是形形色色披着现实主义外套的伪现实主义。

回顾中国当代历史，因为各种外力的介入，现实主义的发展也不尽如人意，

---

① 张旭东.全球化时代的文化认同[M].北京：北京大学出版社，2005：1.

甚至经常成为不同话语权力驱使的“喉舌”和“工具”。在这个意义上，我们反思“统一规范”的社会主义现实主义，因为其“一体化”的实践过程最终走向了现实主义的反面；我们批判新写实主义，因为其将现实和真实合一的书写逻辑同现实主义的创作精神相违背；我们还质疑新现实主义，因为其严格按照国家话语制作的“订货”在某种程度上只不过是社会主义现实主义的继续；我们更反对各种“制造”娱乐的伪现实主义，因为其在平民化、大众化的时尚包装下存放的却是一个犬儒的灵魂。当然，在反思之余，我们也必须承认在国家话语和资本逻辑的双重夹击下，现实主义创作在当下中国处境艰难，但这并不意味着在各种规定、挤压和诱惑之下，现实主义就没有了施展的空间。相反，无论是在“三农”问题、农民工问题、下岗职工问题，还是贫富差距和社会分配问题上，现实主义创作都有着不可替代的重要性。进一步说，只要现实中还存在底层等各种弱势群体、社会矛盾和不公，现实主义就有其存在的合法性。

在这里，我们重提现实主义，不仅是提倡一种文艺创作的主张、原则、方法和风格，更首先是提倡一种创作的基点和态度。别林斯基曾经说过：“没有一个诗人能够由于自身和依赖自身而伟大，他既不依赖自己的痛苦，也不依赖自己的幸福；任何伟大的诗人之所以伟大，是因为他的痛苦和幸福深深植根于社会和历史的土壤中。”[①]这就要求作家具有严肃和虔诚的写作动机，以及对真理的渴求与对“沉默的大多数”的真诚关注。笔者以为，这一点对我们理解现实主义至关重要。一个具有现实主义创作态度的人，即使并不拥有政治正确的世界观，也会在理性思考和客观呈现的双重要求下，遵循不以创作者个人意识为转移的艺术规律，写出能够经受生活和时间考验的、具有真实性和典型性的优秀作品，从而像恩格斯评价巴尔扎克那样，获得“现实主义的伟大胜利”。因此，我们反对图解概念、理论先行的写作方式，强调作品的倾向性是从现实主义文本中自然和有机地呈现出来的。我们反对庸俗社会学强加在现实主义身上的话语霸权，更反对任何力量将现实主义变成唯我独尊的社会控制工具。在历史已经进入 21 世纪的今天，我们必须承认，现实主义只是人类文明史上诸多文艺思潮中的一种，它并不是天然比现代主义等其他文艺思潮更具有合法性或优越性，它甚至可以从其他思潮中汲取新的创作资源。在这一点上，法国理论家罗杰·加洛蒂颇有争议性的杰作《论无边的现实主义》或许可以给我们带来启发，

① 别林斯基.别林斯基论文学[M].上海：上海文艺出版社，1958：26.

尽管这种创新也并非毫无限度的。当然，现实主义的创作在今天也绝非已经落伍到不合时宜，回顾中国当代文学史，不同时期的现实主义创作总会焕发新的活力。作家路遥的现实主义作品《平凡的世界》的广泛流传就是一个证明。

“新的转机和闪闪的星斗，正在缀满没有遮拦的天空。”今天的中国正处于一个历史变革的关键时刻。当下中国特色的社会主义现代化建设虽然成果辉煌、举世瞩目，但在我们的社会生活中仍然存在许多问题。可以说，在全球社会和中国现实日益复杂的今天，我们不仅需要以史为鉴的警示与启迪，更需要同步时代、直面现实、聚焦热点和表达民意的现实主义作品。正是在这种时代诉求之下，有关现实主义的文艺理论与创作实践重新成为新世纪文坛关注、讨论乃至争议的热点。应该承认，这种讨论和争议是必要的，因为只有不断探讨才会给现实主义源源不断地注入新的活力，否则它就会变成教条和陈规。不过，笔者以为，在当下的讨论之外，我们有必要再次回顾和梳理现实主义的历史嬗变与发展脉络，因为正是在这样的回顾和梳理中，我们会发现，无论时代如何变化，那些真诚观察、记录和思考现实问题，真实呈现社会风貌、时代精神并表达大多数人现实诉求的作品总会流传下来，成为被我们一再重读的经典。相反，那些刻意脱离现实土壤、回避和遮蔽社会问题的作家和作品，无论其标榜什么主义和展现什么技巧，也无论其写作内容是一味高蹈的自吟自唱还是每况愈下的身体欲望，更无论其作家头衔是如何著名或者前卫，最终都将会是昙花一现。这也许正是现实主义创作在当下昭示给我们的意义。

文学批评视野下现实主义的理论回归与创新*

作为中国文学批评的主流，现实主义文学批评的话语实践一直在不断丰富和发展之中，并且与相关理论、创作和时代语境密切关联。当下的中国已经站在新时代这一历史的新起点，时代需要能够讲好中国故事、呈现时代风貌的现实主义创作与批评。这就需要对传统现实主义理论进行创新性继承和创造性转化，从而赋予其新的话语内涵。

一、当代文学批评危机与突破路径

当下文学界存在两个热点领域：一是对当代文学批评危机与突破的讨论，一是对现实主义在21世纪的创作回归、文学价值与时代意义的研究。前者以对"纯文学"的反思为契机，并且与对"新启蒙"思想的批判等问题存在密切关联。相关论者认为，文学价值不仅与文学的审美特性相关，也与其意识形态联系密切。在全球化语境、国家话语、商业逻辑以及作家创作观念的影响下，1980年代中国文坛出现了诸多文学思潮与创作流变现象，也形成了不同的文学价值观。但另一方面，无论是标举"怎么写"的"纯文学"，还是提倡个人主义的"人的文学"，结果都正在丧失其对社会现实的关注和批判。同时，当代文学批评正逐渐丧失自己的活力，成为学科体制内僵化的"文化小摆设"，其不仅源于文学外在环境的变化，更源于当代文学批评自身存在的问题。进一步说，就是当代文

* 本文发表于《文艺理论与批评》2011年第6期，原题目为《理论、现实与批评——文学批评视野下现实主义的理论回归与创新》。收入本书后，略有修改。

学批评在对文学的审美评判之外，“丧失了切入当代世界的能力”[①]。而其突破的路径在于延续文学批评的公共性与当下性品格，突出批评的历史性与革命性，加强其对现实总体化的叙事能力，实现将历史的、文化政治的阐释与美学阐释的有效结合。后者则常常与全球化与本土化、现代性与民族性、人民性与人性、文化政治与身份认同等问题杂糅与互动。一些学者认为，改革开放至今，中国社会以后发国家的身份成为全球化浪潮中的一员，并且正在经历着一场巨大的变革。进入21世纪之后，以市场经济为核心的全球化不断发展，在导致世界经济日益一体化的同时，也潜移默化地促使世界各地的人们在思想和文化上不断趋同化和单一化。不过，这种一体化演变的背后，是西方强势文化符号和价值观念的不断输出，是表征资本逻辑的文化霸权的全面胜利。如果说，在1980年代，国人还在为主动加入全球现代化进程欢欣鼓舞，那么，今天人们看到的更多是全球化进程背后潜在的文化和价值灌输，以及让异质文化者不断产生的认同焦虑和价值危机。而“如何在‘全球化’的背景下保持文化的自主性？如何让价值的、伦理的、日常生活世界的连续性按照自身的逻辑展开，而不是又一次被强行纳入一种‘世界文明主流’的话语和价值体系中去”[②]，已经成为包括中国在内的第三世界知识分子普遍思考的问题。在此语境之下，重倡现实主义的回归，无疑具有更加迫切的时代意义。

上述两个热点领域之间存在密切的互动，其目标都是重建文学与现实的关系。正如有学者指出的，当代文学是一种人们感受和认知现实的审美实践，它的本质和特质不仅在于它的文学性，更在于它的当代性，而当代文学的超历史性恰恰蕴藏于它的当代性中。“所谓‘当代文学批评’的意义，就在于使‘当代文学’的这种本质明晰化、尖锐化”，并通过对文本的创造性阐释，呈现一种关于个体处境与当代现实的新认知。[③] 这样的当代文学批评无疑具有公共性与当下性品格，是一种现实阐释与美学阐释的有机结合。因此，当代文学批评应当在审美之外，重建一种政治（阶级/阶层维度上的社会政治、民族/国族维度上的文化政治、身体/性别维度上的性别政治）视野下的现实关照，并与那种狭隘的、去政治化的审美批评保持距离。

---

① 刘复生.当代文学研究的历史危机与时代意义[J].文艺理论与批评，2008(3)：14-23.

② 张旭东.全球化时代的文化认同[M].北京：北京大学出版社，2005：1.

③ 刘复生.什么是当代文学批评？——一个理论论纲[J].南方文坛，2011(1)：6.

但是，在当代文学批评中，政治与审美、“文学性”与“现实性”的关系长期纠缠不清。同时，学术体制内还存在一种强调文学的审美属性而忽视其历史属性的研究倾向，并且形成隐性的等级秩序，这使得当代文学批评较少对社会重大问题进行及时的跟进和思考，从而抑制了当代文学批评的思想活力。因此，在全球化语境和诸多文学理论中，如何让“现实重新主义”，重建文学批评与现实主义的关系，在承认政治与审美的对立性之外，更强调它们的统一性与互文性，从而让当代文学批评呈现出更加丰富和充满张力的层面，并以此对当代文学进行有效解读，成为我们必须思考的一个问题。在此意义上，现实主义理论作为一种写作资源被再次关注，《文学评论》《文艺理论与批评》《文艺争鸣》《南方文坛》等刊物都刊发了大量论文，从不同角度对现实主义与当下文学的关系进行了分析。

不过在以上领域，仍然有一些基本的问题有待清理。例如，在解决当代文学批评的发展困境上，如何实现文学批评的创造性阐释，在审美评判之外挖掘文本内在的时代因素，并将文学放置在与现实生活的关系中对作品做出整体把握，形成一种对当代现实与个体处境的深刻认知，从而以文学批评独特的方式介入现实，实现其固有的文化能动性和现实指向？在这一过程中，怎样借助现实主义理论，并且有效挖掘其当代价值？而在“现实如何重新主义”等问题上，文艺界同样存在分歧。在当下一些文学批评和文学创作中，现实主义被约等于“关注现实”，而非一种美学理论；在一些底层写作和评论家笔下，对现实的书写态度则经常成为一个道德问题；而在新写实主义的书写中，则普遍存在一种将现实和真实合一的书写逻辑。同时，许多学者和作家则对现实主义归来的有效性和必要性存有质疑。

二、现实主义的回归与理论创新

1980 年代以来，在文学的自主性、自足性与“去政治化”的理论倡导下，文学的创作与批评日益呈现出一种与现实隔离的倾向，即使是标榜“写实”的创作，也纷纷成为“价值中立”的日常生活叙事。二十世纪末期，中国学界迷恋于后现代主义的理论旅行，文学批评与创作更是成为“去价值化”的能指游戏。可以说，凌空虚蹈的中国文学现状就是当下中国的一个缩影：理论建构的苍白与混乱，造成国人普遍的价值失范与信仰虚无。

在此语境下，有必要回归现实主义理论并且对其进行必要的重新梳理与理论创新。这首先是因为，一切理论都必须和现实联系起来才有生命力，文学理论也不例外。列宁在《论策略书》一文中写道："现在必须弄清一个不容置辩的真理，就是马克思主义者必须考虑生动的实际生活，必须考虑现实的确切事实，而不应当抱住昨天的理论不放，因为这种理论和任何理论一样，至多只能指出基本的和一般的东西，只能大体上概括实际生活中的复杂情况。'我的朋友，理论是灰色的，而生活之树是常青的。'"[①]可以说，现实主义之所以能够长盛不衰，关键就在于它不是固步自封的教条，而是一种能够"落地"且充满张力的理论。

其次，现实主义和其他文学活动一样，是特定时代精神和历史实践的产物，也反映了一个时代的精神风貌和现实诉求。不过，理论的重要性和独特魅力在于它不仅是被动地反映时代精神，还会主动地建构与重塑时代精神与价值观念，并且对历史与未来进行深刻的思考与阐释。在这个意义上，立场混乱与价值虚无的当下中国文坛更需要一剂现实主义的解毒剂。不要质疑现实主义是否会因为"写实性"与"当下性"而缺乏超越与普世的维度，恰恰相反，无论是司汤达、狄更斯、巴尔扎克抑或托尔斯泰，其笔下无不充满了对真善美的向往与对丑恶、自私与贪欲的批判。在中国，路遥为不同时代读者所青睐也充分说明了真正优秀的现实主义作品拥有超越性与经典性。

今天的中国正处于历史变革的关键时刻，在对"中国特色""中国道路""中国经验"等领域的总结与探讨中，文学有必要以其独有的方式参与其中。可以说，在全球社会和中国现实日益复杂的今天，我们迫切需要表达时代精神、直面现实的现实主义创作与批评，而这些都需要切实有效的理论资源支持。但是，由于时代语境的变化，传统现实主义理论中的一些核心范畴如"真实性"与"倾向性"、"典型"与"阶级性"、"美学"与"历史"、"民族化"与"大众化"、"世界观"与"创作方法"等命题，其内涵都发生了新的变化，而如果不对这些命题进行结合时代的新的阐释，现实主义创作与批评就无法被注入新的生命力，甚至会变成固守的教条和陈规。

而要解决上述问题，首先必须承认现实主义理论在今天文学创作和批评中的必要性和重要性；其次，在继承现实主义传统理论的基础上，有必要对其中的一些基本问题进行重新清理和阐释，挖掘其当下价值，才能够实现现实主义的

---

① 列宁.论策略书[M]//列宁.列宁选集 第3卷.北京：人民出版社，1972:26.

真正回归，以及当代文学批评在危机之下的有效突破。但是在这一领域，目前学界尚缺少明确的认知和系统的思考。因此，本文在归纳当前学者的一些相关论述与观点的基础上，从以下几个方面提出问题以供探讨，抛砖引玉，并请教于大方之家。

第一，现实主义理论在当下文学批评中是否有效，它的价值如何体现？在中国当代文学中，现实主义的发展并不尽如人意，甚至经常成为不同话语权力驱使的“喉舌”和“工具”。即使在1980年代以来的当代文学创作与批评中，对现实主义理论的使用也并不充分，甚至被视为“落伍”而有意抛弃。这一方面是因为“纯文学”观念在体制内形成的“艺术性高于现实性”的批评法则，另外一方面也是因为传统的现实主义理论在新的时代发展面前固步自封而陷入困境。在这里，笔者坚持现实主义理论在当下文学批评中仍然有效，不过它的价值体现经常需要我们的创新性阐释。例如，对新现实主义小说的研究，如果仅仅把它和“主旋律”结合在一起，就容易导致对其思想资源的挖掘过于简单，对其文学价值的研究纵深不够。相反，如果把它置于现实主义理论的视野之中，则其成就和问题就一目了然了。此外，1990年代以来，中国文艺界普遍出现了一种唯娱是从、以乐为上的创作方式。它们在叙述上尽管充满了各种中国表象与历史符号，却与真正的中国现实无关。这些“仿真”的伪现实主义“制造”娱乐也“生产”现实，其实质是权力话语与资本逻辑的合谋。对这些在商业逻辑下形成的超级现实主义文艺现象进行考察时，在依靠后现代主义和文化研究资源的同时，现实主义理论仍然是一个重要的有效资源。

新世纪以来，无论是革命历史叙事在文艺影视领域的兴起，还是底层叙事的出现，都同样需要现实主义视野的观照。“重要的不是话语讲述的年代，而是讲述话语的年代。”按照福柯的说法，对革命历史的叙述只不过是另一种更加耐人寻味的现实主义叙事。它在一个所谓的“后革命时代”的广泛流行，更多折射出来的是当下中国的社会症候，以及对重建历史意识的现实诉求。同样，底层叙事也是当下文艺界最重要的热点之一，但它在创作和理论资源上却一直存在争议。由于无法完全脱离政治限定，且在思想和理论凭借上缺少更加有效的支持和推动，底层叙事“前进”的步伐显得异常艰难。而如何对现实主义进行理论创新与当代阐释，从而更好地解读上述文艺现象，是摆在批评家面前的一个挑战。

另外，在媒介融合的时代，现实主义如何在现代传媒的镜像现实、网络时代的虚拟现实、国家话语的现实规范、商业逻辑的现实诉求、世俗生活的日常现实等交织的社会网络中，保持自己独有的公共品格与理论张力？或者说，现实主义如何介入更加广泛的文化领域，站在历史阐释与美学阐释相结合的角度，对那些具有症候特征和现实指涉性的文本，从书写逻辑、思想话语、叙事模式、裂隙与症候、文学价值等方面进行阐释？又如何解读在这一过程中文学与现实的关系，包括文学与政治话语、商业逻辑、日常生活、思想意识、价值观念建构与传播的关系？这些都需要现实主义理论以不断创新的姿态去积极面对。

当下，在各种权力话语和资本逻辑的夹击下，文学批评日益呈现出功利化、工具化、实用化、商业化的倾向，甚至成为各种程序操作与“社会资源交换”的游戏。因此，挖掘现实主义理论和文学批评中共有的批判、反思和超越精神，研究在权力话语和资本逻辑的双重夹击下，现实主义如何作用才能够提升文学批评的理论概括力、现实介入力与社会公信力，这个问题同样需要我们思考。

经典现实主义理论认为，一部优秀的现实主义作品，能够提供一幅现实的图景，它是内容的也是形式的，是思想的也是艺术的，是本质的也是典型的。其中，现象与本质、个别事件与一般规律、直接感觉与抽象概念等的对立都得到了解决，也就是“自然而然的整体”和“不可分割的统一体”[①]。但是，在社会空间和体验已经破碎的今天，现实主义理论如何创新，才能够帮助人们重建被零散化的主体意识和对历史与现实的整体性思考，这个问题也亟待我们去解答。

第二，当下如何理解现实主义理论中的一些基本原则，例如“真实性”“倾向性”“批判性”“典型性”与“人民性”等。时代语境的变化，导致人们对上述原则的理解与态度都有了很大的不同。而只有对这些原则进行符合时代诉求的再解读与再认识，才能够真正激发现实主义文学批评的活力。

1987年以降，中国的现代化开启了以市场经济和城市化为核心的新进程，随即一个阶层差距不断扩大、利益日趋分化的商业社会迅速形成。阶层分化的矛盾和利益集团的形成导致社会共识的瓦解、思想意识的混乱与价值标准的分裂，也让“告别理想的八十年代”之后的文化界失语、焦虑、茫然四顾甚或各行其道。有评论家指出，在这一巨大和剧烈的时代转型过程中，“作家们普遍缺乏有效的思想资源来廓清层出不穷的新现实，更不用说进行有力的批判”，“现实主

---

① 莱恩.马克思主义的艺术理论[M].长沙.湖南人民出版社，1987：65.

义创作面临的思想困境,也正是站在20世纪末的中国知识分子普遍面临的精神困境”。[①] 不过,笔者以为,这种困境与其说是现实主义理论——虽然它也需要与时俱进的创新与发展——与其他思想资源在时代巨变后的落伍或无以应对所致,不如说是20世纪末诸多中国作家和学者对自己作为“时代良心”和公共知识分子这一身份的主动或被动、有意或无意的放弃、逃避乃至排斥的结果。一个明显的佐证就是,当作家以“码字的”的面目出现,和知识分子以“职业的”学者、专家身份自居的时候,虽然它强调了知识分工上的差异,但是其背后的专业意识形态和写作伦理变化不言自明。于是,我们看到了标榜“零度写作”的新写实小说、迎合欲望消费的身体写作,它们用对“原生态”的热爱来告别理想和认同现实,反映了作家将“写现实”和“写真实”合一的书写逻辑;我们也看到了热衷戏说和消解的新历史小说,它们以“空洞的能指”来逃避现实,反映了作家在历史本质和典型表征上的无力;我们还看到了用感官刺激来迎合市场的消费主义写作,其背后则是对现实主义理论中“批判性”的背弃。而与这些文学作品甚嚣尘上形成鲜明对比的是,文学理论界和评论界经常被社会“忽视”,其自身也经常陷入焦虑或者失语之中。不过,笔者这里再次强调,上述文学状况,与其说是现实主义理论无法解释时代所致,不如说是作家和评论家自身思想意识和创作态度发生变化的结果。

进一步探析,1980年代以来,在“新启蒙”思想与“纯文学”的主导下,群体意识逐渐被个人的价值取代,文艺在所谓的“去政治化”过程中逐渐远离了更广阔的现实生活,退居到个人的自弹自唱中来。于是,文学开始“向内转”,“个人的故事”取代了“人民的故事”,“个人化写作”与“私人化写作”成为主流。但是,这种文学创作在强调文学的个人性、专业性、文学自主性与艺术自律性之外,忽略了作家和评论家作为公共知识分子的一面,即对这个社会承担的一面。在这里,笔者完全认同蔡翔先生的观点,“对于文学来说,专业知识是必需的,但仅仅停留在这一点,极易混淆‘知识分子’和‘专业人士’的区别。而在另外一种意义上,文学,尤其是当代文学,根本无法等同于其他一些知识领域,比如,电子、医学、生物、制造,等等——它本身就是一个众声喧哗的‘公共领域’”[②]。也就是

---

① 邵燕君.与大地上的苦难擦肩而过——由阎连科《受活》看当代乡土文学现实主义传统的失落[J].文艺理论与批评,2004(6):12.

② 蔡翔.专业主义和新意识形态——对当代文学史的另一种思考角度[J].当代作家评论,2004(2):42.

说，作家和文学评论家不仅仅是“专业人士”，而且首先应该是公共的知识分子，他们不只掌握了文学创作和批评的专业要求，而且在写作中会不断超越个人利益和外在权力的束缚，自觉地将自己的笔触和“沉默的大多数”的命运联系在一起，去书写和关注“人民的文学”而不是“个人的文学”。只有这样，他们才能够以独立性、批判性和超越性的姿态去直面现实，用充满张力的叙述去挖掘一个复杂时代的社会真相，并且在一个物欲横流、众声喧哗的时代去执著地探究历史的本质与时代的典型特征。这样的写作，无疑是一种现实主义的写作。真正秉承这种写作态度的人，内心一定充满了对社会进步和公正的渴望，同时也持有对社会问题的批判和反抗精神。这样的作者，即使并不拥有政治正确的世界观，也会在对社会现实的严肃思考和对广大人民生存状况的真诚关注下，遵循历史真相和艺术规律的客观要求，写出无愧于时代的作品。这样的结果，是“人民的文学”的胜利，同时也是“现实主义的伟大胜利”。实际上，在 1980 年代以来，虽然文学思潮风云变幻，但仍然有一些作家坚持认为现实主义写作在当代中国仍然必要，如梁晓声就认为，“新时期文学曾试图肩负起的一个重要的使命，便是向往着完成现实主义的复归”，“我所言现实主义，不唯是一种‘创作方法’，更是一种文学宗旨——对现实社会予以极大关注，而非故作仪态地逃避的宗旨。在中国，文学必将补上‘现实主义’这一课，一切脱离‘现实主义’内容的形式上的‘现代主义’，实在是撑不起中国当代文学巨大骨架”。[①] 同样，在 1980 年代以来的文学中，也出现了《平凡的世界》《古船》《秦腔》这样的“现实主义力作”。遗憾的是，在强调“怎么写”高于“写什么”的“纯文学”理论主导下，这些优秀的现实主义作品往往被评论家们“集体忽视”，甚至被各种版本的当代文学史共同放逐。笔者以为，在 1980 年代以来各种非理性主义文学思潮兴起和现实主义不断边缘化的过程中，文学批评都发挥了重要的倡导和推动作用。同样，在当下吁请现实主义的回归中，我们仍然需要凭借文学批评的力量。

不过，应该承认，随着时代语境的变化，社会现实的日趋复杂和各种理论话语的互相抵牾，现实主义原则中的一些基本范畴似乎难以不言自明。仅以“人民性”而言，今天的“人民”不再整齐划一，而是分化成了不同的阶层。那么，何为“人民的文学”呢？这就需要文学批评的介入和对现实主义理论的当代阐释，但遗憾的是，在“纯文学”主导的文学理论和批评下，“人民性”这个概念不仅没

① 梁晓声.关(浮城)的补白[N].光明日报,1994-03-02.

有变得清晰，反而更加模糊，甚至几乎消失了。正如蔡翔所质疑的："同样是'女性'，为什么'下岗女工'很少甚至从来没有进入过'经典'的'女性文学'的书写范畴，为什么呢？所谓'身体写作'也将面临同样尖锐的质询：同样是'身体'，为什么被大火烧死的深圳原致丽玩具厂的女工们的'身体'却得不到文学的书写，难道这些女工的身体就不是'身体'？"①在这里，我们看到的只能是，用对"个人""性别""身体"的同一性叙述遮蔽和替代对"人民""阶层""压迫"的差异性叙述，而现实中的矛盾则被悄然抹杀。应该说，20 世纪末以来，以作家、评论家为代表的人文知识分子纷纷放弃了"人民良心"和公共知识分子的社会担当，这是新自由主义意识形态在中国大行其道的一个结果。而对现实主义文学实践的背叛、放弃和排斥，是当代中国作家、评论家失职的一个重要表现。进入 21 世纪以来，中国在现代化进程中的问题日益复杂，阶层分化日渐扩大，社会矛盾渐趋突出，面对这一社会现实，文学创作的精神使命和知识分子的社会承担都在要求我们，是到了重启现实主义之路的时候了。而如何与时俱进地运用现实主义理论，并且对其中的一些基本原则进行切实有效的理论创新和当代阐释，对于我们来说无疑迫切而且重要。

第三，如何理解现实主义理论与其他理论资源的关系。必须承认，理想的文坛应该是"百花齐放，百家争鸣"，现实主义只是人类文明史上诸多文艺思潮中的一种，它并不是天然比现代主义等其他文艺思潮更具有合法性或优越性，它甚至需要从其他思潮中汲取新的创作资源，才能够焕发新的活力。但在这里，笔者仍然要强调重提现实主义对今天的必要性。这不仅是因为现实主义在当代文学中还没有达到 19 世纪欧洲经典现实主义文学那样的高度，以至创作者必须寻找新的突破路径，更重要的是，当代中国仍然处于一个后发国家的现代化进程中，仍然存在现实主义书写的广阔天地。相反，无论是在社会现实层面还是在文化精神层面，我们并不完全具备发达国家中现代主义书写的历史语境，更和强调解构和游戏精神的后现代主义大相径庭。对此，1980 年代中期对"伪现代派"的争论今天仍然相当有效，而 1990 年代后现代主义在中国的昙花一现同样是一个例证。遗憾的是，1980 年代以来，文学还没有来得及对当代中国的历史和现实进行有效深入的梳理和反思，就在"寻根文学""现代派文学""先锋文学""新写实主义""新历史主义"等应接不暇的文学思潮中来去匆匆、疲

① 蔡翔.专业主义和新意识形态——对当代文学史的另一种思考角度[J].当代作家评论，2004(2)：40.

于奔命。一阵眼花缭乱之后，我们看到了一些风格迥异的优秀作品，但同时也看到了更多的问题，包括文学对表达社会现实的漠然与逃避，对重建历史意识的茫然与无力。

当然，作为一种具有极大包容性和时代适应性的文艺理论和实践方式，现实主义要想在今天重新焕发生命力，就不仅需要摆脱各种话语权力的“规训”，还要在汲取新的思想和艺术资源之中不断创新，更需要创作者在现实中具备马尔库塞意义上的“新的感受力”。正如捷克学者哈耶克在《为现实主义而战》中指出的，在确定现实主义概念的内涵时，“我们首先应该着眼于社会现实中的伟大历史变革，它们正是当今文学所力求反映的。既然这一现实已经是面目一新、丰富多彩而且又日趋复杂、充满矛盾的，那么，当代社会主义文学就必须要与之相适应”①。

今天看来，当代文学六十年的文艺实践，是一个在“现代性”与“本土性”之间不断选择、探寻、融合与转化的过程。这个过程不仅体现在文艺的表现形式方面，也同样反映在其思想内容的承载上。这种文艺实践，既为表述“中国经验”提供了新的可能性，同时也是表意“中国经验”的一个部分。它需要驰骋想象的展示，更需要直面现实的表达。具体在当下的文艺实践中，我们更应该有一种把握历史意识与现实本质的使命感。在这个层面上，近年来文学创作的边缘化和文学批评的危机与困境，未尝不和自己对这一使命感的背叛无关。而在这一层面下，对现实主义理论的继承与创新，无疑具有重要的时代意义。

---

① 楚尔加诺娃，等.当代国外文艺学：流派·趋向·问题[M].王长春，等译.上海：上海译文出版社，1993：23.

第　二　编

个人与人民：
新启蒙语境下现实主义的文学实践

从“人民文学”到“人的文学”*

——“文学主体性”的价值与局限

在 1980 年代以来的文学发展过程中，以刘再复的“文学主体性”理论为代表的启蒙文论取代文学人民性理论，成为文学创作的主导思想。文学人民性理论源于 19 世纪的俄国。长期以来，文学的人民性始终是马克思主义经典作家所关注的一个重要对象，是马克思主义文艺学的核心范畴。李卜克内西、列宁、高尔基、葛兰西等对之都有重要的阐述，也出现了顾尔希坦《论文学中的人民性》、叶尔米洛夫《论俄罗斯文学中的人民性》这样的理论批评专著。1942 年，毛泽东《在延安文艺座谈会上的讲话》里对人民性理论进行了中国化的阐述，使之成为我国社会主义文艺学理论体系中的一个组成部分。此后，茅盾、周扬、黄药眠等都对人民性有过具体的阐释。但是，一段时期，由于对人民性理论的简单化理解，特别是将之狭隘地等同于阶级性，文学创作中出现了机械反映论等问题。“新时期”以来，随着“文学主体性”的提出，人民性理论被边缘化，“人的文学”逐渐替代了“人民文学”。

一、“新时期文学”的话语实践

1976 年 10 月，江青、张春桥、王洪文、姚文元等人被拘捕，“四人帮”反革命集团被彻底粉碎，这也宣告了特定历史时期的结束。不久，在 1977 年 8 月召开的中国共产党第十一次全国代表大会上，提出了中国社会已经进入“革命和建设的新时期”，而党的工作重点也要从“以阶级斗争为纲”转移到“社会主义现代

---

* 本文发表于《新疆大学学报(哲学人文社会科学版)》2015 年第 4 期，原题目为《“文学主体性”的价值与局限——刘再复文艺理论观点的思考与历史意义》。收入本书后，略有修改。

化建设”中来。也正是在这一时期，“文化大革命”被作为“十年浩劫”“十年动乱”而遭到了举国一致的批判[①]，与此同时，作为对中国社会已经进入新阶段的命名，“新时期”这一历史概念也在社会各个层面被广泛传播开来。

作为这一时期时代精神的重要建构者，“文革”结束后的中国文学也自然而然地被命名为“新时期文学”[②]。它的出现，和“五四文学”一起，被看作影响20世纪中国的两次“意义深远的文学革命”。[③]

“新时期”命名中的“新”，被赋予了更加丰富的意识形态意义。从唯物史观的角度，历史是在不断向前发展的，因此和“旧”相比，进步便是“新”的题中应有之义。而如果和“新时期”中国社会发展的主旋律——“社会主义现代化建设”——联系起来，“新时期”中的“新”，便更加明确地具有“进步的”“发展的”“开放的”“文明的”等时代内涵。与此同时，作为和“新时期”二元对立的他者，“文化大革命”不仅具有时间维度上的“旧”，也不言而喻地具有“落后的”“停滞的”“封闭的”“愚昧的”等负面意义。也正是在这种话语建构的层面上，告别、批判和反思“文化大革命”，启动改革开放的“新时期”，才具有叙事上的合法性。当然，“新时期”所开启的这个新的历史时代，也是要有所继承、有所修复的，这就是所谓的“拨乱反正”和“正本清源”。具体地说，就是要修复和矫正“文化大革命”这一“十年动乱”，回到之前正确的革命道路和社会主义建设方向上来。[④]

此后，围绕着“拨乱反正”和“正本清源”的主题，“新时期”进行了一系列文学的继承和修复活动。这其中的核心问题，就是文学如何反映现实。而如何对待文艺和政治的关系，则是“新时期”的文学实践迫切需要解决的一个关键问

---

① 1981年召开的中国共产党第十一届六中全会通过的《关于建国以来党的若干历史问题的决议》，对于“文化大革命”进行了明确的定性。其认为，“文化大革命”“是一场由领导者错误发动，被反革命集团利用，给党、国家、民族带来严重灾难的内乱”。会议文件见《三中全会以来重要文献汇编（下）》，人民出版社1982年版，第811页。

② “新时期文学”这一概念的提出，最早源于1979年周扬在第四次全国文代会上所作的报告，题目为《继往开来，繁荣社会主义新时期的文艺》。周扬在报告中宣告，这次大会“标志着林彪、‘四人帮’实行封建法西斯专政、毁灭文艺的黑暗的年代已经永远结束了，社会主义文学艺术新繁荣的时期已经开始”。

③ 1986年召开的“新时期文学十年讨论会”开幕词认为，“新时期文学”“已经成为一种辉煌的，不可磨灭的历史存在”，是“继‘五四’文学革命之后，中国现当代文学中的又一次意义深远的文学革命”。许觉民.新时期文学十年讨论会开幕词[J].文学评论，1986(6)：3-4.

④ 对于将“新时期”定位于对历史的“拨乱反正”，有学者认为，这是试图对“新时期”进行“规训”，“它实际上掩盖了新时期的思想解放运动所倡导的‘正’，有着新的历史起源，是‘文革’后历史的新开创”。陈晓明.中国当代文学主潮[M].北京：北京大学出版社，2009：8.

题。1978年6月13日,《人民日报》发表文章《认真调整党的文艺政策》。文章在对"毛主席革命文艺路线"的阐释上,只强调"文艺为工农兵服务",却放弃了"文艺为政治服务"的提法。这一变化,实际上有意淡化了文艺和政治的关系。此后,1979年10月召开的第四次全国文代会重新调整和制定了文艺方针、路线和政策。[①] 在开幕式上,中共中央副主席、国务院副总理邓小平向大会致祝词。祝词指出:"党对文艺工作的领导,不是发号施令,不是要求文学艺术从属于临时的具体的直接的政治任务,而是根据文学艺术的特点和发展规律,帮助文艺工作者获得条件来不断繁荣文学艺术事业,提高文学艺术水平,创作出无愧于我国伟大人民伟大时代的优秀文学艺术作品和表演艺术成果……文艺这种复杂的精神劳动,非常需要文艺家发挥个人的创造精神。写什么和怎样写,只能由文艺家在艺术实践中去探索和逐步求得解决。在这方面,不要横加干涉。"[②] 周扬在随后的报告中也指出:"不应该把文艺和政治的关系狭隘地理解为仅仅是要求文艺作品配当时当地的某项具体政策和某项具体政治任务。政治不能代替艺术,政治不等于艺术。"[③]可以看出,这一时期,文艺为政治服务的功能性关系得到了淡化,文艺"民主"和自主性的空间得到了提升。不过,这种淡化和提升都是在一定的前提下和范围内进行的,那就是对"十七年"文艺路线的继承和为社会主义现代化建设服务。第四次全国文代会肯定了"十七年"文艺路线的基本正确性,重申1956年提出的"双百方针"(百花齐放、百家争鸣)的有效性。邓小平的祝词指出:"我们要继续坚持毛泽东同志提出的文艺为最广大的人民群众、首先为工农兵服务的方向,坚持百花齐放、推陈出新、洋为中用、古为今用的方针,在艺术创作上提倡不同形式和风格的自由发展,在艺术理论上提倡不同观点和学派的自由讨论。" [④]随后,周扬也在报告中明确指出:"文艺反映生活的真实,就应当适合一个历史阶段的政治的需要。在今天来说,就是社会

① 第四次全国文代会的召开被认为是"新时期"中国文化领域的一件大事。此时,距离上一次文代会的召开已经过了20年。1960年7月22至8月13日,中国文学艺术工作者第三次代表大会召开,主席是郭沫若。

② 邓小平.在中国文学艺术工作者第四次代表大会上的祝词[M]//邓小平.邓小平文选 第2卷.北京.人民出版社,1994:213.

③ 周扬.继往开来,繁荣社会主义新时期的文艺——在中国文学艺术工作者第四次代表大会上的报告[N].人民日报,1979-11-20.

④ 邓小平.在中国文学艺术工作者第四次代表大会上的祝词[M]//邓小平.邓小平文选 第2卷.北京.人民出版社,1994:213.

主义现代化建设的需要。"①

一般认为,从某种程度上,"新时期文学"建立在继承"十七年"文艺路线和拒绝"文革"遗产的基础之上。这种观点认为,"新时期"伊始,以《班主任》《伤痕》等为代表的伤痕文学和"归来"派作家的创作,就自觉担负起将"文革"他者化的政治功能,在表达"我(我们)受伤了"的同时,还将声讨的矛头指向"四人帮",认为正是"四人帮"的倒行逆施,才制造了我们民族的悲剧。这种叙事为"极左路线"建构了一种"超历史意义",它"以一种审视历史裂痕的姿态出现,却又最终赦免了历史,解救了历史,并重新建构了历史"。② 伤痕文学的叙事为整个社会提供了一个让执政党和民众都能够认同的"罪魁祸首",因此成为"新时期"伊始的主流叙述,其主要作品在媒体报道和评奖肯定的推波助澜下迅速被经典化。③ 而"文革"文学的去经典化和伤痕文学的被经典化,其折射出来的正是新时期主流意识形态的价值尺度,以及其对秩序重建的渴望。④ 不过,近年来,也有学者提出不同的看法,认为"文革"遗产和"十七年"路线并非完全"断裂"的关系,而有着内在的密切关联。割裂这种关联是"对历史的曲解,也是一种不负责任的掩盖"。陈晓明就认为,将"文化大革命"打入另册的意图,"是为不断激进化的(20 世纪)50 年代(及 60 年代上半期)开脱"。实际上"文化大革命"是之前"中国的现代性不断激进化的必然后果,是思想文化无止境'革命'的极端,也是中国意识形态历史化必然到来的'高潮'——这一切都与此前的历史铺垫一脉相承"。学者李杨也在《50—70 年代中国文学经典作品再解读》中,通

---

① 周扬.继往开来,繁荣社会主义新时期的文艺——在中国文学艺术工作者第四次代表大会上的报告[N].人民日报,1979-11-20.

② 陈晓明认为,这种"超历史意义"就是"把错误全部放置在'四人帮'头上,余下的就是干净正确的历史"。陈晓明.中国当代文学主潮[M].北京:北京大学出版社,2009:8.

③ 周扬在中国文学艺术工作者第四次代表大会上的报告对这种叙事进行了肯定。他说:近年来出现的"这些作品反映了林彪、'四人帮'给人民生活上和心灵上所造成的巨大创伤,暴露了他们的滔天罪恶。决不能随便地指责它们是什么'伤痕文学''暴露文学'"。他认为:"人民的伤痕和制造这种伤痕的反革命帮派体系都是客观存在的,我们的作家怎么可以掩盖和粉饰呢?"不过,他同时指出:"我们当然不赞成自然主义地去反映这些伤痕,由此散布消极的、萎靡的、虚无主义的思想和情绪。""我们需要文艺的力量来帮助人民对过去的惨痛经历加深认识,愈合伤痕,吸取经验,使这类悲剧不致重演。"周扬.继往开来,繁荣社会主义新时期的文艺——在中国文学艺术工作者第四次代表大会上的报告[N].人民日报,1979-11-20.

④ 对于经典的建构,当代学者有着这样的理解:"经典本身意味着一种稳定的秩序,某些作品被合法化地接受,并奉为价值的尺度,在背后自然还有一套复杂的控制体系和权力关系。在社会思潮、文化秩序发生变动的时期,'经典'秩序本身也在改写中。"温儒敏,李宪瑜,贺桂梅,姜涛.中国现当代文学学科概要[M].北京:北京大学出版社,2005:128.

过对革命叙事从成长模式到象征模式的变迁，揭示了从“十七年”文学到“文革”样板戏之间的必然逻辑。[①]

此外，虽然“新时期”的文学创作在对“文革”的批判方面达成了共识，但是随着时间的推移，以及改革开放和思想解放运动的深入，对于“新时期文学”内涵和发展脉络的隐含分歧开始呈现出来。一些人认为，“新时期文学”在控诉“文革”的同时，应该回到对“十七年”之中主流文艺路线的继承上来，即根据毛泽东在延安文艺座谈会上的讲话精神，强调“文艺要为工农兵服务”，走“人民文学”（工农兵文学）的道路。这实际上就是要求“新时期”的文学创作应该全面继承社会主义现实主义文学传统。而另外一些人则延续了在“左翼文学”之中一直被压抑和批判的“非主流文学”（自由主义文学和人道主义文学）脉络，因此在文学创作中以“人的解放”和“精神解放”为主题，希望回到对“五四”启蒙主义时期的文学传统继承中来。与此同时，为了拓展文学自主性，更加彻底地摆脱政治对文艺的束缚，一些文艺创作者提出了“创作独立”“文艺自由”的观点，主张“文艺与政治不是从属关系”[②]，认为“党大可不必领导怎么种田、怎么做板凳、怎么裁裤子、怎么炒菜，大可不必领导作家怎么写文章、演员怎么演戏。文艺，是文艺家自己的事，如果党管文艺管得太具体，文艺就没有希望，就完蛋了”[③]。而在这一方面，对“新时期文学”实践影响最大的，无疑是刘再复的启蒙文艺思想。

二、“文学主体性”理论的提出

刘再复文艺思想的形成，可以追溯于1970年代末的鲁迅研究，贯穿其文艺思想始终的人道主义思想，也正是受到鲁迅以及“五四”时代的文学启蒙和“立人”思想的影响。而对“人”的关注，也就成为打开刘再复整个文艺思想知识谱系的一把钥匙。新时期伊始，在人道主义思想的影响下，文坛展开了一场关于

---

① 陈晓明.中国当代文学主潮[M].北京：北京大学出版社，2009：8；李杨.50—70年代中国文学经典作品再解读[M].济南：山东教育出版社，2003.

② 王若望.文艺与政治不是从属关系[J].文艺研究，1980(1)：61.

③ 赵丹.管得太具体，文艺没希望[N].人民日报，1980-10-06.

典型人物书写的大讨论。[①] 刘再复也参与其中，他的《论人物性格的二重组合原理》一文，引起学界的强烈反响。此后，他又在这篇文章的基础之上，出版了《性格组合论》一书。刘再复的"性格组合论"以其对人物性格的立体分析为基础，因此也被学界称为新典型理论。其目的则是强调创作要尊重人性的真实和复杂性。而这种对"人性"的关注和系统阐释，更为充分地体现在他的长篇论文《论文学的主体性》中。这篇文章奠定了刘再复在新时期文论界的地位，他因此成为这一时期文论建设的代表人物，同时在理论层面推动了文学本体论和文学主体论思潮在新时期的广泛传播。他提出的"文学主体性"理论，更是引起了海内外学界的普遍关注和巨大的争议。今天看来，"文学主体性"理论的提出，标志着刘再复在新时期的学术活动所达到的高度。它不仅是刘再复的理论体系基石，还和整个新时期文学的发展都有着高度同构的内在关联。[②]

刘再复文艺思想的产生有着独特的历史语境，它和新时期的到来以及新时期文学的发生密切相关。在这里，对"新时期"这一命名的现代化内涵探究也许并不多余，因为它不仅是新时期文学创作、批评和理论建设的时代背景，同时也是它们书写和阐释的一个主要对象。从某种程度上，新时期文学中对"大写的人"的呼吁，以及刘再复的"文学主体性"理论，也都是从不同角度对"人的现代化"的想象、阐释和表意。

新时期伊始，文艺界的一个主要工作就是要让文艺摆脱为政治服务的工具位置，回到文艺创作自己的逻辑中去。因此，淡化文艺和政治的关系，强调文艺自主性，也就成为新时期文艺政策的一个出发点。宽松的文化氛围造就了新时期文学创作和思想争鸣的活跃。伤痕文学和"归来"派作家的反思文学创作，在控诉"文革"的同时，还将"人的解放"和"精神解放"作为文学创作的主题，发出了"大写的人"这一表征人道主义精神的呼吁。而在思想界，也掀起了一场对于

---

① 1978年12月，学术界在上海召开了一次影响深远的典型理论讨论会，作家姚雪垠在写给这次会议的信件《关于典型问题的一封信》(《北京文艺》1979年第5期)中，明确提出了"个性出典型"的观点，引起了学术界的广泛争鸣。此后，徐俊西又发表了《一个值得重新探讨的定义——关于典型环境中的典型人物关系的疑义》和《一种必须破除的公式——再谈典型环境中的典型人物》两篇文章(分别发表于《上海文学》1981年第1期、第8期)，将讨论引向深入。

② "新时期文学"这一概念的提出，最早源于1979年周扬在第四次全国文代会上所作的报告，题目为《继往开来，繁荣社会主义新时期的文艺——在中国文学艺术工作者第四次代表大会上的报告》。根据学者林岗的回忆，这个报告实际上出自刘再复的手笔。林岗.《刘再复文学评论选》序[J].华文文学，2010(4)：69-71.

人道主义的讨论。朱光潜、周扬、王若水等人提出将马克思主义和“人”联系起来，认为“人是马克思主义的出发点”，而实现“人”的彻底解放则是马克思主义的最高目标。[①] 1983 年 3 月，周扬在全国纪念马克思逝世 100 周年学术报告会开幕式上作的长篇发言，题为《关于马克思主义的几个理论问题的探讨》，更是在思想界和文学界引起了广泛讨论。人道主义的讨论为重新确立以人为本的文学观念提供了可能，也为刘再复“文学主体性”理论的提出奠定了哲学基础。

1985 年被称作“方法论年”。这一年中国文艺界思潮风起云涌。刘再复也在这一年以全票当选中国社会科学院文学研究所所长，系建所以来最年轻的所长，同时兼任《文学评论》主编。上任伊始，他就提出“学术自由、学术个性、学术尊严、学术美德”十六字的“施政方针”，彰显其捍卫学术自主性的主张。这一时期，刘再复的著述甚多，且大多在文艺界反响热烈。其中，《文学研究思维空间拓展》《文学研究应以人为思维中心》等文章，着眼点就是面对当时文艺界墨守成规、思想僵化的陋习，呼吁文学研究和理论批评者应该不断更新知识、解放思想、拓展视野、敢于进取。而接连发表于《文学评论》上的文章《论人物性格的二重组合原理》以及《论文学的主体性》，更是在全国引起了强烈反响。“性格组合论”和“文学主体性”理论的建构，也在这一历史语境之中相继问世。可以说，此刻的刘再复迎来了他整个学术生涯的黄金时代，他不仅站在时代潮流的最前沿，因而对时代风气的变化“春江水暖鸭先知”，且因为身居文艺界的要职而俨然成为中国文艺思潮发展的引领者和推动者。

三、“文学主体性”的理论渊源

新时期文艺界的一个重要的时代使命，就是摆脱僵化教条的政治批评束缚。“文化大革命”期间，文学成为政治的附庸。在此语境下，从苏联传入的反映论成为现实主义文学书写和评价的唯一标准，并且长期占据国内现实主义文学理论的统治地位。此后，在政治批评的主导下，这种理论逐渐演变成为“文革”中的机械反映论，往往只强调对客观的实在体的反映，而忽视人的主体审美心理结构。机械反映论对中国现实主义文学的创作、批评和理论发展的束缚和阻碍作用非常明显，它严重压抑了文艺创作者的主观创造力，把文学完全变成

① 王若水.为人道主义辩护[M].北京:生活·读书·新知三联书店,1986:200.

了服务于政治的工具。因此，当“文革”结束之后，文艺要想摆脱政治附庸的地位，获得自主性，当务之急就是要进行对机械反映论的批判和清理。不过，在新时期之初，旧的现实主义理论体系虽然面对质疑，但是还在按照惯性运行，而建立新的现实主义理论体系也迫切需要找到一个理论支撑点和突破口。正是在这样一个历史转折的时刻，刘再复的“性格组合论”和“文学主体性”理论应运而生。

1984年，刘再复先后发表了《论人物性格的二重组合原理》和《论人物性格的模糊性与明确性》等文章来讨论相关的人物性格问题。1986年，他又出版《性格组合论》一书，系统阐释“性格组合论”。在该书中，刘再复提出对狭义性格与广义性格的区别。他认为狭义的性格界定把“性格看成某种特有行为的习惯模式，这实际上是表层性格观念”，是“孤立地把行为特征视为性格特征”，从而忽视了“求索行为的动机，看其行为背后追求些什么，即行为背后的真实的原动力”，因此要想真正了解一个人，就需要了解他的广义性格。这里，广义性格是“人的自然欲求和精神欲求的追求体系”，它“不仅仅是行为方式而是包括心理方式、感情方式的总和”。[①] 随即，刘再复提出要将人的性格分为单一型、向心型、层递型和对立型四种模式，并且认为，在这四种模式之中，处于较高层次的“是对立型模式，就是性格内部具有深刻矛盾的典型，也就是二重组合型”[②]。不难看出，刘再复在阐释“性格组合论”的时候，借用弗洛伊德关于人格即超我、自我与本我三个层面的划分，其目的是强调真实人性的复杂性。正是在这个层面上，“性格组合论”深化和丰富了现实主义文学关于典型的评判标准，因此被称为新典型理论。

在长文《论文学的主体性》中，刘再复对“文学主体性”进行了最系统、全面的理论阐述。他首先对主体这一概念进行了界定。他指出：“人具有二重属性，一是受动性，一是能动性。”[③]接着，刘再复又强调了文学和主体之间的关系：首先，“文艺创作要把人放到历史运动中的实践主体的地位上，即把实践的人看作历史运动的轴心，看作历史的主人”，“把人看作目的，而不是手段”。其次，“文艺创作要高度重视人的精神的主体性，这就是要重视人在历史运动中的能动

① 刘再复.性格组合论[M].合肥：安徽文艺出版社，1999：49.

② 刘再复.性格组合论[M].合肥：安徽文艺出版社，1999：39.

③ 刘再复.论文学的主体性[J].文学评论，1985(6)：11.

性、自主性和创造性”。因此在文学实践中，就要遵循主体性原则，赋予作家、文学形象以及读者主体地位。具体地说，刘再复的“文学主体性”理论包含三个部分：作为创造主体的作家、作为文学对象主体的人物形象、作为接受主体的读者和批评家。[①] 作为创造主体的作家主要是指作家的精神主体性，即“作家精神世界的充分展示”，是“作家全心灵的实现、全人格的实现，也是作家的意志、能力、创造性的全面实现”。这就要求作家在创作中要具有“超常性”“超前性”和“超我性”，即“超越世俗的观念、生活的常规、传统的习惯性偏见的束缚”，“超越世俗世界的时空界限”，其超越的动力则来源于爱，“这种爱推到愈深广的领域，作家自我实现的程度就愈高。爱所能到达的领域是无限的，因此，自我实现的程度是无限的”。[②]“文学对象主体”的实现是赋予文学形象以主体的形象，刘再复批评了机械反映论中对人物创作的僵化模式，主张创作人物不能“用‘环境决定论’取消人物性格自身的历史”，“用抽象的阶级性代替人物活生生的个性”，“用肤浅的外在冲突掩盖人物深邃的灵魂搏斗”，而是要“在创作过程中，赋予描写对象以主体的地位，即赋予他们以独立活动的内在自由的权利”。[③] “接受主体”是指在文学实践活动中读者的主体地位，是指人在接受过程中发挥审美创造的能动性，在审美静观中实现人的自由自觉的本质，使不自由的、不全面的、不自觉的人复归为自由的、全面的、自觉的人，整个艺术接受过程，正是人性复归的过程——把人应有的东西归还给人的过程，也就是把人应有的尊严、价值和使命归还给人自身的过程。[④]

从资源脉络上梳理，“文学主体性”理论的诞生，并不是从天而降的，而是对马克思主义理论的再认识和再解读。在谈到人的存在的时候，马克思在《1844年经济学哲学手稿》中明确提出“有意识的生命活动把人与动物的生命活动直接区别开来”[⑤]，而在《关于费尔巴哈的提纲》中则批评费尔巴哈在论及人的活动时，“不是把它们当作感性的人的活动，当作实践去理解，不是从主体方面去理解”。并且指出，“人的本质不是单个人所固有的抽象物，在其现实性上，它是一

---

① 刘再复.论文学的主体性[J].文学评论，1985(6)：16.

② 刘再复.论文学的主体性[J].文学评论，1985(6)：22.

③ 刘再复.论文学的主体性[J].文学评论，1985(6)：17.

④ 刘再复.论文学的主体性[J].文学评论，1985(6)：11-26.

⑤ 马克思.1844年经济学哲学手稿[M].北京：人民出版社，2000：57.

切社会关系的总和"[①]。上述观点体现了马克思在人学理论方面的历史唯物主义思想,它一方面强调了人在感性的实践中的主体性质,以此与费尔巴哈的机械唯物论区别;一方面又通过人在现实性上"是一切社会关系的总和"的判断,揭示了人的客体性质,从而与主观唯心主义划清界限。刘再复显然受到了马克思的人学理论影响。此外,"文学主体性"理论还受到了李泽厚、康德等人思想的启发,是西方人本主义思潮影响的结果。[②] 这点刘再复自己也不否认。李泽厚在思想领域的最大贡献是对康德、马克思的主体性理论的创造性阐述与发挥,他也因此将自己的哲学概括为"人类学主体论或主体性实践哲学"。无疑,在新时期,李泽厚是最早关注主体性问题的学者。他的《批判哲学的批判》《美的历程》《主体性论纲》等哲学、美学著作以及思想史论三部曲,为刘再复"文学主体性"理论的诞生提供了强大的理论资源。不过,李泽厚的理论主要是关注人类与社会实践的关系,可谓哲学和社会学意义上的主体论,而刘再复则将它转移到文学的创作和阐释过程之中,强调个体性的主体论。[③] 更可贵的是,刘再复在从文学的层面上阐发李泽厚主体性理论的同时,对其进行了更加深入的探索甚至"超越"。例如,刘再复强调,完整的主体性,只可能在文学和审美的领域中获得,因为只有在文学中,人才可以自由和审美地生活。这也是文学的独特价值所在。进一步说,文学可以赋予工具和科技的现实世界以意义,而所谓的"文学主体性"就是指文学赋予这些意义的过程。

梳理刘再复以上著述,字里行间,除了李泽厚、康德的哲学影响之外,还可以看见其他许多思想家学说的影子,如对弗洛伊德学说、巴赫金的复调理论、萨特的存在主义理论以及接受美学等理论的杂糅阐发。因此,其理论在很大程度上只是对他人学说的继承、综合和再度阐释,而且存在很多理论短板,尽管如此,"文学主体性"理论在当时对于封闭、僵化的理论界和批评界仍然具有极大的挑战、冲击和启蒙意义。今天看来,"文学主体性"理论旗帜鲜明地提出人的

① 马克思,恩格斯.马克思恩格斯选集 第1卷[M].北京:人民出版社 1995:54-56.

② 在西方,与"主体性"相关的理论很多,包括康德的启蒙哲学、黑格尔的"心灵主体性"理论、叔本华和尼采的哲学、弗洛伊德的精神分析理论,以及马斯洛的人本主义心理学等。在中国,早在1979年,李泽厚便在《批判哲学的批判——康德述评》(由人民出版社出版)中提出用"主体性"来概括人的精神与物质活动,随后又在1981年发表《康德哲学与主体性论纲》,系统的讨论了哲学的"主体性"问题。

③ 刘再复在一次访谈中指出自己和李泽厚的区别:"李泽厚强调的是人类的主体性,人类实践的主体。我强调的是个体主体性,个体精神的自由性。"刘再复,杨春时.关于文学的主体间性的对话[J].南方文坛,2002(6):15.

问题是文学实践的核心，无疑找到了反抗机械反映论的突破口，并且使关于人道主义的讨论上升到一个新的层次。

四、启蒙文论的困境与“人民文学”的回归

日本学者竹内好在谈及近代中国和日本文学的时候指出：“今天的文学是建立在这些过去的遗产之上的，这个事实是无法否定的，但是与此同时，在某种意义上也可以说，对这些遗产的拒绝构成了今日的文学的起点。”①这个判断也适用于理解新时期文学，从某种程度上，它正是建立在对“五四”启蒙思想的继承和拒绝“文革”遗产的基础之上的。因此，新时期文学也被称为新启蒙文学，并且和“五四文学”一起，被看作影响 20 世纪中国的两次“意义深远的文学革命”。② 而刘再复的“文学主体性”理论，应当被看作新启蒙文学思潮在理论上的一个重要组成，因此可以称之为启蒙文论。它的思想承接与价值内核则在于对鲁迅等人在“五四”时期的人道主义精神的继承。

1977 年，刘再复转入文学研究所。从 20 世纪 70 年代末到 80 年代初，他主要从事鲁迅研究。今天看来，这一阶段的研究对刘再复的整体学术生涯和文艺思想发展具有发生学上的重大意义。对鲁迅的研究不仅是刘再复整个学术生涯的起点，而且对刘再复此后的学术思想发展与治学态度都产生了深刻的影响。特别是贯穿在鲁迅身上的试图用文学的方式进行启蒙，从而达到“立人”和社会改造目的的观念，更是为刘再复所推崇和继承，成为他对知识分子身份的一种自觉定位。而这种对国民启蒙和社会改造的关注，也造成了刘再复在治学中始终存在的内在矛盾。他的思想经常游离于思辨理性和实用理性之间，无法固守书斋而成为一个一心向学的单一学人，即使在进行学术思考的时候，也时常怀有忧国忧民之心，因此他的学术思想总是带有很强的现实指涉意义。或许正是这一原因导致刘再复在进行学术研究的时候，难以像纯粹的学者那样专心于研究的严谨性和系统性，即使是作为他学术巅峰的标志性成果“文学主体性”

---

① 竹内好.近代的超克[M].李冬木，赵京华，孙歌，译.北京：生活·读书·新知三联书店，2005:183.

② 1986 年“新时期文学十年讨论会”召开，许觉民在发言中认为，“新时期文学”“已经成为一种辉煌的、不可磨灭的历史存在”，是“继‘五四’文学革命之后，中国现当代文学中的又一次意义深远的文学革命”。历史与未来之交：反思、重建、拓展——“中国新时期文学十年学术讨论会”纪要[J].文学评论，1986(6):16.

理论，也存在许多可以为人讨论和商榷之处。这无疑降低了刘再复所可能达到的学术高度，甚至为那些反对者们提供了批评的理由和对象。但这些从来都不是刘再复担心和看重的事情，因为他本来就不是那种可以在单纯的辞章学问中满足并且获得存在价值和学术意义的人。正如同于“五四”一代，鲁迅们是通过文学的路径来实现改造国民性的目标，在刘再复这里，学术研究也不过是中国知识分子积极入世、启蒙国民的一种方式。在这一选择上，刘再复继承了鲁迅的精神，而这种对社会的自觉担当，也让刘再复的思想和意义超越了单纯的学术研究。

可以说，正是受到鲁迅用文学启蒙和“立人”的影响，刘再复才会在此后的文艺思想中将“人”的问题放置在最重要的位置上，而对启蒙和人的关注，也就成为刘再复文艺思想最基本的价值内核。[①] 1990 年代之后，刘再复远赴海外却仍然心系大陆，他提出“告别革命”的口号，主张改良、宽容和多元化，再次引起学界的巨大反响和争议。而细究其根源，却仍然和他对鲁迅思想的深入反思具有某种同构关系。

对于鲁迅的研究，还让刘再复取得了和整个“五四”新文化运动以及贯穿其中的人道主义思想的精神关联。众所周知，“五四”新文化运动的一个重要的历史贡献，就是在人道主义思想下对“人之自由”的追求。在此语境中，“五四”新文学追求“文学自由”，它至少包括双层内涵：对于创作者而言，是书写自由；对于创作内容而言，是书写自由的人。而“五四”新文学的使命之一，就是用“文学自由”之手段，来实现“人之自由”的目的。但实际上，“人之自由”与“文学自由”还存在着一种互为前提与基础的互动关系，因此也可以反过来说，只有“人之自由”，才可以实现“文学自由”。正是在这一历史语境之中，周作人在《人的文学》中第一个提出“人的文学”观念，主张文学应该是写人的，是对人性和人生的诸问题加以记录研究的，并且排斥写非人的文学。

遗憾的是，“五四”新文化运动对于人的启蒙尚未完成，就因为历史的原因被迫中断。此后，中国的现代性叙事仍在继续，但对于国家和民族的启蒙已经替代了对于“人之自由”的呼吁，在此情况下，“文学自由”的立场和“人的文学”

① 对此汪晖有过很精准的评价，他在文章《鲁迅研究的历史批判》中提出，刘再复的“性格组合论”“文学主体性”理论就是从他对鲁迅美学思想的理解中产生和发展起来的。汪晖.鲁迅研究的历史批判[J].文学评论，1988(6)：4-17＋172.

的主张也日益边缘。1949年之后，从“十七年”时期到“文化大革命”，随着文学一体化格局的建立，在书写上强调“政治正确”，在内容上阶级斗争和革命成为社会主旋律，于是“人之自由”与“文学自由”一同被压抑束缚。近年来学界对“救亡压倒启蒙”的说法颇多争议，但如果将启蒙理解为对人的启蒙，则此结论大体成立。1957年，当代学者钱谷融受到苏联文艺理论中人道主义理论的影响，特别是受高尔基把“文学当作人学”思想的启发，在《论“文学是人学”》一文中明确提出“文学是人学”这个命题，用以反对文学的工具论写作。这实质上是对“五四”时期人道主义精神和“人的文学”思想的继承。但遗憾的是，在那个时代，钱谷融和他的主张不可避免地受到批判。新时期到来之后，人们在对“文革”的反思中重提“人的解放”，无论是文学创作中对“大写的人”的呼吁，还是思想界对于人道主义的讨论，都再次促进了人道主义精神在中国文化界的活跃。而刘再复的“文学主体性”理论立足人道主义之上，是对“人的文学”和“文学是人学”观点在理论上的延续。“它将以‘人’为本的文学观念注入文艺理论系统，带来理论的内部结构的深刻变革。”[①]不过，在继承“文学是人学”这一观点的同时，刘再复又对其做了进一步深化。他在《论文学的主体性》中提出“内宇宙”的概念，用来指代人的精神世界。他指出：“机械反映论常常忘记了人既是主体，又是客体，特别是人的精神世界(即人的心灵自然、人的内宇宙)，也是一种客观存在。人的情感意志系统既带有主观性，也带有客观性。因此，文学艺术对客观世界的反映，应当包括两个方面，一方面是对纯客观世界的反映，一方面是对人的主体世界的反映。”[②]如果说，刘再复的“性格组合论”是用新典型理论来替代机械反映论关于典型的评判标准，进而说明现实主义文学应该书写真实人性的复杂性，其理论目的仍然是致力于现实主义文学的理论创新，那么，《论文学的主体性》中“内宇宙”概念的提出，表明刘再复已经放弃了现实主义文学理论重建的努力，开始将研究视角转向现代主义等非理性主义思潮。今天看来，刘再复的“内宇宙”说与新时期的文学向内转的思潮具有密切的互动关系，它不仅深化和拓展了“文学是人学”的命题，也为同一时期中国先锋小说和现代派文学的崛起提供了理论依据。这或许也是“文学主体性”理论曾经一度成为新时期文论主流话语的历史原因。在这一文论转换的背后，是人民性理论被边缘化，

---

① 张婷婷.中国20世纪文艺学学术史 第4部[M].上海：上海文艺出版社，2001：153.

② 刘再复.论文学的主体性[J].文学评论，1985(6)：13.

"人的文学"逐渐替代了"人民文学"的文学事实。

不过,正如当下学者对新启蒙思想的批判与反思一样,刘再复的"性格组合论"和"文学主体性"理论的提出,也是历史贡献与缺陷并存的。因此,它们一问世便引起了学界的强烈反响。[①] 特别是"文学主体性"理论,肯定者和批评者各执一词,形成了新时期文论发展中最大的一次学术论争。[②] 认同者高度评价其历史性意义,批评者则在承认"其强烈的现实意义和广泛的理论意义"的同时,指出其存在着不少粗疏、偏颇乃至错误之处。今天看来,"文学主体性"理论主要存在以下局限:首先,刘再复在理论里预设了一个超越历史范畴的绝对主体,并且认为这个主体具有无限的普遍性和自由性,这就抽空了主体的历史性,实际上这样的主体只能出现在抽象和虚幻的范畴里,在现实中并不存在。这就同马克思主义的历史唯物观相抵牾。此外,该理论过分夸大博爱的力量,无限放大人的主观能动性,并且将人的精神主体性放置于人的实践主体性之上,这也与辩证唯物主义相矛盾,从而让理论滑向了唯意志论和唯心主义的陷阱。1980年代后期,"文学主体性"理论逐渐走向边缘化,其原因除了理论自身的缺陷之外,也有政治语境与社会环境等时代变迁因素的影响,甚至还和人们对"现代化"这一方兴未艾的宏大叙事的复杂性思考密切相关。1990年前后,由于复杂的社会原因,对于刘再复文论的讨论从单纯的学术批评上升到严厉的政治批判。"文学主体性"理论也被视为文艺学领域资产阶级自由化思潮的代表学说而遭到抨击。1992年之后,伴随着政治批判在中国学术界的退潮,对刘再复文论的研究重新进入正常的学术争鸣时期。不过,这一时期,后现代主义和消费主义思潮开始在中国蔓延,历史主义和人道主义等观念被陆续解构,启蒙文论遭遇到空前的理论困境,"文学主体论"所依赖的诸多理论概念如"元话语""启蒙""意义""人"等关键词也变得模糊可疑,"大写的人"也已经让位于"小写的人"和"人的死亡"。在此语境之下,"文学主体论"已经无法从理论上解释和言

① 《论人物性格二重组合原理》在1984年第3期《文学评论》发表后,立即引起学界的热烈讨论。讨论可参见《文学评论》1984年第4期的《关于"人物性格二重组合原理"的争鸣》来稿综述,以及朱立元的《论典型的复杂性与审美价值——兼评刘再复同志的"二重组合原理"》(《复旦学报(社会科学版)》,1985年第3期)等文章。

② 相关论争被收入《文学主体性论争集》和《当前文学主体性问题论争》,分别由红旗杂志社和海峡出版社在1986年出版。此外,相关的争论文章还包括程代熙的《对一种文学主体性理论的述评——与刘再复同志商榷》(《文艺理论与批评》1986年第1期)、陈涌的《文艺学方法论问题》(《红旗》杂志1986年第8期)、董学文的《评刘再复的文学主体价值观》(《人文杂志》1991年第4期)等。

说现状，从而失去了生存的可能。和其相关的学术讨论自然也不再是学界关注的焦点，甚至已经淡出很多人的视线。在此情况之下，曾经在新时期大行其道的“人的文学”也日渐式微。而耐人寻味的是，进入新世纪以来，随着对“人的文学”和纯文学的反思，文坛开始重新关注现实，昔日被边缘化的现实主义文学重新回到了人们的视线之中。与此同时，伴随着“底层文学”和“新左翼文学”创作的出现，对于“人民文学”和文学的人民性问题的研讨，也重新回归文学视野。

从“大写的人”到“习惯死亡”*

——由张贤亮作品看“新时期”文学的历史吊诡

从“大写的人”到“习惯死亡”，是启蒙文论主导下“人的文学”书写的必然逻辑，并且和张贤亮作品的主题演变有着某种程度上的同步性。或者说，张贤亮作品正是对刘再复启蒙文论以及以此为理论基础的“人的文学”的典型演绎，而伴随着主体性文论的日益边缘化，“人的文学”也在人们的不断反思和批判之中日益式微。因此，对于张贤亮作品的解读，不仅有助于反思“新启蒙主义”，还可以有效厘清新世纪以来中国文坛“人民文学”重新替代“人的文学”的内在逻辑。

一、“新启蒙主义”文学的话语实践

王德威在《想象中国的方法》中写道：“小说是现代中国文学最重要的一种文类。过去一个世纪以来，小说记录了中国现代化历程中种种可涕可笑的现象，而小说本身的质变，也成为中国现代化的表征之一。”因此，“比起历史政治论述中的中国，小说所反映的中国或许更真切实在些”。于是，王德威进一步提出“小说中国”的概念。他说：“但由小说看中国这样的观念，毕竟还嫌保守。我更是借此书强调小说之类的虚构模式，往往是我们想象、叙述‘中国’的开端。”②王德威的观点，至少表明了两个意思。其一，现代小说始终是和中国现代化的历程相联系的；小说的发展脉络，“也成为中国现代化的表征”。其二，也许更重要的是，小说不仅是现代性叙事这种现代中国最大意识形态的表征，或者按照

---

* 本文发表于《文艺理论与批评》2011年第6期，后被《中国现代、当代文学研究》2005年第9期全文转载。收入本书后，略有修改。

② 王德威.想象中国的方法：历史·小说·叙事[M].北京：生活·读书·新知三联书店，1998：1.

伊格尔顿的说法，是社会政治和思想意识的反映，它同时也在通过“想象、叙述”来“规训”我们对国家、民族以及现代性叙事的认同，通过虚构与想象来推动意识形态本身的发展和生产。王德威的观点让人想到了赫胥黎的名言：“在很大的程度上，民族是由它们的诗人和小说家创造的。”也正是在这个意义上，王德威实现了对伊格尔顿思想的继承，指出了思想意识生产文学，文学反过来又生产思想意识的循环。李扬因此评价说：“将人们熟悉的‘中国小说’改变成‘小说中国’，表面上看只是简单地改变了概念的顺序，实际上却是改换了研究文学的方式。”①

王德威针对现代中国文学提出的“小说中国”概念，同样也可以运用到对当代文学包括新时期文学的考察上面。实际上，新时期文学的叙事是以对“文革苦难”的回忆和对“现代化明天”的展望为肇始的。新时期以来，对“文革苦难”的叙述不约而同地成为复出的一代与知青作家共同的书写主题。也正是在这里，我们可以看到，对苦难历史的叙述不仅是当时主流意识形态的表征，同时也在为我们反过来生产新的思想意识。或者说，“让历史告诉未来”。正如戴锦华一针见血指出的，新时期文学中对苦难的叙述事实上是借批判“文革”生产现代性话语。② 进一步说，这种对苦难的叙述也正是文学叙事和当时的主流意识形态共谋的产物。它通过对往日“伤痕”的抚摸，获取今天“康复”的证明与明日“健康”的想象，从而顺利完成对民族浩劫“为了忘却的纪念”，实现对一个国家和民族身份认同和内在凝聚力的重新整合。戴锦华认为，这种整合其实也是一种新的身份政治和“社会的再度分化与重组”的开始。③

现在看来，新时期文学在“控诉”和“展望”的背后其实充满了集体无意识的浮躁和面对现代性的焦虑。其症候有二：首先，是对于“文革”过于简单和“一刀切”的“剔除”与“遗忘”，却忽略了它所蕴涵的“反现代性的现代性”的一面；其次，是对于“现代化”不假反思的渴望与承接。具体地说，新时期文学显然将“文革”和“现代化”有意设置成一组二元对立的关系，通过对“文革”的全盘否定来赋予“现代化”在中国的合法性。或者，更精确地说，否定“文革”和呼吁“现代化”是新时期文学的一体两面。在这里，否定和呼吁主要是通过对“文革”的批

① 李扬.50—70年代中国文学经典再解读[M].济南：山东教育出版社，2003：367.

② 戴锦华.隐形书写——90年代中国文化研究[M].南京：江苏人民出版社，1999：42.

③ 戴锦华.涉渡之舟[M].西安：陕西人民教育出版社，2002：33.

判——让人自然产生对“启蒙”“秩序”“人性”这些现代性叙事的关键词的诉求——来进行的，所以，在今天反思 1980 年代时，“新时期”文学又被更精确地命名为“新启蒙主义”文学。在二十世纪七十和八十年代之交，“新启蒙主义”文学在“人道主义”与“主体性”的基础上，重新发出“文学是人学”的呼唤，并且提出“大写的人”作为口号。这种文学思潮在历史层面上试图和“五四”启蒙精神接轨，同时也暗示了横亘其间包括“文革”在内的社会主义实践是启蒙道路上的“断裂”和“空白”，将它草率地描述为封建和专制媾和的怪胎。这种“断裂”和“空白”也体现在新时期对于文学史的编撰上。在现实层面上，“新启蒙主义”文学则在告别“文革”的前提下，配合“思想解放”与“改革开放”的宏大叙事，以文学独有的形象思维方式来阐释走西方的“现代化”——也就是全球化——道路的正确性与必要性。

今天来看，“新启蒙主义”文学的思想意识显然是存在问题的。其最大的问题就是对于西方“现代性”思潮不假反思的匆忙承接——同时也是对于民族遗产和传统过于简单的告别。甚至新时期自诩的“五四”源头本身也存在这个问题，即将“传统”和“现代”过于僵化地“构造”成一组二元对立的关系，而忽视了其间的互动和转化。换句话说，新时期中国在“现代性”叙事的历史转折期，缺少当年德国在向现代民族国家转变时的在文化政治上的审慎和自省。进一步说，“新启蒙主义”文学对于现代性的认同与承接是建立在只承认一种现代性——也就是西方现代性——的基础上的，它同时也暗含了对于中国社会主义一系列“反现代性的现代性”实践探索的粗暴否定和简单拒绝。这种对于现代性的迷信导致“新启蒙主义”急切地向西方镜像进行全面模仿，却全然不知这种模仿最终会导致自我迷失。

当然，迟到的反思尽管“滞后”，却也是必要和有效的。具体地说，“新启蒙主义”文学走到今天，已经日益失去其对于时代积极的一面，呈现出其负面和消极的色彩来。而相应地对于“新启蒙主义”文学的反思，不仅可以有效地解释今天文学发展存在的许多问题，而且可以引起我们对于中国社会问题的诸多思考。

本文正是建立在这个认识的基础上，试图以张贤亮作品为主要文本，来考察“新启蒙主义”文学的内在逻辑，探询它是如何由“解放人性”走向它的反面。或者说，是如何由“大写的人”这个旗帜性口号，走向“小写的人”乃至演变成人的“精神死亡”这个最终结果的。

二、“新启蒙主义”文学中的“肉体修辞学”

李扬曾经通过对《红岩》的文本分析，提出了“身体的意识形态”的说法。他说：“《红岩》与‘样板戏’最为接近的一个地方，是对‘身体’——准确地说，是对‘肉身’——的排斥。这一艺术手法在将(20世纪)50年代的道德艺术化的修辞方式发展到极限的同时，也展示了现代性特有的二元对立逻辑的终极形式，即由‘个人’与‘家庭’的对立发展到‘民族国家—阶级’与‘家庭—个人’的对立，最终发展到更为抽象的人的‘精神’与‘肉身’的对立。”[①]这种“身体的意识形态”叙述，在将正义者身体苦难神圣化的同时，也净化甚至排斥了其基本的身体欲望，从而将处于二元对立位置的精神最大限度地纯洁化。“在这里，敌我双方的政治对抗被简化为‘精神’与‘肉身’的对抗，作为纯粹精神存在的共产党员几乎没有任何肉身的踪迹，因此对共产党员的肉身摧残不但不能伤害共产党员的形象，相反成了对共产党人精神纯洁性的考验，而大大小小的国民党特务却无不生活在‘食’‘色’这些最基本的身体欲望之中，在这种最卑贱的动物性中无力自拔，‘阶级的本质’使他们始终无法了解和进入共产党人的精神世界。”[②]

实际上，这种对“身体的意识形态”叙述也延续到了新时期“复出的一代”的叙述上。而其对身体苦难神圣化的表述，也就是通过磨难衬托出受难者的圣洁品格和崇高理想。可以说，从维熙的作品最典型地继承了20世纪50—70年代对“苦难”的写作模式。这种叙事主要刻画“正面人物”(或“英雄人物”)灵魂的“纯净”和道德的“完美”，如《雪落黄河静无声》中，范汉儒被描写成“看不见他身上的一点杂质，透明得就像我们医药上常用的蒸馏水”。这种叙述让我们想到了“共产党员都是用特殊材料造成的”这样的名言，它本身就暗示了某种“非常人性”。

张贤亮也正是带着这种思路写作《灵与肉》的。作品描写一个大资产阶级家庭出身的青年知识分子，在社会主义的特定条件下，通过劳动的磨炼和对身体的考验，“成长”为具有纯洁精神和坚定信念的社会主义“新人”。但是，张贤

---

① 李扬.50—70年代中国文学经典再解读[M].济南：山东教育出版社，2003：194.

② 李扬.50—70年代中国文学经典再解读[M].济南：山东教育出版社，2003：194.

亮的写作一开始就带有复杂的异质性和含混性。从某种意义上，他笔下的人物比从维熙书写的更具有人的主体特性。张贤亮喜欢描写具有资产阶级家庭背景的知识分子的遭遇，而我们知道，“资产阶级”在西方的启蒙主义哲学里，具有人道主义和思想的自由解放这些含义。同样，在经典文学里，它比无产阶级更具有肉体性和欲望性。而主人公的知识分子身份，更让这种对“身体的意识形态”叙述带有复杂性和暧昧性。

在此后的《绿化树》里，这种叙述的异质性和含混性更进一步明晰为对劳动改造的疑问、质询、屈辱和背叛，作品叙述甚至充满了黑色幽默。在这里，大自然不再像《灵与肉》里那样充满诗意，是可以用来欣赏和陶冶灵魂的，甚至具有培养爱国主义精神的风景，而是和更迫切的身体需要联系起来。作品一开始，被饥饿折磨的主人公行进在去农场就业的路上，他看见路边的稻田，心里的念头是“如果是玉米田，说不定田里还能找出几个丢失下来的小玉米”“遗憾！这里没有玉米田”。接着，作者进行了一大段风景描写：“太阳暖融融的。西山脚下又像往日好天气时一样，升腾起一片雾霭……”但是，在这样美好的自然面前，章永璘却感到“身上酥酥地痒起来了。虱子感觉到了热气，开始从衣缝里欢快地爬出来”。

实际上，张贤亮在这里清楚地呈现出自己创作思想的演变脉络，就是从以社会主义现实主义和浪漫主义的创作方法为主导到“新启蒙主义”文学的创作思想的转变。进一步说，在《灵与肉》和《绿化树》里，张贤亮已经有意无意地对经典革命文学里不食人间烟火的正面人物形象进行解构，同时也在建构一种“新启蒙主义”文学的“人”的理念，即人不仅是精神上的，同时也是身体上的；即使是所谓的社会主义“新人”，也有自己的肉体性和欲望性需要。

因此，张贤亮在宣称自己的作品是“政治小说”的同时，也没有忘记强调它的人本主义含义：“政治遭遇，不过是人生的一种形式。我并不着重去写主人公面对的政治。……作家只有面对人本身，也就是面对自己内心，才能在‘人’这个大题目上和整个人类取得共同性。”[①]这种“灵与肉”的冲突让经典革命文学里的“身体的意识形态”叙述逐步转变为“新启蒙主义”文学中的“肉体修辞学”。显然，在张贤亮看来，只有将精神需求和身体需求兼顾起来的人才是真正意义上的“人”，或者说是一个“完整的人”。可以说，同戴厚英相比，张贤亮笔下的人

① 张贤亮.追求智慧[M].北京：中国华侨出版社，1998：220.

物从另外一个方面发出了“大写的人”的呼吁。

三、“新启蒙主义”文学的叙事逻辑

“新启蒙主义”文学通过“肉体修辞学”的叙述,将社会主义“新人”由不食人间烟火的英雄消解为具有七情六欲的凡人。但是,读者们很快发现,这种对于人性的“解放”,并没有带来所谓“大写的人”,更没有实现人性和精神的升华。相反,在“新启蒙主义”文学里,到处游走的却是一些极端自我主义的“小写的人”,所谓人性的“解放”蜕变成欲望的露骨释放。在这方面,《绿化树》中的主人公章永璘无疑是个典型。

章永璘先在劳改农场接受改造,然后被安排到另外一个农场就业。但是,苦难和劳作在他身上,并没有发生在许灵均身上体现出来的人性升华,劳改农场也并没有将他改造成为一个符合标准的“新人”。相反,在经受着饥饿折磨的主人公的内心,“饥饿会变成一种有重量、有体积的实体,在胃里横冲直撞,还会发出声音,向全身的每一根神经呼喊:要吃!要吃!要吃!……”因此他费尽心机从伙房弄来稗子面煎饼吃,从蒸笼布上刮下馍馍渣吃,甚至不在乎被营业部主任指责为“资产阶级的恶习不改”,“没有一点劳动人民的生活作风”。

当然,求生到底只是人的原始需要,对章永璘来讲,欲望的野马始终在现实的栅栏里冲突着,时刻向往在栏外那片原野上驰骋。《绿化树》不仅生动地刻画了章永璘的现实遭遇,更淋漓尽致地给读者呈现了他的“灵肉冲突”。而女性的抚慰和对性爱的渴求无疑成为他迅速长大成“人”的催化剂。《绿化树》里,在马缨花满足了章永璘吃饱的需求以后,章永璘肉体飞快地成熟起来,而这同时导致了精神上的变化:“肚子吃饱了之后,我发觉有一种非常隐秘的东西在撩动我的心弦。”一种崭新的情感——爱情——在章永璘的内心像春天的野草一样悄悄地成长。因为爱情的力量,章永璘决定要做一个“真正的‘自食其力的劳动者’”,然而,当圣母般的马缨花填饱了他那干瘪的肚子,并指点着他同“人类的智慧联系起来”时,章永璘不无痛苦地发现,在情爱的表达方式和性爱的道德观念方面,他们之间存在着无可回避的差异。章永璘在拥有了爱情的动力后,开始“恢复了过去的记忆,而成为一个‘知识分子’”,同时作为知识分子的角色认同和一度泯灭的主体意识也开始苏醒过来。他开始发现自己和马缨花、海喜喜之间根深蒂固的差距——具有精英意识的“知识分子”和下层民众的差距。

正是在这里,“新启蒙主义”文学无意中暴露了自己的内在逻辑——将因为质朴而显得愚昧的下层民众作为界定自己“文明”和获取优越感的他者和反面。实际上,“新启蒙主义”文学也正是在这里走向启蒙的对立面的,因为正是像大地母亲一样善良无私的劳动人民代表着“大写的人”的真正内涵。

在《绿化树》里,无法和劳动民众达成认同让章永璘发出了对原来认可的“自由”“理想”的怀疑和迷惑:“过去朦胧的理想,在它还没有成型时就被批判得破灭了。”“我虽然自由了,但我觉得我并没有落在某一处实地上,相反,更像是悬挂在四边没有着落的空中……”章永璘的联想和迷惑让人想起了昆德拉在《生命中不能承受之轻》中对“轻”和“重”两种生活方式的探讨:

> 也许最沉重的负担同时也是一种生活最为充实的象征……相反,完全没有负担,人变得比大气还轻,会高高地飞起,离别大地也离别真实的生活。他将变得似真非真,运动自由而毫无意义。
>
> 那么我们将选择什么呢? 沉重还是轻松?①

在这里,昆德拉提出了一个让人思考的严肃问题,也就是“轻与重”的问题。它实际上在质问人自己:在人漫长的生命旅途里,什么是最重要的? 什么是必须坚持和不能背叛的? 在他看来,这个问题是关系人的存在本身的终极问题。昆德拉的提问和章永璘的疑惑是一致的,都是为了理解一种存在的可能。关于《生命中不能承受之轻》,昆德拉解释说:“全部小说都不过是一个长长的疑问。”②“无论有意无意,每一部小说都要回答这个问题:‘人的存在究竟是什么? 其真意何在?’”③很多学者都将郁达夫式的“欲情净化”作为知识分子灵魂反思的典型,但是,章永璘和郁达夫笔下充满忏悔的知识分子却有很大不同。他并没有在“情智矛盾”“灵肉冲突”面前止步,反而让新一代中国智识者打上了西方个人主义“恶”的印记。

在这里不妨对二者进行具体分析。黄子平曾经对郁达夫式的“欲情净化”

---

① 昆德拉.生命中不能承受之轻[M].安丽娜,译.西宁:青海人民出版社,1998:3.
② 昆德拉.小说的艺术[M].孟湄,译.北京:生活·读书·新知三联书店,1992:29.
③ 昆德拉.生命中不能承受之轻[M].安丽娜,译.西宁:青海人民出版社,1998:前言 4.

发表了有趣的看法。他认为，在郁达夫作品里，作为个人主义“自我”的知识分子面对下层民众流露出“人道主义的理性掺杂着自我谴责的复杂情感”。而“这样的痛苦，是从‘旧营垒中来’的阶级背叛者的痛苦，是面对着必然的历史进程走向新兴的阶级时的痛苦。这就预示了我们的叙事模式的一种发展趋势：劳动者的形象日渐高大而纯正，知识者对自己身上的‘鬼气’日渐自惭形秽。面对着劳动妇女的正直和善良，‘欲情净化’就不仅是一种生理、心理、道德上的自我超越，而且带有某种历史哲学意味的升华了”①。而在章永璘这里，“自我”与下层民众的相逢是被迫的，他一方面产生了“同是天涯沦落人”的感触，另外一个方面，他内心仍然感到自己和下层民众是不一样的，因此他不可能和下层民众惺惺相惜、产生精神共鸣。在章永璘这里，痛苦不是“从‘旧营垒中来’的阶级背叛者的痛苦”，而是想回归到自己原有的身份认同而不得的痛苦。他们虽然为劳动者的朴素无私感动，同时却在内心对劳动者有一种轻蔑感。作为个人主义“自我”的知识分子正是以劳动人民为二元对立的他者来确立自己的主体意识和身份认同的。考察张贤亮的作品，不难发现，知识分子在遭遇苦难的时候，内心仍然有一种潜在的优越感和自恋感。在这里，不是知识分子对劳动者的仰视，而是劳动者对知识分子的仰视。因此，才有一个个“书生落难，妇人相救”的“叙事模式”。也因此，章永璘他们一方面因为“劳动者的形象日渐高大而纯正”而产生了忏悔的心理，另一方面又不断地为自己内心的卑鄙情感寻找合法性。正是在这里，“新启蒙主义”文学的内在逻辑昭然若揭。

在《男人的一半是女人》里，张贤亮将这种逻辑推向极端。肉体的需要让章永璘对文明的作用进行了“价值重估”：“有思考能力的人靠思考生活，没有思考能力的人靠本能生活，但本能使人坚强，思考却使人软弱。”在这种强烈却原始的需求面前，章永璘决定向黄香久求婚。在开口的那一瞬间，他对自己即将行动的爱情进行了审视、怀疑和否定：“可是，这里的爱情呢？有爱情吗？去他妈的吧，爱情被需求代替了！”显然，在《男人的一半是女人》里，张贤亮对贯穿《灵与肉》和《绿化树》的主题“让苦难改造灵魂”进行了彻底的解构——章永璘在放纵欲望的同时任凭灵魂堕落，他甚至感到了堕落的快感。

尽管如此，身处苦难之中的章永璘并没有因劳动人民对他的关怀而感到惭

① 黄子平.同是天涯沦落人——一个“叙事模式”的抽样分析[M]//黄子平.沉思的老树的精灵.杭州：浙江文艺出版社，1986：239.

愧，相反，他复杂而幽暗的灵魂更加呈现出自私和丑恶的一面来。在章永璘的心目中，黄香久仅仅是发泄他情欲的工具，吸引他的仅仅是她"立体感和肉质感"的身体，至于她淳朴的内心世界，章永璘则毫无兴趣。黄香久脸上洋溢的"很纯净的天真"和"超凡脱俗的光辉"，显然和《黑骏马》里额吉身上的光芒一致，是大地母亲的象征体和承载者，但是在章永璘看来却显得非常愚蠢。

曾经有论者指出张贤亮作品里的"恋母情结"，其实在张贤亮笔下人物的理性世界里，"恋母"倾向只是以辅助性面貌出现的，自我永远是结构核心，自我超越始终是至高无上的人生目标。女性的"任务"主要表现在对这一目标的催化：要么如马缨花那样鼓励，要么如黄香久那样刺激。她们只是"过程"而难以成为"目的"。这是作品显得"残酷"的又一体现。正如《男人的一半是女人》里提到的："被严峻的现实摧毁磨垮的人，大半是多愁、恋于儿女私情的人"，"人在困境和屈辱中需要自以为是和自高自大来支撑自己"。因此，当黄香久利用自己的身体和爱情治愈了章永璘的性无能的同时也就完成了她的使命。故事的结尾，张贤亮借着她同曹学义的私通情节，让章永璘以投身政治风暴、避免连累对方为由将她离弃了。女人创造了男人，男人却割断了彼此血肉相连的精神脐带，并且以追求自由和人性解放这样崇高却虚伪的名义，迅速走向极端个人主义天地。

可以说，《男人的一半是女人》是一部展现知识分子在精神成长与蜕变过程中的"心灵史"，同时也是在"灵与肉"的冲突中走向堕落的背叛史。寻求个人主义"自我"的思想实践最终走向它的反面。而这种精神的堕落与背叛，只能导致精神的最终死亡与意义的终结，与之对应的，则是身体哲学的盛行与肉体的狂欢。

四、结语

在后期作品里，张贤亮更多地将笔触放在对精神"死亡"后的内心状况和个体实践的描述上，试图通过这种描述，反映在理想丧失后人的痛苦、迷惘、超脱或者堕落。这种反映是和《男人的一半是女人》里"完了"的叫喊联系在一起的。在那里，"完了"象征了章永璘精神的一面：徒然是一具丧失了灵魂的"废人"。而在《习惯死亡》里，这种对精神"死亡"的敏锐意识已经退化为一个令人麻木的

“习惯”。在丧失了精神动力后，人更多地转向欲望与本能的驱使，因此，在《习惯死亡》里对“完了”的叙述就像音乐剧的主旋律一样贯穿始终。与《男人的一半是女人》不同的是，“完了”在这里已经不是抗争的呐喊与呼叫，相反，它是人在精神“死亡”后的“一声叹息”，更是在“习惯死亡”后快乐的欲望呻吟。

这种堕落无疑是和理想信念的丧失联系在一起的。在《绿化树》里，“死亡”成为对一个无神论者在马克思主义信念丧失后“最轻松的解脱”，这里的“死亡”无疑是指精神维度上的，是对丧失理想和信念的一种修辞。《习惯死亡》的主人公更是以一种变态心理疯狂地渔猎女友，因为他已经不能再过普通人的家庭生活。在这里，张贤亮深刻地揭示了极端自由主义的悖论。那个在精神上“大写的人”，那个一直到死都在迷恋“意义”的人已经“死了”，苟活的只是本能的载体，因此作家才能在成功地做爱之后产生一种被枪毙的感觉。在《习惯死亡》里，作为唯物主义者的作家在信念破灭之后，开始对所有神圣与崇高性的东西失去信任，他转而依赖“跟着感觉走”的身体哲学：

> 多少年以后我才知道是饥饿挽救了我，使我不至于陷入思考的痛苦。如果不是因为饥饿，复活了以后我就会想“我是谁”，想什么狗屁的人生悲剧，我的肚子虽然空虚但早就灌满了哲学家关于生与死的名言，那些狗屁肯定会折腾得我再次死去。①

作家在这里发表了一番自以为看破红尘的高见，其实却是和世俗同流合污的牢骚，是知识分子在精神“死亡”后选择堕落的“告别宣言”。当然，这种从追求崇高到“自由”堕落的转向，对一个曾经迷恋“意义”的知识分子来说无疑会经过一个痛苦的过程，但是它却是“新启蒙主义”的必然逻辑。而这个发展脉络似乎和张贤亮作品的主题演变有着某种程度上的同步性：从对“大写的人”的呼吁到宣告人之精神的“死亡”，从对人性进化的乐观到欲望狂欢的开始。《习惯死亡》于 1989 年出版，这个时间本身就蕴涵着丰富而复杂的历史意味。它意味着一个以对“现代性”的美好想象为肇始的“新时期”的终结，也意味着一个重新认识自我和时代的开始。从这个意义上，张贤亮的文学作品，因为同步呈现了新时期现实生活的内在逻辑而成为解读时代精神的症候性文本。它们形象并且

① 张贤亮.张贤亮小说自选集[M].桂林：漓江出版社，1995：410.

充分地说明了主体认同与人民社会的密切关联，以及在脱离对人民生活的现实关照之后，所谓人的主体性的无根与虚弱。而关于主体认同与人民社会的内在关联，不仅体现在同时期作家张承志的文学作品里，也为新世纪前后现代主义与“人的文学”的衰败，以及现实主义与“人民文学”的回归所证明。

重走现实主义道路*

——论路遥的文学意义

1980年代，对于21世纪初的中国来说，是一个需要及时梳理和反思的“新时期”。在“现代化”的旗帜下，文学凭借西方移植资源与“走出国门”之诉求的闪电式结合，一度出现此起彼伏式的繁荣昌盛。但是，曾几何时，在众声喧哗和一系列眼花缭乱的登台亮相之后，文学却在不经意间蜕变为故弄玄虚和闭门造车的“纯文学”游戏。1990年代以来，中国社会正值一个新的社会转型时期，昔日跃立时代潮流之前沿的文学，却陷入文学死亡论和作家边缘化的尴尬境地，这不能不说是一个对1980年代文学演变的历史吊诡。

今天，反思文学的现状，我们在警惕市场化体制对作家娱乐化心态和消费主义写作影响的同时，也需要注意到，“新时期”以来，标举写“个人”的“新启蒙”文学，以及从“写什么”到“怎么写”的“纯文学”理念，在摆脱当代作家头上的政治束缚的同时，也同中国文学的现实主义传统渐行渐远。可以说，文学正在丧失对广大人民的关注，作家正在忘却对社会现实的责任，这不能不说是今天文学失陷的一个主要原因。

因此，重振文学对时代的作用，中国文学直面现实的传统就必须被重新继承并发扬光大。正是在这个层面上，我们阅读和纪念路遥。他和他的现实主义文学作品，不仅在今天得以重现其固有的文学价值，并且留给我们丰富的时代启示和文学意义。

---

* 本文发表于《文艺理论与批评》2007年第6期。

一、“城乡交叉地带”的人物叙述

自新文化运动以来，在现代性叙事这个他者的“注视”下，中国作家开始了对“乡土中国”的重新叙述。但是，因为时代的原因，以鲁迅的《故乡》和以沈从文的《边城》为代表的乡土叙事，或者强调现代文明的启蒙，或者强调对“外面的世界”的距离，其结果都无法摆脱二元对立的现代性叙事模式。到了1980年代，中国的城乡改革和对外开放都已经进入新的阶段，时代的脚步再也不能止于作家对社会文明进行非此即彼、厚此薄彼的简单判断。作为一个始终关注社会现实的作家，路遥率先感受到了时代变化的信息，他敏锐地发现：“骤烈的社会改革，已经使中国的农村和城市再不是各自封闭的天地了。它们还将会在更大的程度上交叉在一起。而且在未来的某个时候，它们的界线甚至会变得模糊不清。”也正是在这个感受下，路遥确定了他的书写对象：“我的作品的题材范围，大都是我称之为‘城乡交叉地带’的生活。这是一个充满矛盾的、五光十色的世界。”①

路遥作品的主人公往往都是游走于城乡之间的人物，而作品中的其他人物，虽然有的生活在城市，有的生活在乡村，但都因为和主人公某些方面的关联，而对彼此差异的生活方式和观念有了多多少少的理解和参与。事实上，路遥小说的意义开掘和主题建构，他所书写的情感与理性的矛盾、欲望和道德的冲突、现实与理想的对立以及爱与恨的交织，也都发生在这样一个“城乡交叉地带”的时空背景之下。不过，路遥作品的这些矛盾、冲突和对立，虽然体现在个人的内心冲突中，但都反映了一个共同的主题：在中国，当农村和城市交叉相遇的时候，如何看待不同文明和观念之间的关系？

在《人生》的主人公高加林身上，有着鲜明的对城市文明的渴望，不过，这种渴望是和他对自己“乡下人”的自卑纠缠在一起的。小说有这样一个细节：父母让高加林到县里卖馍头，高加林感到非常丢人，在卖馍头的路上，因为看到周围的老太婆也挎着篮子，他就辛酸地想到，自己真成了乡巴佬，内心十分悲哀。随后，高加林化悲哀为力量，开始了一系列以从农村到城市生活为目标的奋斗。但是，在高加林身上，这种对城市的渴望却是和他对乡村的背叛同时进行的。

① 路遥.路遥小说选[M].西宁：青海人民出版社，1992：自序.

高加林和农村姑娘刘巧珍的爱情，并非对传统“痴情女子负情汉”故事的现代演绎，而是融入了复杂的人性探究。高加林的负心，不仅是对爱情的辜负，也是他不断扭曲和全面“改造”昔日自己的结果，他因此成了一个于连式的人物。而在这种扭曲和否定的背后，是对城市文明的全面认同和对乡村文明的彻底否定，也是对不择手段的个人奋斗的无条件接受。高加林注定要成为城乡文明差异的牺牲品：他既背叛了来自家乡的情意，又无法被城市完全接受，最终在现实和情感世界都一无所获。

和高加林一样，在路遥的另外一部代表作《平凡的世界》里，主人公孙少平也是一个受过教育的“乡下人”，两人的身世、早期经历相似。不过，孙少平并没有像高加林那样竭尽全力地向成为一个“城里人”的生活目标奋斗，相反，他心态平和地反复游走于城乡之间，无论是回农村做小工，还是当井下工人，他都安心地一直处在底层社会中。在孙少平为了生活而奋斗的时候，他并没有像高加林那样将自己变得面目全非，而是始终保持着“乡下人”淳朴、善良、勇敢和勤劳的本色。但是，就是这样一个平凡的小人物，却不仅获得了家乡人的喜爱，也获得了包括田晓霞在内的“城里人”的认可甚至爱情。

从高加林到孙少平，路遥展现给读者的，不仅是个人实现自我价值的方式差异，也是两种不同的文化认同和价值判断。而路遥正是通过对这种“城乡交叉地带”人物的叙述，表达了自己对于当代中国城乡文明和现实关系的看法。在现代城市文明中，个人奋斗和彼此竞争是个人无法回避的生存法则，但是这种奋斗和竞争如果仅仅以个人的功利和欲念为遵循，就会变得像高加林那样不择手段，并且将自己不断扭曲、分裂，直到面目全非；而孙少平的成功恰恰在于他始终保持了中国乡土文化中的传统美德。实践证明，这种美德并没有因为城乡的差别而过时，或者说，它是普适的。作为一个理想型人物，孙少平的身上无疑寄托了作者在自身时代对社会发展的一个答案。

在 1950 年代，在谈到短篇小说的创作时，茅盾曾经主张要选取具有典型意义的生活片断，也就是生活的“横断面”。到了 1980 年代，路遥所关注的“城乡交叉地带”，无疑也可以看作整个中国在改革开放时期的“横断面”。所谓“城乡交叉地带”，狭义地看，可以将其理解为中国城乡文明的交接处；广义地看，它甚至可以涵盖在现代化和全球化浪潮冲击下“乡土中国”的整体。现代西方资本主义文明片面强调竞争，将社会达尔文主义也就是社会丛林法则看作个人成功的必备要素，甚至宣称人性恶是社会进步和发展的动力，其必然造成人类的物化和异化，这样的人势必是不健康的，这样的社会也势必是不健全的。“新时期”以来，中国在步入现代化叙事的轨迹中，如果对不断移植的外来思想不能进行及时的梳理和有效的反思，一味对西方现代性进程不加选择地进行全面复制，其结果也同样会陷入发展的困境。而对滋养我们五千年的传统文明中自然和美好元素的继承和发扬，无疑是走向这种困境的有效路径。正如路遥所说：“当历史要求我们拔腿走向新生活的彼岸时，我们对生活过的‘老土地’是珍惜地告别还是无情地斩断？这是俄罗斯作家拉斯普京的命题，也是我的命题。”“我迄今为止的全部小说，也许都可以包含在这一大主题之中。”而“如何在‘全球化’的背景下保持文化的自主性？如何让价值的、伦理的、日常生活世界的连续性按照自身的逻辑展开，而不是又一次被强行纳入一种‘世界文明主流’的话语和价值体系中去”①，已经成为当代中国知识分子必须思考的问题。显然，对于路遥来说，并非要简单化地强调中国传统文化在现代性叙事中的特殊性、不可兼容性和对抗性，而是要求我们在现代性叙事中不能割断自身和历史的联系。所谓“忘记了过去就意味着背叛”，认为现代性就是城市化和反传统，最终会导致我们像高加林那样在文化认同和主体认同方面陷入双重危机。

二、路遥写作的人民性立场

在“新启蒙”文学中，“苦难”是一个常见的主题。不过，这种对“苦难”历史的叙述不仅是对“文革浩劫”的控诉，同时也在生产新的思想意识。或者说，“新时期”文学中对“苦难”的叙述事实上是借批判“文革”生产现代性话语。于是，对“身体”的关注就成为“新启蒙”文学中一个常见的叙事策略。“新启蒙”文学正是通过对“身体”的叙事，实现了对经典革命文学里正面人物的解构，同时建构出另外一种“人”的理念：人不仅是精神上的，同时也是身体上的；即使是所谓的社会主义“新人”，也有自己的肉体性和欲望性需要。这个方面，张贤亮作品《绿化树》中的主人公章永璘无疑是个典型。章永璘虽然是一个知识分子，但是在劳改农场接受改造的时候，却对满足“食色性也”的身体需要竭尽全力。显然，在“新启蒙主义”文学看来，只有将精神需求和身体需求兼顾起来的人才是

① 张旭东.全球化时代的文化认同[M].北京：北京大学出版社，2005：1.

真正意义上的人,或者说是一个“完整的人”。不过,将英雄消解为凡人的结果并没有导致人性的解放和升华,相反,在“新启蒙”文学里,到处游走的却是一些极端自我主义的“小写的人”,所谓人性的解放只不过为露骨地泄欲提供了借口。

同为“新时期”的作家,路遥对“苦难”的理解却和张贤亮完全不同。在路遥小说《在困难的日子里》中,马建强在饥饿中忍受着煎熬,同时承受着自卑、屈辱甚至被别人误解的痛苦,尽管如此,他也绝不随便偷别人的瓜果和粮食充饥,并且在“苦难”中时刻守护着自己的清白和尊严。马建强始终认为,“假如我真的因为饥饿做出什么不道德的行为来,那不光是别人,连我自己都要鄙视自己了”①。显而易见,苦难的折磨不仅没有让马建强像章永璘那样日益猥琐,反而让他的精神世界经受了考验、获得了升华。而在路遥笔下的另一人物孙少平看来,生活在社会底层并不低贱,苦难的生活也并不可怕,职业的高低与贵贱更不能说明一个人生活的价值。甚至,他倒很“热爱”自己的苦难,因为他相信,只有通过这一段血火般的洗礼,自己才能够酿造出“生活之蜜”。在这样的叙述下,对苦难的理解经常显示出一种深刻的哲理意味。因此,有人认为路遥是一个具有宗教倾向的作家。的确,在人类历史上,如何完成对人生痛苦、苦难的拯救与解脱,是一切宗教寻求救赎的动力。不过,宗教学说往往只是对苦难进行释义与转化,让此岸的苦难转换成在彼岸获得救赎的必要路径。在这一点上,路遥的作品有别于宗教思想。在路遥的小说里,人在苦难面前始终保持强健的生存毅力和乐观的生存信念,但这种毅力和信念完全是属于此岸的。路遥并不单纯地书写苦难本身,而是通过苦难来写人的尊严、坚强不屈的意志以及追求美好生活的信念和热情。在路遥的小说中,那些真正的人是不会被苦难和挫折击倒的,无论苦难多么沉重、打击多么巨大,他们都具有强者坚韧不屈的承担能力。

不过,如果只是呈现这些,那么路遥小说就仅仅是《老人与海》的中国版本。实际上,和海明威作品不同的是,路遥小说中的人物从来不是孤军奋战对抗苦难的个人主义英雄,而是用一种对生活本身和社会的质朴、无私和博大的爱,来理解苦难、超越苦难。路遥的小说始终认同传统文明中的美德,以及对社会和他人无私的奉献和牺牲。或者说,中华民族的优良传统并没有因为当代中国的现代化和启蒙叙事而出现断裂,这是路遥作品和“新启蒙”文学最大的不同之

① 路遥.路遥全集 中篇小说[M].广州:广州出版社,太白文艺出版社,2000:296.

处。在《人生》里，女主人公巧珍是作者注入深情的一个人物。当高加林跟巧珍谈对象的时候，巧珍的父亲、村里的富户刘立本反对，但是巧珍毅然冲破了门户之见的束缚；在高加林进城奋斗的时候，巧珍忠贞地守护着自己的爱情；当关于高加林的风言风语传来的时候，她却对恋人的行为处处包容与体贴。最终，高加林背叛了自己的爱情，这对巧珍来讲绝对意味着毁灭性的精神打击，但她凭借自己的力量勇敢地从中走出来，并且找到了值得为之继续活下去的美好东西。在巧珍身上，无疑体现了自主、包容、善良、勤劳、自强和热爱生活的传统美德。德顺爷爷也是《人生》里的一个重要人物。他一生饱经风霜却乐观豁达，说出来的话虽然句句通俗易懂，但对生活和人生的理解却是那么深奥。可以说，中华民族几千年文化传统中所积累的美好的东西，通过德顺爷爷这样的老人，才一代代流传下来。

在路遥的作品里，普通人之间的关爱，以及对弱者的同情和彼此之间的互相帮助，也是人战胜苦难和获得自我价值的一个途径。孙少安是一个极有责任感和同情心的人。他孝敬父母，关心弟妹，即使对村里的乡亲也极富同情心。当他的砖场刚刚走上正路时，村里的许多困难户为筹钱买化肥甚至为买一点生活用品而来找他打工，他尽力帮助他们。可以说，孙少安是新一代农民的杰出代表。他的弟弟孙少平在一处工地上，看到一个小女孩经常受老板的侮辱，他挺身而出，教训了老板，帮小女孩结回工钱，还把自己结的一百块钱的工钱塞给小女孩。小说的结尾，为了帮助师傅去世以后留下来的孤儿寡母，孙少平在他的情人田晓霞遇难以后，毅然跟他师傅的爱人生活在一起。路遥说过："归根结底，我们需要一种积极的人生态度，而不是一种消极的人生态度和一种过分的自我主义。也就是说，我们不仅使自己生活得很好，也要想办法去帮助别人。"[①]

在路遥看来，这些传统文明中保持下来的美德，并没有随着现代文明的发展而过时，相反却是社会文明与人类超越苦难的根本保证。因此在讨论到刘巧珍和德顺爷爷这两个人物的塑造时，他这样说："这两个人物，表现了我们这个国家、这个民族的一种传统的美德，一种在生活中的牺牲精神。我觉得，不管社会前进到怎样的地步，这种东西对我们永远是宝贵的。如果我们把这种东西简单地看作是带有封建色彩的，现在已经不需要了，那么人类还有什么希望呢？不管发展到任何阶段，这样一种美好的品德，都是需要的，它是我们人类社会向

① 路遥.路遥全集：散文、随笔、书信[M].广州：广州出版社，太白文艺出版社，2000：177.

前发展最基本的保证。"[1]在这里，作为一个作家，路遥表现出了自己极强的社会责任感。这首先体现在作家能够从自己个人的小世界里走出来，对文明的传承、时代的发展和他人的命运保持关注。

别林斯基说过："没有一个诗人能够由于自身和依赖自身而伟大，他既不依赖自己的痛苦，也不依赖自己的幸福；任何伟大的诗人之所以伟大，是因为他的痛苦和幸福深深植根于社会和历史的土壤中。"[2]路遥正是这样一个"伟大"的作家。在路遥看来，"最渺小的作家常关注着成绩和荣耀"，如果作家只是为了满足自己写作，"为微小的收获而沾沾自喜，本身就是一种无价值的表现"；真正的作家"绝不仅是为了取悦当代，而更重要的是给历史一个深厚的交代"。[3] 作为农民的儿子，路遥热爱生活在社会底层的平凡的人们，密切地关注他们的生存境况和内心感受，因为"人类生活的大厦从本质上说，是由无数普通人的血汗乃至生命所建造的"。正是基于以上的原因，路遥对中国广大劳动人民特别是农民的命运充满了关切之情。他书写普通大众，也将普通大众作为阅读和审核自己作品的对象。他说："更重要的是，我深切地体会到，如果作品只是顺从了某种艺术风潮而博得少数人的叫好但并不被广大的读者理睬，那才是真正令人痛苦的。大多数作品只有经得住当代人的检验，也才有可能经得住历史的检验。那种藐视当代读者总体智力而宣称作品只等未来才大发光辉的清高，是很难令人信服的。因此，写作过程中与当代广大的读者群众保持心灵的息息相通，是我一贯所珍视的。"而如果作家"不关心劳动人民的生活，而一味躲在自己的小天地里喃喃自语，结果只能使读者失望，也使自己失望。"[4]在这里，路遥凸显了自己写作的"人民性"原则。早在新中国成立之前，毛泽东就提出了"我们的文艺是为什么人的"问题，强调我们的文艺要为人民大众，即为"最广大的人民服务"。1942 年，毛泽东在《在延安文艺座谈会上的讲话》中明确指出，作家应该为人民写作，为占全部人口百分之九十以上的人民大众写作。按照这个原则，在中国这个发展中国家，作家更应该为以工农为代表的占总人口绝大多数的社会基层群体写作。改革开放伊始，邓小平也曾经说过："一切进步文艺工作者的艺

---

① 路遥.路遥全集:散文、随笔、书信[M].广州:广州出版社,太白文艺出版社,2000:131.

② 别林斯基.别林斯基论文学[M].梁真,译.上海:上海文艺出版社,1958:26.

③ 路遥.路遥全集:散文、随笔、书信[M].广州:广州出版社,太白文艺出版社,2000:145.

④ 路遥.路遥全集:散文、随笔、书信[M].广州:广州出版社,太白文艺出版社,2000:153.

术生命，就在于他们同人民之间的血肉联系。忘记、忽略或是割断这种联系，艺术生命就会枯竭。”①不过，1980年代以来，随着“新启蒙”思想在文坛的扩展，“人的文学”逐渐替代了“人民文学”，而文艺理论中的“人民性”原则，也日益被文坛抛弃和遗忘。路遥的可贵之处正在于他默默坚持的为别人写、为多数人写的写作原则，并且以此同宣扬个人主义的“新启蒙”文学和玩弄技巧的“纯文学”游戏区别开来。

今天，宣扬自我的“新启蒙”文学早已经蜕变成为书写身体与感官刺激的商业文学，曾经甚嚣尘上的“纯文学”也已经在文坛内外的一片批驳声中烟消云散，而与此形成鲜明对比的，是十几年来普通读者对路遥及其作品的评价一直很高，这本身就说明了“为人民写作”的价值。

三、路遥及其作品的文学意义

福柯在研究话语与权力的关系时认为：重要的不是话语讲述的年代，而是讲述话语的年代。在福柯“话语即权力”的判断下，考察路遥在当代文学史中的地位，无疑显得耐人寻味。在很长时间里，路遥及其作品在诸多当代文学史版本中不约而同地集体缺失，绝非一次意外的巧合，也并非评论家们刻意合谋的结果，而是反映了“新时期”以来文学评论家们的某种内在共识。换句话说，“新时期”以来，“新启蒙”思想和“纯文学”写作长期成为文坛的主旋律，对于其文学理念，不仅作家们乐于接受，文学评论家们也鲜有异议。而与此同时，“新时期”以来文学思潮和流派的登台亮相和频繁更迭，无一不是作家和评论家们共谋与合作的结果。不过，正如英国学者伊格尔顿所指出的，在不同的时代和不同的读者眼里，文学和文学性的标准也是不同的：“有人认为文学就是一系列具有可靠的、不会改变价值的作品，明显地具备某些共有的内在特征，其实这样的文学根本不存在。”按照伊格尔顿的说法，文学的任务在于代表体现在艺术中的能量和价值准则对社会进行改造，具有深刻的社会含义、政治含义和哲学含义。他因此认为：“文学不仅仅是‘体现’某种社会价值准则，它同时又是进一步巩固和传播这些价值准则的重要工具。”②这个时候，文学本身就是一种同社会权力间

① 邓小平.在中国文学艺术工作者第四次代表大会上的祝词[J].文学评论，1979(6)：5.

② 伊格尔顿.文学原理引论[M].刘峰，等译.北京：文化艺术出版社，1987：21.

题有着密切联系的思想意识。伊格尔顿的研究同样可以帮助我们考察“新时期”的文学发展。旷新年因此指出，在 1980 年代，“我们是以某一种文学观念即‘纯文学’的观念来重写文学史的。这样，我们的文学理解被限制在一个狭窄的空间里”[①]。可以想象，路遥作品因为其“滞后”的现实主义写作风格，自然成为“新时期”喧哗众声中的异质性声音，其结果不仅遭到诸多作家们的排斥，也同样被广大的文学评论家们和文学史书写者们视而不见。

于是，我们今天在阅读和纪念路遥的时候，必须直面这样一个问题：现实主义写作在当今还有没有必要？

回顾历史，中国现代文学的发生，就是从现实主义文学开始的。新文化运动以来，“乡土中国”遭遇空前激烈的社会变局，正是问题小说直面现实，书写了当时中国社会存在的诸多问题。今天看来，问题小说虽然有失稚幼，但却开辟了中国现实主义文学的一个很好的传统：关注现实，揭示问题。此后，这个传统一直被以鲁迅等为代表的中国作家所继承。1930 年代，茅盾用马克思主义观点解析社会，并且通过生活横截面来再现社会，揭示了中国社会的历史本质和时代精神。《子夜》《林家铺子》《春蚕》等小说，以史诗眼光观照 1930 年代中国小商人的悲剧命运，并且通过视角的不断转换，将主人公置于复杂的“多角关系”中，多角度、多侧面展示了家国不幸带给人们的悲惨命运，被认为是中国现实主义文学的经典作品。新中国成立前后，赵树理对中国农村的现实主义叙述，不仅很好地解决了文艺大众化的问题，并且形成了“赵树理方向”。而另外一个书写农村题材小说的现实主义作家柳青，更是以一部《创业史》，为当代文学塑造了梁生宝这样一个“新”的农民形象。

但是，从 1980 年代以来，在文学主体论和文学本体论的指引下，文学或者从“向外转”变为“向内转”，强调个体而忽视社会；或者止步于“能指的循环”，津津乐道于文字和符号的游戏；结果最终都丧失了对社会现实的关注和批判，而此后的中国文学也逐渐陷入自吟自唱而无人喝彩的尴尬境地。进入 21 世纪，越来越多的作家和文学评论家已经意识到当代文学发展的症结所在，同时，也有更多的作家把目光投向广阔而复杂的社会层面。今天，人们不断地阅读路遥、纪念路遥，也正好说明了像路遥那样的现实主义创作不仅没有过时，而且正当其时。

---

① 旷新年.从文学史出发，重新理解《讲话》[J].文艺理论与批评，2007(4)：8.

不过，也有人提出了对路遥的批评，认为他笔下的人物大都在性格的坚定和道德的善良上，呈现出一种绝对而单一的特点；其“正面人物”则几乎完全出于作者的想象，显得苍白而无力；甚至认为路遥的写作是道德叙事大于历史叙事的写作。而如何应答这些批评，则涉及对现实主义创作的两个基本元素——写真实与写典型——的理解。

在现实主义创作中，如何处理“生活的真实”与“真实的生活”的关系，是能否做到写真实的关键。“真实的生活”指的是人们可以直接感受到的生活现象，而“生活的真实”则更强调对具体生活的高度概括。1990年代，“新写实小说”以对“真实的生活”的自然主义描写而流行一时，但在其“原生态”“价值中止”和“零度写作”的背后，其实是对社会方向和现实本质的无法把握和主动放弃。真正的现实主义创作，更强调从社会现象的联系中提炼出“生活的真实”，也就是现实发展的历史本质。至于写典型的问题，文艺界长期以来争论不休。不过，按照经典马克思主义的理解，典型性应该是个性和共性、一般与特殊、偶然与必然的统一，是“典型环境中的典型人物”，是“美学和史学观点”的结合。① 现实主义创作中的人物并不一定是对生活原型的全面复制，而是需要作家的发现与创造。在这个意义上，现实主义作品同样需要理想人物和英雄人物的出现。只不过，这样积极的“正面人物”来源和脱胎于广阔社会中的人民大众，而不是横空出世单枪匹马的个人主义英雄。周扬在《论赵树理的创作》中指出：“创作积极人物的典型是我们文学创作上的一个伟大而困难的任务。”这是因为，创造现实主义作品中的典型人物不仅需要对时代信息的全面采集，也需要对采集到的成果进行艺术性的提炼、概括和归纳，这就需要作者具有很高的社会分析甚至预见能力。这样创造人物才更真实，但也更困难。《创业史》中的梁生宝，就是这样一个正面的农民形象。梁生宝的形象曾经引起评论界很大的争论，其中的主要原因就是因为他太“新”了，完全不同于以前现代文学作品中那种保守、麻木和落伍的农民形象。今天看来，恰恰是梁生宝准确地反映了新中国成立以来全面觉醒和不断上进的年轻一代的农民形象；而那些以为中国农民就一直是《故乡》里面那种愚昧和需要启蒙的被动对象，才正好是属于和梁三老汉一样的停滞的思维定式和思想偏见。

路遥作品也为读者提供了孙少平这样的“正面人物”形象。这样的人物虽

① 马克思，恩格斯.马克思恩格斯选集 第4卷[M].北京：人民出版社，1995：561.

然具有理想化的一面，但是却具有坚实丰富的社会基础和清晰可信的生活逻辑，这就是千百年来“乡土中国”传统文化的积淀和对改革开放以来社会变革的向往。这样的“乡下人”，虽然不同于以前我们所见，却是新的社会巨变时期具有理想抱负和积极追求的农民形象的集中代表。认为这样的“正面人物”几乎完全出于作者的想象，显得苍白而无力，甚至是道德叙事大于历史叙事的写作，要么是对现实主义创作方法不了解，要么就是存有和批评梁生宝者一样的社会偏见。至于认为路遥笔下的人物大都在性格的坚定和道德的善良上，呈现出一种绝对而单一的特点，也需要进行具体的分析。实际上，即使像孙少平这样的理想人物，在路遥的笔下也是有清晰的成长历程的，同时也不乏对其内心矛盾和精神活动的呈现。甚至可以说，《平凡的世界》本身就是通过讲述个人成长来反映社会风气和时代变革的一部巨型“教育小说”。而像高加林这样的人物，更是一个成功和典型的“中间人物”，作者不仅展示了其复杂的、多变的性格，更是在人物的命运起落之间对其注入了真实的理解和同情。

可以说，正是因为有了强烈的社会责任感，才会有对现实风貌和时代精神的深刻洞察和预见，才会有对人民大众生活的深入思考和关注，也才会有对现实主义创作的真实理解和坚持，这是路遥和他作品的成功之处，也是路遥及其作品的文学意义。

第　三　编

落地与张力：
消费文化与现实主义的叙事分化

大众文化、日常生活审美化与1990年代的文学变革

1990年代被一些学者视为"新时期"的终结与"后新时期"的开始。这一时期，由于大众文化的兴起，以及日常生活审美化观念的流行，传统现实主义的创作立场受到了巨大的挑战。这一挑战也导致"后新时期"现实主义叙事的模式不断分化，出现了新现实主义、新写实主义，以及形形色色的伪现实主义与超级现实主义的文艺实践，从而引发了人们对现实主义创作、理论与批评创新的进一步思考。

一、大众文化的兴起

1990年代，剧烈的社会风气变化引发了人们对"新时期文学"是否已经终结的讨论。对于"新时期文学"的下限，学者们众说纷纭。一种相当普遍的观点认为，如果将"新时期文学"看作对"文革文学"的一种"突破""超越"的话，那么这种"突破"和"超越"可以是没有时间下限的，也就是说，我们现在仍然置身于"新时期文学"之中。① 但是，也有人认为，"新时期文学"的主导思想是控诉和反思"文化大革命"，以及对人道主义(即"大写的人")的渴望。这一创作的主导思想主要体现在"文化大革命"结束到1980年代的初期，其创作方式仍然延续了"十七年"中的现实主义写作。而到了1980年代的中期，特别是1985年所谓的"方法年"之后，随着"寻根文学"和"现代派文学"(包括先锋文学)的出现，文学的创

① 程光炜指出："在我主持人大复印资料《中国现代、当代文学研究》的最近几年间，'新时期文学'一词曾大量涌现在我备用、选用或不用的论文中，这一概念被用来概括上世纪七十年代末以来将近三十年间的'中国当代文学'，似乎已被大多数研究者所习惯、所接受。"程光炜.怎样对"新时期文学"做历史定位？——重返八十年代文学史之一[J].当代作家评论，2005(3)：15.

作主题和创作方式都发生了巨大的转变。同时,作家的阵营也发生了变化,“归来派”(复出的一代)日渐迟暮,更有活力的年轻一代作家开始闪耀文坛。因此,“新时期文学”实际上已经终结。还有的学者认为,“新时期文学”的下限应该在1980年代末期,这是因为“在商品经济大潮的冲击下,各种类型的通俗文学、纪实文学、受委托的文学、新闻写作、影视写作、广告文学等充斥文坛,形成了强有力的‘反精英文学’,它们的近乎‘狂欢式’‘众声喧哗’打破了权威话语一统天下的‘新时期’格局,标志着中国当代文学自1990年代以来,已进入了一个新的发展转型时期。这一方面使批评家感到其与国际性的文化转型大趋势的接轨,另一方面却又令批评家无法再沿用‘新时期’这一带有强烈政治色彩的概念来涵盖新出现的诸种文学现象”①。于是,“后新时期”的文学史概念应运而生。

“后新时期”这一文学史的分期术语正式见诸刊物是在1992年。② “后新时期”这一命名的最早参与者之一王宁对“后新时期”的概念进行了界定,他指出:“‘后新时期’是相对于‘新时期’而存在的,它是专指一段时期以内的有着不同于新时期代码、话语、风尚、主旨的中国文学,因而这个概念是确定的、本土化的,对此已无须赘言。”③但是也有学者认为,1990年代以来的市场经济和大众文化的发展的确对文艺写作方式和姿态产生了深刻的影响。

所谓的“大众文化”(popular culture)也可以译为“通俗文化”。法兰克福学派对其持批判立场,称之为在“文化工业”中生产出来的、以获取利益为唯一动机的消费性商品文化,具有天然的保守性质。在政治上,它与主流意识形态密切结合,成为法兰克福学派所说的“社会水泥”。而在艺术上,为了赢得更多的受众,它更多的是剔除艺术个性,把艺术标准降到尽可能低的“共同标准”。

1990年代以来,随着市场经济和大众审美文化的发展,中国学界也掀起了一波大众文化研究的热潮。一些学者认为,中国市场经济的转型和电子媒介传播的兴起,给中国当代文化带来了根本性的变化,特定历史时期的“革命斗争模式”和1980年代建构的启蒙主义“乌托邦”相继破灭,理想淡出,物质突显,拜金主义和享乐型的生活观念日益膨胀。对于这一变化,有学者总结为“传统的神

---

① 王宁.“后新时期”:一种理论描述[J].花城,1995(3):204.

② 包括谢冕《新时期文学的转型——关于“后新时期文学”》(载《文学自由谈》1992年第4期),以及白烨、王宁、赵毅衡和张颐武发表于1992年第6期《文艺争鸣》上的一组文章。

③ 王宁.后新时期与后现代[J].文学自由谈,1994(3):55.

话已经远去,今天的神话是以电子媒介传播的大众文化"[①]。与此同时,这一转变也给中国的审美风尚带来了一次根本性变化。以崇高为形态的审美道德教化文化向享乐的消费主义文化转化。流行歌曲、小品、港台音像制品、通俗小说、广告、时装、卡拉OK,替代了诗歌、高雅音乐等成为审美文化的主形态。因此,一些学者主张,文化和审美研究也应该转变研究角度,将包括流行文化和通俗文化在内的大众文化作为自己的研究对象。

上述研究认为,大众文化的社会影响力已经形成了对传统美学的巨大挑战。传统美学强调审美经验,把"非功利"作为审美和艺术唯一尺度的方法已经无法适应现实,"艺术"和"非艺术"、"精英文化"和"大众文化"、"高级文化"和"低级文化"、"俗文化"和"雅文化"等的界限也已经模糊不清。对于这一变化,一些观点从法兰克福学派的精英视角出发,对大众文化进行了激烈的批判和否定。[②] 这种观点认为,大众文化只是欲望和消费的"功利"产物,是满足欲望和提供消遣的手段,同时也是文化工业通过传播技术和机械复制而生产出来的商品文化,是无深度的平面文化,没有与现实拉开距离,因此不符合"非功利"的审美标准,也无法成为审美现象。这种观点还认为,大众文化是主流意识形态控制民众意识的工具,是主流意识形态在市民社会的日常生活中的集中体现,其体现出来的只是统治阶级的"操纵意识",民众接触大众文化的过程,就是被主流意识形态控制和"洗脑"的过程。与此同时,大众文化产品只是作为文化工业的产品而存在,因此其属性是商品而不具有艺术性。此外,在大众文化生产与消费过程中,"快乐"成为塑造社会认同的重要途径。大众文化向人们提供娱乐,人们把大众文化所提供的"快乐",作为一种生活幸福的计量指标。于是,传统的文化生产被新兴的、单一快乐为目的的文化生产方式所替代,形成一种简单

---

① 金元浦.重新审视大众文化[J].中国社会科学,2000(6):141.

② 法兰克福学派的本雅明、霍克海默、阿多诺等理论家都曾对大众流行文化进行过深刻批判。例如,阿多诺认为大众文化是体现统治阶级意识形态的文化工业产品,是现代社会中的一种垄断性权力,大众是纯粹被动的文化消费者,是受统治阶级意识形态控制的社会成员,他们注定无法自己解放自己。阿多诺还在《启蒙辩证法》中首先使用了"文化工业"这一概念。

的“快乐经济”。不过，这种“快乐”更多是一种“愚乐”或者“傻乐”。[①] 它激发人们“非政治化娱乐”的幻觉，通过景观化的快乐政治遏制大众的现实批判冲动，并进而遗忘现实。[②] 可以说，快乐政治是一种去政治化的政治，是一种新的意识形态形式。它不仅仅是娱乐文化的单一现象，还是中国社会在摆脱乌托邦主义激情文化之后，将自身“景观化”的一种结果。[③]

通过去政治化的方式，将社会现实平面化、“景观化”、娱乐化，结果是在书写“现实”的同时遮蔽了真正的现实面貌和时代诉求，这种文艺创作方式导致现实主义文艺实践在1990年代的分化，并且出现了形形色色的伪现实主义和超级现实主义作品。[④] 正如笔者在一篇文章中指出的，娱乐至上的伪现实主义作品“在创作中表现出来的则是对现实的遮蔽、虚构和意义真空，从而成为不及物的‘空洞能指’。它们在叙述上尽管充满了各种中国表象与历史符号，却与真正的中国现实无关。同经典现实主义和左翼文学中的革命现实主义相比，它们更像是投机和媚俗的现实主义、装修门面的现实主义、裸露私欲的现实主义。这些伪现实主义‘制造’娱乐也‘生产’现实，其实质却是国家话语与资本逻辑合谋

① 所谓“傻乐”，指的是一种观众对于低级无聊的文化娱乐不进行抵制而一味欢呼叫好，失去了文化辨别力的状况，最早由陶东风提出。他指出：“傻乐是莫名其妙的乐，没道理的乐，傻呵呵的乐，是不该乐而乐，在应该痛、应该哭、应该喊的时候却乐呵呵的……（20世纪）90年代以来中国大众文化和娱乐艺术可以用傻乐概括之。无聊恶俗的搞笑节目，不触及现实问题、一味拿弱势群体特别是农民开涮的小品、相声以及只有喧闹而没有思考的所谓情景喜剧，都是傻乐的典型。当然，最最能够体现傻乐特点的还是一年一度的春节联欢晚会，台上的和台下的，主持的、表演的和观赏的，全部在那里傻乐。”陶东风.无聊、山寨、傻乐——理解当代文化关键词[J].当代文坛，2009(4):11.

② 周志强.从“娱乐”到“傻乐”——论中国大众文化的去政治化[J].天津师范大学学报(社会科学版)，2010(4):37.

③ “景观”一词，来源于当代法国思想家德波的名著《景观社会》。德波认为：“景观是对人类活动的逃避，是对人类实践的重新考虑和修正的躲避。景观是对话的反面。”德波.景观社会[M].南京：南京大学出版社，2006:6.所谓景观化，就是让社会成为一种远远观望的符号性景观，而不是生活于其中的具体现实。在景观社会中，人们更多是一种游客化的观看者，而不是一种介入现实的参与者。正如法国学者鲍德里亚所论：“景观是一种绥靖和去政治化的工具，它是一种‘永久的鸦片战争’，这一战争麻痹了社会主体，并使它们脱离真实社会生活的最急迫的任务。”鲍德里亚.批判性的读本[M].南京：江苏人民出版社，2005:17.

④ 超级现实主义并非超现实主义，虽然二者都源于二十世纪的绘画变革。简单来说，超现实主义派别源于达达主义，其理论根据受到柏格森的直觉主义和弗洛伊德的精神分析影响，致力于发现人类的潜意识心理，因此主张放弃以逻辑、有序的经验记忆为基础的现实形象，而呈现人的深层心理中的形象世界，尝试将现实观念与本能、潜意识与梦的经验相融合，认为只有这种超越现实的潜意识才能摆脱一切束缚，最真实地显示客观事实的真面目。而超级现实主义则强调文艺创作中的仿真性，通过外形的酷似替代内在的真实。

的结果"[①]。而将现实主义和国家意识形态紧密结合，则导致现实主义文艺在1990年代的再一次分化，其结果是新现实主义作品的兴起，以及大量主旋律小说和影视作品的问世。[②]

二、关于日常生活审美化

对于大众文化的研究还引起了对于日常生活审美化的争论。日常生活审美化的说法来自于英国学者迈克·费瑟斯通。他认为，消费文化和后现代主义的兴起正在消除艺术和生活之间的距离，日常生活审美化在把"生活转换成艺术"的同时，也把"艺术转换成生活"。[③] 费瑟斯通的观点实际上是对伯明翰学派的斯图亚特·霍尔等人的文化唯物主义理论的进一步阐释。[④] 霍尔认为，现代美学已经渗透到现代生产中，并且在让商品具有了文化属性的同时，也让文化具备了物质的属性。他因此指出："文化已经不再是生产与事物的'坚实世界'的一个装饰性的附属物，不再是物质世界的蛋糕上的酥皮。文化现在已经与世界一样是'物质性的'。通过设计、技术以及风格化，'美学'已经渗透到现代生产的世界，通过市场营销、设计以及风格，'图像'提供了对于躯体的再现模式与虚构叙事模式，绝大多数的现代消费都建立在这个躯体上。现代文化在实践与生产方式方面都具有坚实的物质性。商品与技术的物质世界具有深广的文化属性。"[⑤]另外一名德国学者沃尔夫冈·韦尔施继承了霍尔的观点，他在论文集

---

① 张宏.论现实主义创作在中国的历史嬗变与当下意义[J].文学评论,2010(2):67.

② 新现实主义一词最早用于1940年代的意大利电影。1940年代的意大利电影追求生活真实，表现人民苦难，谴责社会中的不公，具有明显的左翼特征。为了加强真实感，新现实主义电影时常邀请非职业演员来饰演角色，人物的对白也常使用方言。新现实主义电影虽然尖锐地提出了问题，却找不到问题的根源和解决办法，因而电影中不免流露出哀伤情调。如《罗马，不设防的城市》《偷自行车的人》等。

③ 费瑟斯通.消费文化与后现代主义[M].刘精明，译.南京：译林出版社，2000.

④ 文化唯物主义理论受到了卢卡契的物化理论的影响，不过，卢卡契对文化的物质化现象持批判态度。卢卡契在《历史与阶级意识》一书中提出，资本主义经济制度中的物质崇拜导致人的高度物化。人要摆脱被物化的命运，必须利用整体性这一人类社会发展的思想远景，把被动的、思辨的意识转化为主动的、批评的意识，从而让人的主体意识超越物体，进入潜能即理论上的可能的领域。卢卡契声称，这种摆脱被物化的意识就是阶级意识，此处的阶级认同并非真有其物，而是归因于意识，是反叛资本主义物化制度的产物。卢卡契.历史与阶级意识[M].杜章智，译.北京：商务印书馆，1999.

⑤ 陶东风.日常生活的审美化与文化研究的兴起——兼论文艺学的学科反思[J].南阳师范学院学报，2004(5):76.

《重构美学》中使用了"全球审美化""物质审美化"等概念，认为"审美化已经成为一个全球性的首要策略"。韦尔施同时指出，日常生活审美化导致美学概念的不断扩张："毫无疑问，当前我们正在经历着一场美学勃兴。它从个人风格、都市规划和经济一直延伸到理论。现实中，越来越多的要素正在披上美学的外衣，现实作为一个整体，也愈益被我们视为一种美学的建构。"与此同时，"审美化最明显地见之于都市空间中，过去的几年里，城市空间中的几乎一切都在整容翻新。购物场所被装点得格调不凡，时髦又充满生气。这股潮流长久以来不仅改变了城市的中心，而且影响到了市郊和乡野。差不多每一块铺路石、所有的门户把手和所有的公共场所，都没有逃过这场审美化的大勃兴"[①]。此外，法国学者鲍德里亚和美国学者杰姆逊从审美与商品的关系方面研究了日常生活审美化引发的当代社会的重大变革。鲍德里亚提出了"超美学"的概念，认为"美学已经渗透到政治、经济、文化以及日常生活当中，因而丧失其自主性及特殊性。艺术形式已经扩散渗透到了一切商品和客体之中，以至于从现在起所有的东西都成了一种美学符号"[②]。杰姆逊指出："文化已经完全大众化了，高雅文化与通俗文化，纯文学与通俗文学的距离正在消失，商品化进入文化，意味着艺术作品正在成为商品。"[③]此后，日常生活审美化的说法逐渐得到了各国学者的认同，并且成为1998年在斯洛文尼亚召开的第14届国际美学会议讨论的主题之一。

日常生活审美化的观点在经过一系列"理论旅行"之后进入中国。[④] 一些中国学者认为，当代文化研究的一个重要的变化是日常生活的审美化。陶东风在《日常生活审美化与文化研究的兴起——兼论文艺学学科的反思》一文中指出："今天的审美活动已经超出所谓纯艺术、文学的范围，渗透到大众的日常生活中，艺术活动的场所也已经远远逸出与大众日常生活严重隔离的高雅艺术场馆，深入大众的日常生活空间，如城市广场、购物中心、超级市场、街心花园等与

① 韦尔施.重构美学[M].陆扬，张岩冰，译.上海：上海译文出版社，2006：3.

② 凯尔纳，贝斯特.后现代理论——批判性的质疑[M].张志斌，译.北京：中央编译出版社，1999：175.

③ 杰姆逊.后现代主义与文化理论[M].唐小兵，译.西安：陕西师范大学出版社，1987：162.

④ "理论旅行"这一说法来自于萨义德。他在《旅行的理论》一文中指出，人们需要认识到，在某种程度上，理论的阐释总是基于一个具体的历史和社会语境。理论自身往往受到来自意识形态领域的压力，因此理论的跨疆界传播，不可避免地在翻译、移置以及适应新的文化语境的过程中发生一些变化。因此，对每一种具体的理论，我们都必须从它所产生的具体语境中理解和把握它。萨义德.世界·文本·批评家[M].北京：生活·读书·新知三联书店，2009.

其他社会活动没有严格界限的社会空间与生活场所。在这些场所中，文化活动、审美活动、商业活动、社交活动之间不存在严格的界限。”①

鉴于这一变化，2003 年 11 月，首都师范大学和《文艺研究》杂志社共同举办了“日常生活审美化与文艺学反思”的学术讨论会。《文艺争鸣》杂志同年第 6 期发表了探讨日常生活审美化的一系列文章，认为由于审美和艺术不断地向生活领域扩展和渗透，两者之间的界限不断消失。不过，一些人也对将日常生活审美化的观点提出质疑。童庆炳就撰文指出，一些人把文艺学的研究领域扩大到日常生活的审美化，“提出文艺学研究对象的‘扩容’问题，……有的人走得更远，认为日常生活的审美化是新的美学原则的崛起，什么审美无功利，这种带有精神超越的美学，统统过了时；审美就是欲望的满足，就是感官的享乐，就是高潮的激动，就是眼球的美学，等等”。这些观点忽视了日常生活审美化和审美的日常生活化中“审美”是欲望和消费的符号，审美景观是资本主义文化工业为操纵消费所设置的假象。②

还有学者认为，审美日常生活化论者实际上是将“审美活动实用化、市场化”，“‘审美日常生活化’论者撰文的目的，显然并不在于争取审美日常生活化的合理性，而是希望确立这种技术化的、功利化的、实用化的、市场化的美学理论的绝对话语权力，并把它看作‘全球化时代’的到来，是对以往美学历史的终结，甚至是对以往的人文历史的终结”。③

现在看来，这场对于日常生活审美化的争论的核心是如何看待审美泛化的现象，它的支持理论可以联系到英国新马克思主义伯明翰学派以及后现代主义的理论资源，例如利奥塔等就主张学术研究应该从“宏大叙事”转向“微小叙事”，回归到“生活世界”里来，其实质是对文学研究远离现实生活，导致文学研究边缘化的反动。④ 同时，日常生活审美化在中国的兴起也同中国社会文化自

① 陶东风.日常生活的审美化与文化研究的兴起——兼论文艺学的学科反思[J].浙江社会科学，2002(1)：165.

② 童庆炳.“日常生活审美化”与文艺学[N].中华读书报，2005-01-26.

③ 鲁枢元.评所谓“新的美学原则”的崛起——“审美日常生活化”的价值取向析疑[J].文艺争鸣，2004(3)：7.

④ 在后结构主义和后现代主义中，福柯的知识考古学、德里达的解构主义、鲍德里亚的消费文化等都对文化研究产生了重要影响。后殖民理论及其表意实践、第三世界文化研究、“东方主义”和文化霸权主义批判、公共领域的讨论、族裔和民族认同研究、女性批评研究、影视传媒的生产和消费研究等，也都成为大众文化研究的理论资源。

身的转型有关。1980年代后期以来，中国市场经济的迅猛发展导致社会文化格局发生了很大变化。面对大众文化和日常生活审美化等泛文化现象的冲击，原来的文学理论研究显得无力应对。如何反映和表达现实，成为现实主义创作的一个问题。

三、新写实小说的写作立场

在这一背景下，新写实小说应运而生。新写实小说的命名，始于《钟山》杂志1989年第3期中开辟的新写实小说大联展。在该期的卷首语中，编者界定了什么是新写实小说："所谓新写实小说，简单地说，就是不同于历史上已有的现实主义，也不同于现代主义'先锋派'文学，而是近几年小说创作低谷中出现的一种新的文学倾向。这些新写实小说的创作方法仍以写实为主要特征，但特别注重对现实生活原生形态的还原，直面现实，直面人生。虽然从总体的文学精神来看，新写实小说仍划归为现实主义的大范畴，但无疑具有了一种新的开放性和包容性，善于吸收、借鉴现代主义各种流派在艺术上的长处。"所谓的"现实生活原生形态的还原"，是指作者放弃了再现典型环境、塑造典型人物的传统现实主义创作方式，放弃了通过现实展示生活必然趋向的历史本质的努力，而立足于个体经验，表达当代平凡人生活的庸常性。于是，在新写实小说中，现实就等于真实，表象就是本质。由于放弃了理性或理念的关照，新写实小说也就失去了价值判断的尺度，这也导致在大部分新写实小说中，叙述者都刻意采用客观化叙述策略，成为隐匿作者情感和立场的零度写作。与此同时，由于理性和理念关照的缺席，新写实小说的叙事模式也和传统的现实主义有所区别。传统的现实主义小说中的任何情节、细节，都必须发挥一定的意识形态阐述功能，并且彼此有效融合为一体，推动故事情节向历史必然性的方向发展。但是新写实小说则拒绝意识形态阐释和明确的价值指向，情节的发展往往缺乏因果逻辑关系，充满了随机性和偶然性，故事也大多以平面化和零碎化的状态呈现，从而构成一种似乎是未经任何选择加工的日常生活叙事。因为对叙事方式生活化的追求，新写实小说一般非常重视生活细节的真实生动，这也被一些学者批评为“细节的肥大症”。[①]

现在看来，新写实小说的写作立场同日常生活审美化的主张有很多的关联之处。首先，两者都反对文学远离现实生活。从这个层面上来说，当代中国的新写实小说是对之前玩弄文字游戏的先锋文学的纠正。其次，都主张从“宏大叙事”转向“微小叙事”，回归到“生活世界”里来。在这个层面上，新写实小说颠覆了现实主义理论中的一些基本原则，例如“真实性”“倾向性”“批判性”“典型性”与“人民性”等，从而导致现实主义文学在中国的再一次分化。

① “细节的肥大症”来自于卢卡契的《叙述与描写》(收录于《卢卡契文学论文集 一》(中国社会科学出版社 1980 年版，第 44 页)，其概念的内涵和卢卡契提出的总体性理论密切相关。卢卡契认为“任何社会历史现象和存在只有与整体相联系才有意义”，文学对社会历史现象和存在的反映也只有与整体相联系才有意义，否则就是单纯的“细节的肥大症”。

现实主义叙事中的“青春”书写

一、青春文学的兴起

青春文学的兴起，在某种程度上可以看作成长小说的当代体现。所谓的成长小说，亦称启蒙小说或教育小说，起始于18世纪末期的德国。歌德《威廉·迈斯特的漫游时代》被认为是这一小说类型的原始模型。这类小说主要是叙述主人公思想和性格的发展，叙述他们各种遭遇和经历，并通过巨大的精神危机长大成人的故事。在中国，成长小说这一称谓，在很长时间内并没有被明确地提出来。相反，由于望文生义，成长小说常常被很多人理解为给孩子看的、讲述未成年人故事的作品，并把它和儿童文学、少年文艺甚至低幼作品联系起来。实际上，成长小说更多是描写青少年心理成长轨迹和历程的，这就意味着，不仅少儿文学和低幼文学，而且青春文学和校园文学都可以进入成长小说的范畴。而在写作题材上，原来儿童文学鲜有涉及的一些内容，诸如对爱情的描写，以及对青春期心理的触及等，都可以非常自然地包容其中。

青春文学有广义和狭义两种。广义的青春文学是指“处在青春期的作家所写的反映青春成长的文学作品”，这个界定几乎可以包括所有“处于青春期或刚刚度过青春期的年轻一代作家所写作的表现青春期生活的文学作品”[①]。而这里的“青春”既指文学创作的主体，也针对文学的内容。从这个意义上，1950年代初期的一些小说也都可以归纳为青春文学，如王蒙的《青春万岁》和《组织部新来的青年

① 贺绍俊.以青春文学为“常项”——描述中国当代文学的一种视角[J].文学评论，2011(1)：71.

人》、邓友梅的《在悬崖上》、刘绍棠的《田野落霞》、茹志鹃的《静静的产院》等。① 狭义的青春文学则是指新世纪前后出现的一个比较重要的文学类型。② 因为其主要作家都为1980年代生人，所以又称为“80后”青春文学或者“80后”写作。

“80后”青春文学潮流的兴起与《萌芽》杂志（上海市作协主办）举办的“新概念作文大赛”密切相关。③ 1998年12月，《萌芽》杂志社联合北京大学、复旦大学、华东师范大学等7所重点大学共同发起了首届“新概念作文大赛”，聘请王蒙等著名作家学者担任评委。大赛组织者许诺，获奖作品除在《萌芽》杂志刊登外，还将由专家点评，结集出版，“获奖的或入围的应届高中毕业生将进入七所著名高校重点关注范围”④。大赛在成功拉动了《萌芽》的销售量的同时，也有效推出了一系列“80后写作”的明星。⑤ 一批有着文学才华的中学生在大赛中脱颖而出，随着大赛的影响日益扩大，他们开始引起图书市场和媒体的关注，并且涌现出如韩寒⑥、郭敬明⑦、

---

① 也有人称之为青春体小说，认为“青春体小说是特定历史年代的产物。它描摹了建国初期社会的青春风貌，也反映了这一时代赋予作家的诸种青春心态”。董之林.论青春体小说——50年代小说艺术类型之一[J].文学评论，1998(2)：27.

② 也有人认为青春文学是一个动态的文学概念，它“是一个不断衍生和阐释的过程，一代有一代的青春文学写作，所以青春文学是一个非固化的不断衍生新质的概念”。郭艳.代际与断裂——亚文化视域中的“80后”青春文学写作[J].中国现代文学研究丛刊，2011(8)：156.

③ 《萌芽》创刊于1950年代，是全国最早的青年文学月刊。自1996年起，《萌芽》开始向“反映都市青春风貌”的校园杂志转型，读者定位为大、中学学生。

④ 首届全国新概念作文大赛获奖作品选（A卷）[M].北京：作家出版社，1999：9.

⑤ 到2003年，“新概念作文大赛”已成功举办了五届，《萌芽》杂志的销售量从原来的1万余份飙升至26万份。易舟.《萌芽》成功“突围”[N].文艺报，2003-01-30.

⑥ 韩寒，1982年9月23日出生于上海。1999年，他以《杯中窥人》一文获得首届“新概念作文大赛”一等奖。后因期末考试七科不及格而留级，被报道后引发社会关于素质教育政策及“学校应当培养全才还是专才”等系列教育问题的激烈讨论。2000年，韩寒的第一部长篇小说《三重门》由作家出版社出版，当代中国成长小说的领军人物、著名作家、学者曹文轩欣然为之作序。韩寒也因此一举成名。同年，韩寒再次挂科，宣布在高一退学。此后，他又相继出版了《零下一度》《像少年啦飞驰》等作品。

⑦ 郭敬明，1983年6月6日出生于四川省自贡市，别名第四维、小四、四爷、太子。2001年，18岁的郭敬明参加“新概念作文大赛”，以《假如明天没有太阳》一文获得一等奖。2002年，郭敬明再次参赛，以《我们最后的校园民谣》一文获得一等奖。2003年，郭敬明出版小说《幻城》，作品居当年文艺社科类图书销售排行榜前三名。《幻城》的故事完全来自于幻想，作品以一个虚拟的冰火两重天的世界为背景。小说语言华美，叙事架构新奇，无论是风格、内容还是类型都与传统文学不同，为读者营造了一个奇幻的爱恨交织的玄幻世界。小说首次以短篇的形式面世于《萌芽》杂志，一开始便得到读者的热烈追捧，后改编成长篇，由春风文艺出版社出版，书籍出版后立刻在文学界刮起了“幻城”旋风，成为郭敬明进军文坛的成名作品。此后，他又相继出版了校园青春小说《1995—2005夏至未至》《梦里花落知多少》《悲伤逆流成河》，以及“小时代”系列等作品。2012年，郭敬明开始担任系列电影《小时代》的编剧与导演。

张悦然[①]等具有代表性的偶像派作家。

2005年前后，是青春文学发展的黄金时期。这一时期，随着孙睿、九夜茴、春树、小饭、蒋峰、胡坚、张佳玮、周嘉宁、颜歌、笛安、步非烟等新锐写作者群出现，更是让“80后”青春文学的写作成为新世纪前后一个引人注目的文学现象，并且和网络文学一起，深刻影响了文坛的格局。孙睿[②]、九夜茴[③]、春树[④]的作品，更多地以北京为故事发生地，因此又被称为“京派”青春文学作家，以显示与郭敬明、韩寒等一批“海派”青春文学作家的区别。有学者认为，当下的文学状况正在经历着前所未有的深刻变化。整个文学领域这些年来其实在经历着一个格局转变的过程，也就是在原来已经形成的文学界之外出现了仍然以传统的纸面出版为中心的青春文学和以网络为载体的网络文学，这些新的文学空间经历了这些年的高速成长，已经逐步发展成熟。目前，一方面，纸面出版和网络文学双峰并峙；另一方面，在纸面出版方面，传统的文学和青春文学的共同发展也已经成为新的趋势。[⑤]

青春文学的影响，首先体现在对市场的号召力上。仅以韩寒、郭敬明为例，2000年韩寒的第一部长篇小说《三重门》出版，销量过200万，被认为是中国近20年销量最大的文学类作品。2001年，韩寒出版文集《零下一度》，该书获得当年全国图书畅销排行榜第一名。2002年，他出版小说《像少年啦飞驰》，该书获得当年全国图书畅销排行榜第一名。此后，郭敬明开始后来居上。2003年，郭敬明出版小说《幻城》，该书居当年文艺社科类图书销售排行榜前三名。2007年

① 张悦然，1982年出生于山东济南，从14岁开始发表文学作品。2001年获“新概念作文大赛”一等奖。2002年被“萌芽”网站评为“最富才情的女作家”“最受欢迎女作家”。2004年获第三届“华语传媒大奖”最具潜力新人奖。2005年获得春天文学奖。已出版作品有：短篇小说集《葵花走失在1890》《十爱》，长篇小说《樱桃之远》《水仙已乘鲤鱼去》《誓鸟》，图文小说集《红鞋》，主编主题书“鲤”系列等，被认为是中国最具影响力的青年作家之一。

② 孙睿，1980年12月2日出生于北京。文风深受王朔影响，京味十足，被誉为“80后王朔系最优秀的学生”，代表作为2004年出版的《草样年华》，这本书被引进到近40个国家和地区，和石康的《晃晃悠悠》、春树的《北京娃娃》、王朔的《动物凶猛》等合称为“华语十大青春小说”。

③ 九夜茴，本名王晓迪，北京女孩，生于1983年。首都经贸大学会计学院毕业。2005年凭小说《花开半夏》一举成名。随后出版《匆匆那年》等畅销小说，开青春文学的新风，成为“80后”作家中又一位领军人物。其代表作《花开半夏》《匆匆那年》《初恋爱》被改编为影视剧。

④ 春树，女，1983年出生于北京，2000年从高中辍学，开始自由写作。至今已出版小说《北京娃娃》《长达半天的欢乐》《抬头望见北斗星》等。

⑤ 张颐武.当下文学的转变与精神发展——以“网络文学”和“青春文学”的崛起为中心[J].探索与争鸣，2009(8)：19.

5月，郭敬明出版了校园小说《悲伤逆流成河》，一周时间销量突破百万册。2008年9月27日，《小时代1.0折纸时代》问世，上市3个月即成为2008年图书销售的第一名。2011年12月，《小时代3.0刺金时代》问世，首印200万册，获得2012年图书销量榜单冠军。一个例子可以反映出青春文学的消费盛况。2009年7月14日，郭敬明率“THE NEXT·文学之新新人选拔赛”四强作者及旗下7位人气作者在北京图书大厦举行签售活动，在近7个小时的签售中，郭敬明团队售出15 768册新书，打破了于丹2006年在中关村图书大厦签售《于丹〈论语〉心得》15 260册的纪录。据报道，参加签售的多是中学生，其中排队时间最长的达11个小时，短的也有6个小时。根据长江文艺出版社提供的数字，《最小说》每期销量70万册，有人便依此给郭敬明算了笔账，认为“他从《最小说》获得的年收入将高达2 100万”[①]。

二、青春文学的现实主义书写

考察青春文学的市场影响力，其中一个很重要的因素就是青春文学作品有“80后”青春文学的叙事，大部分具有很强烈的现实主义特征。不过，和之前传统的现实主义创作相比，青春文学缺少宏大叙事，也缺乏对时代精神和历史总体性的追求。由于独特的身份体验与个人视角，青春文学的作者往往将自己的青春岁月和学生生涯作为现实主义书写对象，并且以此和描写改革阵痛的新现实主义以及书写一地鸡毛的平民日常生活的新写实主义作品相区别。例如，2000年，韩寒出版的第一部长篇小说《三重门》就是这样的一部作品。该书通过少年林雨翔的视角，向读者揭示了一个真实的高中生的生活，把亲子关系、师生关系、同学关系的种种矛盾和问题展现出来。主人公林雨翔身上有韩寒自身的经历，韩寒通过这个角色，把新一代年轻人的叛逆思想写得入木三分，同时也体现了当代中学生在应试教育制度下的思考、困惑、梦想。作品发表后引起广泛争议，但也获得了巨大的发行量，该书刚发行即销售一空，被称作“青春文学的代表之一”。而另外一名“京派”青春文学作家春树的代表作《北京娃娃》，则被称为中国第一部“残酷青春小说”。这本书同样有作者生活的影子，写的是北京女孩林嘉芙从14岁到18岁之间的事情，包括从考上职高到令人窒息的校园生

① 赵勇.青春文学：作家偶像化与读者粉丝化[N].南方都市报，2009-08-16.

活、第一次休学、到杂志社打工、与男朋友之间的复杂情感经历等。由于作品风格冷峻，内容又涉及“80后”在理想、情感、欲望以及成人世界之间的纠结与痛苦，展示“叛逆一代”的青春伤口，春树的作品随后被冠以“残酷文学”“刀锋文学”的名号。凭借《北京娃娃》，春树在2004年2月成为登上美国 *Time* 杂志封面的第一位中国作家。

可以说，通过对当代年轻人自己生活体验的现实主义书写，“80后”青春文学迅速在文坛确立了自己的位置，同时赢得了大量年轻读者的认可。不过，如果据此认为“80后”青春文学的走红仅仅是因为其对青春的现实主义书写则未免过于简单。实际上，在青春文学崛起的后面还有更加复杂的推动力。有学者认为，青春文学走红实际上是作家偶像化与读者粉丝化的必然结果。比如，在通过“新概念作文大赛”成名后，郭敬明便开始走上了星光大道。春风文艺出版社敏锐地发现了他背后所蕴含的巨大商机和市场号召力，便不惜重金对其包装，试图打造“青春文学掌门人”的金字招牌。“作家出版社同样倾向于收割那些蜚声于青春文学市场的‘腕级’明星。2005年1月和8月，作家社承包了‘80后’两位名作者——青春偶像派代言人张悦然和残酷青春掌门人春树的新作《水仙已乘鲤鱼去》《2条命》的出版权，一举成为青春文学图书市场上的惹眼事件。”[①]出版社对青春文学作家的偶像化制造，实际上和1990年代出版机构的市场化转型有关。学者徐妍指出：“随着1990年代以市场经济为中心的确立，思想文化观念的转型，政府不但使出版社完成了‘断奶’，而且还直截了当地鼓励出版社成为自负盈亏的图书资助人。一时间，出版社在图书市场的投资不仅合法，而且时髦。各家出版社专门为自己寻找最佳的象征投资代言人，并且与媒体一道将图书出版的规模、影响做大。于是，在青春文学市场上，出版社踊跃地成为青春文学的第一资助大户。各家出版社为了在第一时间抢占青春文学市场的制高点，通常宁愿在资金紧缺的情况下出资培育自己的青春文学明星代言人。”可以说，“对于青春文学而言，一个触目所及的现象就是：在文学的名义下，一个造星工程正被出版界、媒体与青春文学写手一道热火朝天地操演下去”[②]。

与青春文学作家的偶像化对应的，则是青春文学读者的粉丝化。有资料显示，青春文学作家的粉丝大都是他们的同龄人，或是更加年轻的“90后”。对于

①② 徐妍.满目繁华和遍地危机：2005年青春文学的文化批判[N].文艺报，2006-01-28.

这一群体，学者张颐武称呼为“尿不湿一代”①，并指出：“‘尿不湿一代’现在已经开始长大了，他们已经显示了一个物质开始丰裕起来的社会里的新的青少年的趣味。他们现在已经成了文化消费的主力。由于成长在中国可以说最丰裕的时代，没有过去的悲情和重负，他们的感情和情绪就没有那么多沉重，又有中国近二十年经济高速增长带来的财富的物质基础。这些青少年成了中国现代以来最敢于消费的一代。他们的趣味和爱好现在主导了文化消费的走向。他们买书，韩寒和郭敬明就变成图书市场的主导力量；他们玩游戏，陈天桥就成了IT首富；他们崇拜偶像，周杰伦、F4就成了超级明星。这种力量的展现使得他们可以在文化的趣味上充分地炫耀自己的高度的丰富性和高度的游戏性。他们一面有其生涩的成长的烦恼，一面却也是一股无法阻挡的支配创意性的文化产业发展的力量。”②

青春文学作家的偶像化与读者的粉丝化，虽然会为出版方带来巨额的市场利润，但也可能导致对文学的偏离和读者的非理性狂热。粉丝们对郭敬明抄袭的看法就是一个很好的例子。2006年，北京市高级人民法院终审判决郭敬明作品《梦里花落知多少》抄袭庄羽作品《圈里圈外》成立，郭敬明被判赔偿并在《中国青年报》上公开道歉。但是郭敬明的粉丝却继续力挺自己的偶像，他们宣称：“我们小四那么有才华怎么会抄袭？”“就算他是抄袭的，我也一样喜欢他。如果说他是抄袭，为什么被抄袭者的小说没有成功而偏偏他的小说成功了呢？”“誓死保卫郭敬明，有本事你也抄，嫉妒啊。”有学者指出：“这种完全丧失了道德底线的非理性认同非常可怕，但它似乎已成了粉丝文化‘合理的’组成部分。”③与此同时，对于青春文学的创作和评价在商业逻辑的支配下也与文学的距离渐渐拉远。即使是青春文学独特的具有“80后”自传性质的现实主义书写，也遭到了一些学者的质疑。有学者认为青春文学的创作虽然具有“生活真实”，但是却很难达到“艺术真实”的高度，甚至随着时间的推移，已经日益蜕变为一种类型化写作，认为“对于‘80后’写作现象来说，自1997年新概念作文大赛以来，至今已经历了十多年，青春文学逐渐丧失其先锋性。当下，‘80后’青春文学渐渐从一

---

① 所谓“尿不湿”，是中国1980年代对纸尿裤的俗称。“尿不湿”属于一次性消费，用完即扔，因此被认为是一个消费社会开始来临的标志。

② 张颐武.新世纪文学：跨出新文学之后的思考[J].文艺争鸣，2005(4)：9-10.

③ 赵勇.青春文学：作家偶像化与读者粉丝化[N].南方都市报，2009-08-16.

种占据公众文化视野的文学现象退为某种类型的文学写作，还原为一种常态的类型化写作”①。还有的学者担心，这种由“出版界运作、青春文学写手配合的‘造星工程’，虽然繁荣但充满危机。推广青春文学明星，可以说是一种市场经济下自由的获得，但也同时意味着一种对自由的统治”，“由此，我们追问：青春文学明星的批量生产是让文学焕发青春，还是提早进入暮年？或者它只是商业利润支配下的伪文学泡沫，泡沫飞翔过后，一切又回归文学本身的寂静？或者，泡沫粉碎过后将永远终结文学生产的耐心”。②

面对青春文学的巨大影响力，一些学者直呼它已经是“新世纪文学中一个不得不面对的文类”③。还有人认为：“传统文学、青春文学和网络文学所形成的新的文学格局已经从根本上改变了原有的文学形态，文学的发展已经超出了传统‘新文学’的既定框架，显示出新的可能性。”④不过，也有学者指出：“相当部分青春文学写手试图与市场联手打造一个与当代主流文坛抗衡的‘另一个文坛’，但他们竭尽努力的结果却是打造了一个隶属于市场之下的‘娱乐圈文学’。”⑤

三、青春文学的亚文化解析

从文化研究的视野来看，“80 后”青春文学写作应该放在青年亚文化的文化语境中来理解。⑥ 1964 年，伯明翰当代文化研究中心开张之后，将工人阶级文化和亚文化研究作为两个主要研究方向。1975 年，由斯图亚特·霍尔和托尼·杰斐逊主编的文集《仪式抵抗》出版。两位编者在序言中正式提出“青年亚文化”的概念，用来替代“青年文化”一词。并且认为，这一改变是在于强调它们与阶级文化的隶属关系。伯明翰学派认为，青年亚文化之所以被看作离经叛道，是因为它是对资产阶级主流文化的一种叛逆和挑战，与此同时，它还表现出了

① 郭艳.代际与断裂——亚文化视域中的“80 后”青春文学写作[J].中国现代文学研究丛刊，2011(8)：156.

② 徐妍.满目繁华和遍地危机：2005 年青春文学的文化批判[N].文艺报，2006-01-28.

③ 赵勇.青春文学：作家偶像化与读者粉丝化[N].南方都市报，2009-08-16.

④ 张颐武.当下文学的转变与精神发展——以“网络文学”和“青春文学”的崛起为中心[J].探索与争鸣，2009(8)：20.

⑤ 徐妍.满目繁华和遍地危机：2005 年青春文学的文化批判[N].文艺报，2006-01-28.

⑥ 所谓“亚文化”的概念，最早是由美国芝加哥学派在 1940 年代提出的，芝加哥学派从社会学研究的角度考察美国大城市的“地下”和边缘文化群体与犯罪的关系，其直接目的是给当时的社会治理提供有效的参考。

一种风格，或者说，一种带有时代特征的文化范式。[①] 此后，青年亚文化的概念逐渐为各国学者所接受，而对主流文化的叛逆和挑战，以及表达自己独特的风格，也被认为是其固有的内在属性。

在中国，人们一度认为，青年亚文化是资本主义体制下的独特产物，它的代表是嬉皮士、光头党和摇滚青年，他们的嗜好是酗酒、大麻和性解放。不过，新时期以来，随着迪斯科、蛤蟆镜和喇叭裤的相继出现，人们终于认识到，青年亚文化同样也属于当代中国。新世纪前后，随着全球化浪潮的不断推进以及电子媒介和网络媒介的普及，中国的青年亚文化无论是在表现形式还是在内容上都出现了新的变化。

《环球》杂志记者曾经进行了如下的报道："曾经 U1 份真诚 DI 摆在偶 D 面前，但 4 偶米 U 珍 C，等到失 7D4 候偶才后悔默 G……"

你猜得出这段话是什么意思吗？这是《大话西游》里的那段台词："曾经有一份真诚的爱摆在我的面前，但是我没有珍惜，等到失去的时候我才后悔莫及……"至于上面这种写法，现在被称为"火星文"。[②]

有学者指出，对于传统的表意方式予以解构、拼贴和重构，是青年亚文化确定自己风格的重要路径和动力。随着网络的普及，青年网民在网络空间生产了成千上万的新词语、新句式、新语体，这道由语词构筑的文化亚景观杂糅了冷僻词、外来词、生造词以及图形符号等，让他们的父母无所适从，如坠云雾；也让语言学家忧心惶恐，乃至失语。而作为网络语言生产主体的青年网民却乐此不疲。网络新词语无疑是青年亚文化体现自身"风格化"的一部分。所谓"风格化"，是指"青年亚文化标榜自身，形成认同时所生产出来的特有的符号系统"。不过，和之前新时期中国青年将蛤蟆镜和喇叭裤作为自己独特风格不同，由于互联网空间的虚拟性和从事青年亚文化实践的群体彼此之间的匿名状态，他们

① 伯明翰学派认为，青年亚文化是工人阶级的青年亚文化，是二战之后繁荣起来的被支配群体的表达形式和仪式，包括紧身裤、尖皮鞋的阿飞(teddy boys)、摇滚族、光头党和它的前身摩登族(mods)，以及朋克、嬉皮士等，它们是堕落的标记，也是自我流放的写真。与此同时，他们提出了"抵抗"的观念，认为工人阶级青年的亚文化不仅不是颓废和道德堕落的表现，相反，他们用自己的方式对当前的社会进行了批判，因此亚文化本身有着积极的意义。陆扬.从亚文化到后亚文化研究[J].辽宁大学学报，2012(1)：121-127；黄晓武.文化与抵抗——伯明翰学派的青年亚文化研究[J].外国文学，2003(2)：30-39.

② 揭秘中国青年亚文化族群[J].环球，2007-09-01.

不再单纯强调着装打扮的风格，相反，独特的语言表意成为亚文化风格醒目的标识。[①] 因此，可以说，语言的风格化是青年亚文化从社会总体文化中凸显自身的内在需要。而“非主流、另类的语言创造是青年群体有意识标榜自己与其他文化差异性的文化行为，具有鲜明的语言区隔功能。在此，区隔首先表明的是与众不同，其次是共同体的建构，再次是身份的认同”，“这意味着，如果能以同一种方式说话时，就是同类，相反，便非我族类”。[②] 仅以火星文为例。火星文是“90后”创造出来的网络语言，其语言结构非常复杂，集合了符号、繁体字、日文、韩文、冷僻字、图形文字以及汉字拆分等多种元素，并随性拼贴组合，甚至设计了专用的火星文软件来创造自己的语言文字，其意图无非表明“我，与众不同”。可以说，每一个亚文化群体都刻意地发展一些专属语，一方面将圈外人排除在外，一方面又通过语言强化了圈内人对亚文化群体这个共同体圈子的认同。

可以说，对于时尚性、叛逆性的追求构成了青年亚文化的独特风格。这种对青年亚文化的叙述也频繁出现在“80后”青春文学的现实书写中。这也导致青春文学和传统文学对现实书写的差异。和传统的现实主义文学比较，青春文学的现实书写中一个明显的区别是对待历史的态度。在传统的现实主义文学中，由于受到现代性历史观念的影响，现实和历史往往有机杂糅在一起，并且通过对现实的叙述呈现出历史发展的规律或者现实表象后面的历史本质。但是在“80后”青春文学的现实书写中，其急于将现实同历史割裂。举例来说，新一代追求时尚，讨厌习俗，而在文化研究的语境之中，时尚代表着最适合当下现实生活的东西，而习俗则意味着历史上的陈规陋习。显然，这仍然具有现代性叙事的二元对立特征，认为时尚就是新的、进步的、适宜的，习俗就是旧的、落后的、不适宜的，不过，与此同时，新一代则割裂了历史和现实的这种传承关系。在这里，他们更倾向于通过一种后现代的新历史主义态度，将历史以及承载历史的传统表意和文化经典解构为一种文化霸权主导的话语或者叙事，并且极力

① 除了独特的语言风格之外，用着装打扮来体现自己的异类风格在今天的青年亚文化群体中同样存在。例如曾流行的杀马特现象。所谓的“杀马特”是英文单词“smart”的音译，主要指向流行于“90后”农民工群体中的另类文化现象。杀马特人群经常描眼线化浓妆，挂铁链穿体环，留海胆头爆炸头，以种种“惊悚”“雷人”的形象示人。其造型被认为是对日本视觉系摇滚乐队和起源于1970年代的欧美朋克文化的“山寨系”混搭，由于其主要生活在社会的边缘，缺少足够的经济资本和文化资本，而被称作“迷失在中国城市化大潮中的年轻移民”，并且“折射了中国的阶层分化”。2014年国庆档上演的公路喜剧《心花路放》，就讲述了一个“杀马特美眉”的爱情故事。

② 马中红.网络青年亚文化现象之亚文化符号：网络语言[N].中国青年报，2014-11-24.

逃离、挑战或者颠覆之。

而对于传统表意和文化经典予以解构、拼贴和重构，也导致在青年亚文化以及青春文学中的现实主义叙事中非常流行的“恶搞”现象。对于“恶搞”，有学者认为我们不应该一笑了之，相反，应该将它看成学术研究的对象。“恶搞”的出现与互联网的兴盛有关。网络空间的无深度感、杂乱性、暂时性、分裂性和全球化特征，促使在其基础上生成和传播的青年亚文化，不同程度地体现出无厘头[①]、狂欢、无聊、围观、起哄等现象，于是“恶搞”就出现了。与此同时，一个文本（包括文字、图片乃至视频）一旦存在于网络上，它就是一个开放性文本，或者说是费斯克笔下的“生产者式文本”，因为网络赋予了大众再度和不断重构的权利。大众可以按照自己的意愿，进行重新拼贴、组合，创造出无数新的文本，并且不断生产出新的意义来。按照青年亚文化的固有属性来理解，这种重构无疑是对主流文化表意的叛逆和挑战。

不过，学者们同时指出，网络时代的过度恶搞，以及对拼贴、戏仿等手法的大量使用，在消解了原有文本意义的同时，往往也会导致青年亚文化失去明确的指向，其结果是意义被放逐，剩下的只是狂欢。“可以说，它是当代青年亚文化游戏精神的体现。在娱乐中获得属于个人的情感体验，享受自由自在的感觉，得到无与伦比的愉悦和快乐；同时，在包含各种强制性和禁止性语言使用的社会文化语境和网络空间中，语言的狂欢必然蕴含着某种程度的偏离。”[②]

从某种程度上来说，青春文学的现实主义叙事可以被看作青年亚文化中的一个重要组成部分，并且体现出了青年亚文化的诸多特征，它们包括：以文学的形式挑战成人文化秩序，现代媒体的运用与成效，商业逻辑的操纵以及对消费主义的认同。不过，正如费斯克在《解读大众文化》中所说：“大众文化是由居于从属地位的人们为了从那些资源中获取自己的利益而创造出来的，另一方面，这些资源也为支配者的经济利益服务。”[③]而在另外一本著作《理解大众文化》中，他再次指出：“文化商品想要流行，就必须满足相互抵牾的需要。一方面存在着金融经济的中心化、同质化的需要。任何一种产品，它赢得的消费者越多，它在文化工厂现有的流程中被再生产的可能性就越大，而它得到的经济回馈就

① “无厘头”是广东方言，本应写作“无来头”，意思是说一个人的言行毫无意义，莫名其妙。无厘头文化是1990年代在香港电影中兴起的娱乐文化现象，其代表为周星驰的喜剧作品。

② 马中红.网络青年亚文化现象之亚文化符号：网络语言[N].中国青年报，2014-11-24.

③ 费斯克.解读大众文化[M].杨全强，译.南京：南京大学出版社，2001：2.

越高。因此它必须诉诸大众的共同之处，并否定社会差异。”[①]从这个层面来看，大众文化无疑是一个蕴含了抵抗力量与收编力量、统治者与被统治者、主导意识形态与从属文化之间的斗争与转化的场域，任何一种来自于新兴亚文化的挑战，都会最终被它吸纳，成为主流文化的一部分。而这一属性，也体现在当代“80后”青春文学的现实主义创作上。

四、青春题材影视作品中的现实主义

在“80后”青春文学的现实主义创作中，青春与励志题材的文学作品一直是电视剧改编和拍摄所钟爱的对象，新世纪也不例外。其中，2007年上映的一部现实主义题材电视剧《奋斗》成为这一时期最受欢迎的青春与励志作品。电视剧《奋斗》改编自作家石康的小说《激情与迷茫》，它全面描写了1980年代后成长的一代大学生，从毕业到就业，从合租到买房，从爱情到亲情的故事，不仅青春感十足，也反映了当代城市青年人面对生活、爱情、事业等问题的态度。该剧在电视和网络上先后热播，由于其首次关注“80后”事业、爱情的主题，获得了一大批年轻人的广泛共鸣。导演赵宝刚再接再厉，拍摄了《奋斗》的姐妹篇《我的青春谁做主》和《北京青年》，合称“奋斗三部曲”，不过后两者的口碑和收视率都有所下降。

和电视剧一样，根据青春文学和网络流行作品改编的青春电影在近年来异军突起，成为影视界一道让人无法忽视的风景。仅在2013年和2014年，就有《致我们终将逝去的青春》《小时代3刺金时代》《后会无期》《匆匆那年》等多部相关影片上映。[②] 这些电影无一例外地取得了票房的成功，但也招致很多批评和吐嘈之声。特别是“小时代”系列，更是出现了极端恶评与巨大票房之间的反

---

① 费斯克.解读大众文化[M].杨全强，译.南京：南京大学出版社，2001：27.

② 《致我们终将逝去的青春》于2013年上映，是赵薇的导演处女作，电影改编自网络作家辛夷坞的同名小说，编剧李樯。电影表现了当代大学生在青春成长中的热情与脆弱、领悟与伤痛。《小时代3刺金时代》，改编自郭敬明同名小说并由其亲自执导，杨幂、柯震东、郭采洁、陈学冬等主演，于2014年全国公映。和郭敬明之前导演的《小时代1折纸时代》《小时代2青木时代》一样，影片主要讲述了林萧、顾里、南湘、唐宛如，四个好姐妹大学毕业后的爱情和职场故事，表达了当下青年人不同的价值观和人生观。《后会无期》于2014年全国公映，是一部由青春文学作家韩寒担任编剧及导演的喜剧爱情加冒险的公路电影。《匆匆那年》于2014年全国公映，由网络作家九夜茴的同名小说改编，张一白执导，描述了“80后”一代人的情感与生活历程。

差。很多评论指责其赤裸裸地宣扬“拜金主义”“物质至上”，是“伪文艺”电影，有学者更是在采访中认为，“小时代”系列的成功“与其说是价值取向的问题，不如说是非价值化的问题，其成功是在于以价值展览的表象拒绝了价值表述”，并且直言“热卖片成功的共同元素是感官性的、身体性的，直戳你的泪点和笑点，同时，以拥抱主流的姿态拒绝意义与价值”。[①] 与此同时，对于青春电影在当下的走红，评论家也给出了自己的看法。有学者认为，进入新世纪以来，随着互联网技术的兴起和发展，青春、时尚、反叛等青少年亚文化开始全面占领主流文化舞台，青春电影也开始受到市场的追捧。不过，这些青春题材影片，虽然都罗列在现实主义叙事的名目下，并且在一定程度上反映了“80后”“90后”的喜怒哀乐，但也暴露出许多问题。例如，在主题上几乎都诉诸单一的“怀旧”，缺少跟这个时代的砥砺与激荡，因而表象是书写现实，但实质上更像一种对现实有意无意的逃避。在题材上，如今的青春片中都是生活在大城市里的好孩子，没有农村青年，就连小镇青年、县城青年也鲜有出现。这种艺术观念的局限“封堵了青春片的多种艺术可能性”。因此，“国产青春片要实现艺术上的提高，应该勇敢走出青春的小感怀，走出封闭的、梦幻般的校园想象，在更广阔的世界中磨练青年的心智和视野，寻找和实现新的人生可能”[②]。正如凤凰网上的一篇文章所指出的：“反观这一茬国产青春片，每一部都散发出浓浓的都市八点档气息。所谓的爱情无非怀孕堕胎，所谓的友谊无非喝酒吹牛，所谓的梦想无非成名发财；顶着青春无敌的脸，却像三四十岁的中年人一样世故。美国女作家詹姆斯（E. L. James）四十岁时写了一部以少女为主角的性幻想小说《五十度灰》，竟然风靡全球，无数大妈看得心潮澎湃不能自已。当下的国产青春片与《五十度灰》并无本质区别，它们表现的不是真实的青春，而是对于青春的幻想。”[③]

《匆匆那年》的导演张一白曾在访谈中吐露心迹：“因为我的青春挺无聊的、挺苦闷的，所以我想通过拍电影，把自己未曾经历过的青春或者想象的青春体验一遍。”这句话道破了青春片臆想症的根源所在。好莱坞影片中的青春在中国从来就没有存在过，“50后”“60后”的青春是“文革”语境下的非典型青春，“70后”的真实青春是改革后的迷茫，“80后”“90后”的青春则是高考、高考、高

① 罗皓菱.北大教授戴锦华：社会文化面临整体坍塌[N].北京青年报，2014-10-31.

② 张慧瑜.青春片需要提供多种可能性[N].人民日报，2014-12-26.

③ 殷宴.意淫型的中国青春片：现实如此枯燥宁可选择浮夸[EB/OL].(2015-05-04)[2020-10-27]. http://culture.ifeng.com/insight/special/teenfilm.

考。这样的青春太不堪回首，他们宁愿选择集体失忆，在银幕上意淫狗血淋漓的青春。[①]

上述问题不仅存在于表现青春的现实主义影视作品中，同样也存在于当下的青春文学和网络文学的现实主义创作上。可以说，新世纪的中国需要新的阐释，新世纪中国的年轻人同样需要真正具有现实主义精神的关注、书写与阐释。在全球社会和中国现实日益复杂的今天，我们迫切需要表达时代精神、反映本土新一代精神风貌的青春文学和青春题材影视作品。这种新的阐释并不是跟着全球化的浪潮随波逐流，更不是为资本逻辑和商业运行所支配，而是表达一种属于新时代中国自己的本土化叙事。当然，在这一层面上，无论是中国青春文学、影视的现实主义叙事，还是青春文学的影视化改编，都还有很大的挖掘空间。

① 殷宴.意淫型的中国青春片：现实如此枯燥宁可选择浮夸[EB/OL].(2015-05-04)[2020-10-27].http://culture.ifeng.com/insight/special/teenfilm.

第　四　编

危机与突破：
社会变革时期的现实主义书写

“新启蒙”吊诡与现代性追问*

——读现实主义小说《青狐》

1987年以后，中国的现代化进程进入了一个新的转型期。其过程激烈而迅猛，结果更是超出了许多此前对于“现代化”充满期待的人的意料：呈现在国人眼里的并非“新启蒙文学”所展望的那个“美丽新世界”，相反，物质坚硬、欲望狂欢，昔日呼吁的启蒙时代烟消云散，一个全球化的消费主义时代正在不可逆转地大步走来。这一时期，也因此被称作有别于“新时期”的“后新时期”。与此同时，曾经被郑重推出的所谓“大写的人”如今已经“习惯死亡”，历史在“进步”的同时，也宣告了一个渴望着“进步之乌托邦”的理想主义时代的结束。

1990年代，热闹一时的“新写实小说”“新历史小说”，或者用“零度写作”的姿态，用对“一地鸡毛”式的日常生活的热爱，来完成对“理想主义的1980年代”的消解；或者是用戏说和虚无的表述，将“还原历史”的宣告演变成一幕幕彻头彻尾的语言游戏和文字狂欢。在它们方兴未艾的背后，是“新启蒙文学”的不战自退、无疾而终。不过，正如“新启蒙文学”对“现代化”不加审思的全面呼吁与对“文革”未加清理的全面否定是其中的一体两面，在“新写实小说”对“理想主义的1980年代”的简单消解的背后，其实也就是对消费主义逻辑的匆忙认同与迎合。可以说，无论是“新启蒙文学”以“人的文学”替代“人民的文学”，还是“新写实小说”“新历史小说”以书写现实和历史的名义进行的创作，其实质都是对传统的现实主义创作的解构和背叛，并且遮蔽了现实和历史的真实性。但是，这些对刚刚过去的历史未经反思就宣告遗忘的人们，恰恰忘记了这样一句话：“让历史告诉未来”。他们忘记了未来是发展中的现在，而现在正是过去的逻辑

---

* 本文发表于《文学评论》2007年第1期，原题目为《青狐：“新启蒙”吊诡与现代性追问》。收入本书后，部分内容做了修改。

延续。因此，如果对“新时期”缺乏足够和有效的反思，我们今天在现实中的许多困惑就无法解决。于是，一些执著思考的作家，一些曾经的“新启蒙文学”的参与者，在对现实怀有一种深刻的失落感的同时，也先后沉浸到对“新时期”的反思与质疑中来。显然，在这一过程之中，重新回归现实主义的创作，无疑是呈现并且思考现实的一种有效路径。而王蒙的小说《青狐》，就是这样一部现实主义作品。

一、“新启蒙文学”的悖论

2003年，王蒙发表了“迄今为止自己最满意的作品”《青狐》[①]，小说虽然发表在新世纪，但其中描写的却是中国20世纪70年代末到90年代这一时段的历史，因此更适合放在对1990年代中国文学的研究领域。很多评论家都指出这是一部有关文学的元叙事，但笔者以为，《青狐》更准确的定位应该是体现了1990年代以来的中国文学现实，以及以此为视角对1980年代的回望与重估。笔者更感兴趣的是，文学家王蒙对这个自己曾经亲身参与和满怀憧憬的“新启蒙文学”运动，进行了一次令人吃惊的重写或改写。《青狐》中的“新时期”，不再是一个发现和确认“大写的人”的时代，也不是一个人性复苏和美好流露的时代，相反，那些冠冕堂皇的启蒙精英们一个个摘下道貌岸然的面具，露出粗俗和猥琐的真面目。

《青狐》中一个重要的人物是米其南，这个“人性复苏”的“复出”派作家在“归来”之后为了弥补20年“右派”生涯的“亏空”，决心玩弄108个女人作为补偿。这个人物形象不禁让笔者想起了王安忆在她的小说《叔叔的故事》中的叙述。[②] 实际上，同样作为对“新时期”进行反思的作品，创作于1990年代的《叔叔的故事》和《青狐》在很大程度上可以进行互文性阅读。作为王安忆最重要的作品之一，《叔叔的故事》在对1980年代的主流叙事进行的反思和解构中，完成了一次对文化精英主义与文化英雄主义的放逐与消解，并因此成功地和“新启蒙文学”说再见。同样消解的还有1980年代的主流话语中的诸多神话，包括作家

① 原刊于《小说界》2003年5、6月号及2004年1月号，单行本由人民文学出版社2004年1月出版。以下作品内容皆引自该书。

② 王安忆.叔叔的故事[M]//王安忆.香港的情和爱——王安忆自选集之三.北京：作家出版社，1996.

和叙事的神话，将苦难神圣化和道德化的神话，那些在苦难后“反思”历史、在抚慰“伤痕”的同时展望“现代化”的美好未来的神话，那些关于文化英雄和大地母亲的神话，等等。同样的话语消解也出现在《青狐》中：米其南在被打击被批评被整肃的时候，在连饭都吃不饱的情况下，“仍然做着高尚的梦”，“追求着渴望着文学，尊敬着每一本铅字印到白纸上的书”，然而在“劫后重生”的“新时期”，他却只剩下了身体和欲望的需求。如果说，此前的革命小说是通过“灵肉对立”的经典叙述，来刻画具有坚定信仰的社会主义“新人”形象，以及展示“共产党员都是用特殊材料造成的”的革命意志，那么，通过对身体的还原，将英雄消解为具有七情六欲的凡人，变成一个“有灵有肉”的“完整的人”，则是“新启蒙文学”叙述中不言自明的成规与惯例。但是，在《青狐》中，当昔日的文化英雄从一个在苦难中保持圣洁品格和崇高理想的受难者变为一个只满足食色欲望的“两足动物”之后，所谓“大写的人”的形象已经轰然倒塌。

需要说明的是，自从1980年，戴厚英在《人啊，人》的后记里充满激情地写出“一个大写的文字迅速推移到我面前：‘人’！一支久已被唾弃、被遗忘的歌曲冲出了我的喉咙：人性、人情、人道主义！”[①]之后，书写“大写的人”立即成为承载“新时期”文学思想意识的一个最好的表达，并在随后成为一个广泛的创作实践。不过，耐人寻味的是，这种对“大写的人”的书写在其后的文学叙事里，却迅速且更多地演变为对像《北方的河》里的那种“男子汉”（硬汉）形象的赞美和向往。这不仅出现在蒋子龙、张承志、梁晓声等“复出”和知青一代的男作家笔下，也出现在张洁、王安忆等“新时期”以来具有代表性的女性作家的作品里。王安忆因此写道：“近来，颇时兴男子汉文学。北方的一些男性作家，真正写出了几条铮铮响的硬汉子，令人肃然起敬，令人跃跃欲试。”[②]尽管如此，“男子汉”形象仍然和“大写的人”保持着一致的思想意识：对“灵肉合一”的“完整的人”的呼唤。只不过，“男子汉”形象因为更能形象地反映“新时期”对国族共同体以及个人主体意识“强大”“有力”的渴望，而更容易得到作家和读者的认同。同时，它的流行也表明了在“新时期”的开始，无论性别，国人对“新启蒙”和现代性思想的共同接受和一致立场。

但是，对“大写的人”的书写不久就因为其原来潜在的性别立场的突显而出

---

① 戴厚英.人啊，人[M].广州：广东人民出版社，1980：853.

② 王安忆.我们家的男子汉[N].文汇报，1985-04-15.

现了创作的分歧。“男子汉”形象很快就为《方舟》等女性作品中的“小男人”“猥琐男”所湮没。如果说,“男子汉”的流行体现出“新时期”国人对“新启蒙”和现代性思想接受的一致性,那么,“小男人”之类的出现不仅标志着“大写的人”的灰飞烟灭,更意味着人们对“新启蒙”和现代性思想在认识上的深入和不同。实际上,联系到以张贤亮为代表的男作家在《绿化树》等作品里的叙述,我们可以发现,这种对现代启蒙思想的复杂性认识并非完全取决于对性别的界定,而是现代性叙事中的一个常在的困惑与追问:现代性的进程在导致人性解放的同时,是否一定会带来物欲的膨胀与精神的堕落,并导致人性的更加复杂和不可捉摸?或许,这正是存在主义在面对现代性的困境时提出的命题:他人即地狱。在这个命题面前,男性和女性是处在人性思考的“同一地平线”上的。遗憾的是,这种深层次的拷问往往因为人们对女性写作的探讨而被忽略。

因此,米其南作为一个男性笔下的“猥琐男”形象就具有了代表性的意义:“真正新的历史时期开始了”,米其南却发现自己已经完全丧失了在苦难生涯中坚持的精神操守,“他不再在意只有乳臭未干的孩子才会计较的善良、纯洁、理想、诚实和花一样的火一样的浪花一样的爱情”。他甚至产生了这样的想法:“如果他早赶上思想解放观念更新,他起码搞上一打女子了,也不枉活一世,他如何至于兴起自宫之念!”

在这里,米其南甚至连《绿化树》中的忏悔情结也没有。在张贤亮的作品里,知识分子在“新时期”复出之后,虽然不断地为自己内心的卑鄙情感寻找合法性,却仍然会因为“劳动者的形象日渐高大而纯正”而产生了忏悔的心理。而米其南的堕落则是完全赤裸裸的,他已经完全丧失了知识分子赖以自豪的人格操守和精神追求。为什么在“新时期”重续启蒙的思潮之后,“解放人性”的希冀却导致了人性的丧失,而“新启蒙文学”也因此走向了它的背面?这是一个在对“新时期”文学的反思中无法回避的问题。

在《青狐》中,作者进一步向读者揭示,米其南的堕落并不仅是一个个人行为,它还是“新启蒙文学”对于身体的意识形态表述的逻辑使然。在这里,对人性的解放是和对物质和身体的追求联系在一起的。正因为如此,米其南才能够振振有辞地为自己的纵欲行为寻找合法性。同样的,这种文化精英对物质和身体的欲望在小说中触目皆是。与此同时,“新时期”的文化精英们常常出入于厕所也散发着香气的宾馆,享受着“高贵的布尔乔亚的善良与文明,友好与善意”。

他们的生活开始出现小说里常常出现的海滨、饭店、汽车、钢琴、地毯、男女侍应生，以及痴男怨女的一见钟情和文人雅士的高谈贵吐。也许唯一的例外是杨巨艇。这个身材高大、口若悬河、所向披靡的权威批评家似乎是一个真正为理想和精神而活着的人，但实际上，他只不过整天沉浸在空洞激烈的理论辩论中，而这也不过是为了掩饰自己在现实生活中的失败。“看上去很美”，实际上却是凌空蹈虚、远离现实，而且在真正的社会生活中毫无用处。从这个层面来看，中看不中用的杨巨艇无疑是一个隐喻，他和极端自我地追求“食色性也”的米其南构成了“新时期”文化精英们的一体两面，并合力完成了对所谓“大写的人”的还原与消解。

二、《青狐》的现实意义

英国学者伊格尔顿在论及文学的意识形态时曾经指出，文学的任务在于代表体现在艺术中的能量和价值准则对社会进行改造，具有深刻的社会含义、政治含义和哲学含义。他因此认为：“文学不仅仅是‘体现’某种社会价值准则；它同时又是进一步巩固和传播这些价值准则的重要工具。”[①]这个时候，文学本身就是一种同社会权力问题有着最为密切联系的思想意识。伊格尔顿对文学的看法和他的老师雷蒙德·威廉斯的看法有着相似之处，尽管后者总体的思想要温柔和内敛许多。威廉斯指出：“从一般意义上说，文学显然是一种社会活动，而其价值似乎正在于作者获得了某种活力，这种活力显现出来而且直接用于文学方式的讨论。这种活力存在于一种大于文学的范围，存在于作家和现实关系的全部复杂之中。”[②]

从这个意义上，《青狐》之所以被众多评论家和王蒙本人认为是作者自己所写的最好的一部小说，最主要的原因是曾经是“新时期”文学的参与者之一的作者，通过这部作品完成了对当初似乎承载着无限的“光荣与梦想”的 1980 年代的重新梳理，而这种对后革命叙事的反思，也和作者以前的革命叙事截然不同。因此，认为《叔叔的故事》和《青狐》是一个关于文学的元叙事，这仅仅说出了其中一面，其内在的主旨则是通过对文学的叙事来实现对“新时期”文学所承载的

---

① 伊格尔顿.文学原理引论[M].刘峰，等译.北京：文化艺术出版社，198：21.

② 威廉斯.文化与社会[M].吴松江，张文定，译.北京：北京大学出版社，1991：5.

意识形态的反动与消解。在“新时期”，文学界通过接连掀起的文学主体性思潮和文艺本体论思潮，来表明文学已经回归“人的文学”和具有文学性的文学，并同时表明“新时期”文学已经摆脱此前存在于当代文学中的意识形态束缚，实现了文学和政治的告别。“新时期”文学以此宣告自己已经和“十七年文学”和“文革文学”划清界限，并将自己的历史脉络直接和五四新文化运动相联系。但是，正如伊格尔顿和雷蒙德·威廉斯认为的那样，文学从来不是游离于社会历史之外的自弹自唱，而只能是一种社会思想意识的表达。即使“新时期”文学所推崇的五四新文化运动，也具有包括传播科学民主精神和重塑国民性在内的社会政治含义。因此，“新时期”文学也不可能完全和社会政治无关。

实际上，从被认为是“新时期”文学源头之一的“四·五”诗歌到成为“新时期”文学标志的“伤痕小说”，其社会政治和思想意识的诉求无不昭然若揭。而“新时期”文学和“新启蒙”文学在很大程度上的内容重叠也表明，“新启蒙”思想在很大意义上，是通过文学的方式来实现对“现代化”的全面认同与对“文革”的全面否定的。换句话说，“新时期”文学对苦难的叙述事实上是借批判“文革”生产现代性话语。在《青狐》中，作者不断强调从苦难中“归来”的作家们对涉外宾馆的感受，置身在拥有“红漆地板、艺术地毯、全遮蔽的化纤地毯、大理石与水磨石地面”的地方，作家们不禁由衷地感慨：“这样的地方，人是干净和微笑的，衣是干净和高雅的，说话是温柔的和文明的”“吃的喝的用的拉的尿的咳嗽的和呕吐的，看到的听到的闻到的和感到的想到的，都和那些缺衣少穿、遍体鳞伤、愤愤不平、苦大仇深、被欺凌被剥夺被强奸被污辱的人不一样。同样是说话，一边是彬彬有礼，一边是粗野混乱。同样是心情，一边是高尚美好，一边是水深火热！人和人就是这样地不同，生活和生活就是这样地不同！”显然，用“温柔的和文明的”“彬彬有礼”等来形容西方的现代文明秩序，而用“缺衣少穿”“遍体鳞伤”以及“粗野混乱”来形容“文革”，“新时期”启蒙精英的社会立场与价值判断不言自明。正因此，汪晖才敏锐地指出，“新启蒙”思想的基本立场和历史意义，就在于它是为整个国家的改革实践提供意识形态基础的。他认为：“中国的‘新启蒙主义’不再诉诸社会主义的基本原理，而是直接地从早期的法国启蒙主义和英美自由主义中汲取思想的灵感，它把对现实的中国社会主义的批判理解为对于传统和封建主义的批判。不管‘新启蒙思想者’自觉与否，‘新启蒙’思想所寻求的恰恰是西方的资本主义的现代性。”[①]可以说，“新时期”文学对“苦难”的叙述以及对“大写的人”的渴望，无论是否有意，都在事实上和当时的主流意识形态形成共谋，从而顺利完成对“文革”在叙述中的告别和遗忘，以及对一个全球化的现代性叙事的认同和内在整合。

不过，《青狐》同时也指出了“新时期”在对西方现代文明的向往中所隐含的矛盾与问题。涉外宾馆的经营者们对外汇券的青睐和对使用人民币的同胞们的鄙视，分明表达了一种新的等级秩序的存在。而曾经在“文革”中被迫害的“复出与归来派”作家，也因为在对“新启蒙”的参与中自传式的“苦难”叙事，自觉变为“新时期”的文化英雄和启蒙精英，享受到“温馨的生活”的待遇：“1981年8月，几个被视为‘文革’以后即‘新时期’以来最活跃的作家坐在火车的软席车厢前往海滨疗养地北戴河去。与硬座车厢里的满地瓜子皮、黏痰与烟蒂，满车厢的混合着厕所味道与石碳酸的腥气与人体气味的恶臭是怎样地不同啊。这里的窗帘是挑花的，这里的座位是宽敞与柔软的，这里的小桌板上放着专门的清洁的铝盘，供你使用，而列车员警惕地望着穿过车厢的旅客，严防硬座车的旅客混到软座车厢上来。”这种等级秩序无疑也是一种新的身份政治和“社会的再度分化与重组”的开始。但是，《青狐》中的作家们，大部分人都心满意足地享受着这样“温馨”的新生活，以至于青狐恨得咬牙切齿：“给我一台重机枪，我要把用温馨一词欺骗污辱损害普罗大众的布尔乔亚小布尔乔亚们通通射杀！瞧把你们美得，吃喝玩乐还要美其名曰‘温馨’！”也正是在这个意义上，《叔叔的故事》和《青狐》不约而同地通过对1980年代文学的叙事，完成了对“新时期”文学和“新时期”作家的双重消解。

如果说，王蒙的“季节系列”仍然在对革命和理想的探讨中延续着一种“启蒙叙事”的话，那么在《青狐》中，作家已经开始呈现出对于这种宏大话语的反思与质疑，从而走向了“启蒙叙事”的反面。在这部小说中，1980年代不再是一个所谓对“人”的发现的年代，一个只需要弥合“文革”的伤痕就可以恢复人性和社会的健康从而迎来一个和昨天“断裂”的全新年代。这样的年代即使有历史的脉络，也应该是对“五四”的继承和延续。但实际上，这种对“启蒙”与现代性叙事的怀疑和反思，早在“五四”之后鲁迅等人的作品中就开始了。因此，建构与

---

① 汪晖.当代中国的思想状况与现代性问题[M]//林大中，等.九十年代文存1990—2000.北京：中国社会科学出版社，2001:255.

反思，始终是中国现代“启蒙”文学的一体两面，而“新时期”文学只不过抓住了其中的一个方面。而在《青狐》中，王蒙看到了，在“新时期”的文学精英们身上复苏的是人性的双刃剑，“新启蒙”的现代话语替代了“文革”的政治话语，但仍然是一种行使“规训与惩罚”的话语霸权。于是，在《青狐》中，王蒙一反此前“季节系列”中期待的“光明梦”：“革命”结束了，“启蒙”开始了，但是人们并没有得到他们想象的结果。对于王蒙来说，从“新时期”文学中一个“人”的发现者，变成了一个“人”的怀疑者和反思者，这无疑是一个超越。

王蒙说过，《青狐》所写的是“二度恋爱季节”。主人公卢倩姑在年轻时一心追求上进，但是她的政治憧憬在“文革”中最终幻灭，她在“文革”中的两次婚姻也以失败告终。1980年代，卢倩姑赶上了中国思想解放的好日子，她勇闯文坛，一夜之间成了众人瞩目的新秀作家。不过，无论是一夜成名，还是后来的红得发紫，都非她所思所想所愿，她真正的想法——像一个真正的人那样谈一次理想的恋爱——却处处失败。而那些夸夸其谈的文化英雄和启蒙精英也在理想爱情的试金石下，暴露了其自私而贪欲的真面目。显然，如果我们把卢倩姑看作“新时期”中国知识分子的一个代表，那么所谓的“二度恋爱季节”无疑具有更丰富的表征。而把卢倩姑的“第一度恋爱季节”理解为知识分子对包括“文革”在内的社会主义实践的理想与参与，“第二度恋爱季节”理解为对标榜“大写的人”的启蒙思想的寄托与幻灭，也许并非过度阐释。沮丧之余，青狐发表了寄托她爱情梦想的长篇小说《深山月狐》，并因此书连连获奖，而在《深山月狐》红里透紫的时候，她却正式宣布封笔。卢倩姑从“倩姑”变成了“青姑”再变成了“青狐”，在这一变再变中，她并没有实现启蒙思想中的身份认同与主体确认，相反，却无可避免地陷入了自我丧失的巨大的“焦虑”之中，并最终产生对自我身份的深刻怀疑。其后青狐愈来愈倾心于修炼气功，她变成了气功发烧友。这看起来荒诞不经，却深刻地道出了“新启蒙”思想的必然逻辑。

三、反思“新启蒙主义”的当下意义

应该说，《青狐》以一个女作家为主人公，并通过她的目光回顾“新时期”，并非作者的一个偶然的选择。这不仅因为在文艺领域，女性往往被赋予更多关于自然、纯洁的隐喻，因而被看作比男性更接近于海德格尔意义上的“本真的存在”;也因为通过女性的“边缘”视角，更能够游离于以“男子汉”叙述为表征的“新启蒙”文学的宏大叙事，因而更容易发现潜藏在“新时期”主流话语之下的真实的细节和暗流。在小说中，无论米其南、杨巨艇、钱文这些男人多么道貌岸然、冠冕堂皇，其真实面目却都和“大写的人”的理想距离甚远。不过，《青狐》的用意显然不是简单地对这些让人失望的男性进行道德和价值审判，而是通过对他们的发展逻辑的叙述，将“新启蒙”文学想象中的“大写的人”重新拉回到具体的社会实践和历史背景中来。正如马克思指出的：“人的本质不是单个人所固有的抽象物，在其现实性上，它是一切社会关系的总和。”[①]因此，必须从社会历史实践中来考察和规定人的本质，而反对任何游离于具体政治、经济、文化等诸多社会实践和历史活动之外的、被理念化和自我意识化了的抽象的人。同时，《青狐》还向人们提出了这样的问题：“大写的人”在现实中的支离破碎，除了复杂的人性因素之外，是否还有社会发展本身的原因？这就促使我们对“新时期”以来，“新启蒙主义”热烈欢呼的现代性进程进行更多的思考。

在今天看来，1980 年代，中国的“新启蒙主义”知识分子对社会主义实践的反思虽然必要却有失简单，他们把此前包括“文革”在内的中国社会主义实践隐喻为封建主义传统的继续，却忽视了其中蕴含的“反现代性的现代性”内容，从而抹杀了这个历史实践对整个“现代性危机”的探索价值，并且在一种传统与现代二元对立的思考方式中，完成了对西方现代性的价值重申。而“新启蒙”文学更是通过在文学领域中对主体性概念的呼吁与确立，来建构对人性自由和解放的认同，并为建立个人主义的社会伦理和价值标准赋予合法性。但是，正如汪晖所指出的，在“新启蒙主义”者将西方的现代启蒙思想作为自己的理论资源的时候，在寻求个人的自主性的过程中，他们却忽视了尼采、萨特等人对西方现代性的批判这个层面，并将其简约为个人主义的和反权威的象征。因此：“中国启蒙主义思想内部的冲突经常表现为古典的自由主义伦理与激进的极端个人主义伦理的二元对立。主体性概念即使在今天也是包含着内在的可能性的，但是，如果我们不能把这一概念从上述二元对立中解放出来，置于新的历史条件之中，这一概念就可能僵化为一种没有批判潜能的概念。总的说来，新启蒙思想蕴含的批判潜能在 1980 年代曾经焕发过青春活力，但在被组织到现代化意

① 马克思，恩格斯.马克思恩格斯选集 第 1 卷[M].北京：人民出版社，1995：56.

识形态的框架内的过程中,这些批判潜能正在逐渐地丧失活力。”[①]可以说,在《青狐》中,米其南正是在这样的思潮下为自己的行为寻找到了正当的理由:“他要名,他要利,他要风头”“他要通过逝去了的青春和男人的苦难的魅力征服一个又一个的女人”并“从这种征服和嬉乐中克服他与生俱来的缺陷,满足他的过于亏损了的生命需求”。而面对米其南振振有辞的极端个人主义伦理,企图“教育”他的钱文也陷入了“他是太幸福了,还是太讨厌了;他是太有理了,还是太可恶了呢?”的困惑之中。显然,面对“新启蒙”思想的历史吊诡,曾经参与其中的文化精英们已经完全失语。

如果说,“新启蒙”思想并不能真正导致“大写的人”在现实中的产生,那么,对西方现代性进程的单一模仿也同样不能带给我们“美好的明天”。自从1987年中国将改革的中心从农村转移到城市,特别是进入1990年代以来,“新启蒙”思想所期待的幸福生活并没有伴随经济市场化而到来,相反,商业逻辑的无孔不入和传统信念的不断丧失在“乡土中国”引起了新的甚至更加难以克服的矛盾。如果说,在1980年代,国人还在为先进的西方文明感到震惊,为主动加入全球的现代化进程欢欣鼓舞,那么,在1990年代,特别是当历史进入了21世纪,越过经济和技术层面,越来越多的人看到这种全球的现代化进程背后潜在的文化和价值灌输,并且让异质文化者不断产生严重的认同困惑和价值危机。而“如何在‘全球化’的背景下保持文化的自主性?如何让价值的、伦理的、日常生活世界的连续性按照自身的逻辑展开,而不是又一次被强行纳入一种‘世界文明主流’的话语和价值体系中去”[②],这已经成为第三世界知识分子普遍思考的问题。《青狐》敏锐地意识到了这个问题,并通过主人公的心理活动提供了自己的思考:“只是在喝崂山矿泉的时候她禁不住一种冲动:拿一碟咸菜来!从河北最好是河南,拿一碟老腌咸菜来!为什么涉外宾馆的经营者们就如此没有想象力,也许矿泉水加咸菜才是世界饮食直到人类文化世界大同的峰巅!”显然,对于《青狐》来说,今天并非要简单化地强调中国文化对西方的特殊性、不可兼容性和对抗性,而是要求我们在现代性叙事中不能割断和自身历史的联系。那种认为现代性就是反传统和对西方现代性的全面复制的观点,最终会导致我们

① 汪晖.当代中国的思想状况与现代性问题[M]//林大中,等.九十年代文存1990—2000.北京:中国社会科学出版社,2001:258.

② 张旭东.全球化时代的文化认同[M].北京:北京大学出版社,2005:1.

在国族认同和主体认同方面陷入双重危机。

应该说,“新启蒙”思想对于这种危机是负有责任的。更严重的是,在面对全球化背景下的中国问题,“新启蒙”思想已经丧失了自身内在的反抗力量。于是,1980 年代的知识界在进入 1990 年代后出现了明显的失落感。他们不再把自己看作文化英雄和先知,相反,面对无孔不入的商业文化,他们痛苦地意识到自己并非当代的文化英雄和价值的塑造者,而且,曾经满怀期待的启蒙理想在严酷的现实发展逻辑面前被证明只是一个一厢情愿的“神话”。

作为“新启蒙”文学的变异和延续,1980 年代后期,文学或者变为迎合市场的写作,成为商业逻辑的“帮忙”和“帮闲”,或者变为越来越玄奥的“纯文学”,这同样引起人们的反思。恩格斯在给拉萨尔的关于《济金根》的信中把“美学和史学观点”的结合作为评价文艺的“最高的标准”①,这是因为,文艺的本质是美学力量和历史力量的融合,而不是单一层面的片面发展。但是,在当前的全球化过程中,文学如果不能和本民族的社会、经济生活和日常现实的根本价值取向相结合,那么,无论是一味追求博取人们眼球,还是玩弄技巧的空中楼阁,都会变成没有意义的自弹自唱和自得其乐。

这种对“新启蒙”文学的反思和对现代性叙事的追问,无疑是《青狐》中最引人注目的地方。这也是《青狐》被认为是王蒙的“后季节系列”小说的主要原因。在王蒙的“季节系列”小说中,一个始终潜在的信念就是对历史发展的坚定期待,认为历史是进步的,并对人性解放和自由发展充满乐观。但是,到了《青狐》中,这种乐观的期待已经不复存在,“新时期”历史的发展并没有提供这种证明,反而让我们看到了人性和欲望在获释后的阴暗面。更让人沮丧的是,在物欲、权欲和色欲的空前膨胀面前,原来人们所依赖的对美好未来的坚定信念也被消解了。于是,那些在“文革”中尚能意志坚定的知识分子们,在“新时期”却出现了精神的虚空。小说里钱文面对着历史转折所引发的“恍惚如戏”的感触、米其南的纵欲、杨巨艇的凌空蹈虚、青狐放弃写作后倾心于修炼气功、王模楷看破红尘之后于孤独无望中夜游大海等,都是这种虚空感的呈现方式。对于这些“年轻的老革命”来说,历史的转折更像是历史的玩笑、吊诡乃至是一种历史的遗弃,在历史的“新时期”,他们已经在不知不觉中失去了原来的精神家园和身份认同。

---

① 马克思,恩格斯.马克思恩格斯选集 第 4 卷[M].北京:人民出版社,1995:561.

从对“新时期”的参与变为对“新时期”的反思，其更深的目的是对 1980 年代以后中国现代性叙事的重新审视与清理，而这本身就揭示了《青狐》的意义所在。但需要指出的是，《青狐》在完成对“新启蒙主义”的消解的同时，并没有重新再叙述一种新的建构的路径，反而陷入一种本质主义的虚无之中。类似的现象，也出现在张贤亮等“复出的一代”的作家的文本里。这或许是因为缺少一种可以有效凭借的理论资源吧。不过，同样曾经是“新时期”的参与者却更年轻的一代作家诸如张承志、张炜、史铁生等人的作品，在对“新启蒙主义”进行质疑的同时，却从不同的层面，积极探索当代中国在现代性进程中各种新的可能性。可以说，在某种意义上，这也是一种对《青狐》的续写。

“纯文学”的困境与“底层写作”的发生

改革开放以来，经济发展成为中国现代化进程的主旋律，社会贫富差距也随之逐渐拉大。在此背景下，“底层写作”应运而生。可以说，“底层写作”是现实主义文学在中国当代文学上的最新实践，它的出现，一方面引起了广大学者的关注与论争，另一方面也为现实主义在当下的理论创新提供了契机与挑战。

一、“底层”的提出

“底层”本来是一个社会学的概念，也就是社会最下层。[①] 有学者考证，“底层”一词源自葛兰西，在《狱中札记》中，此词被翻译成“下层阶级”“下层集团”。[②]日本东京大学东洋文化研究所教授、著名中国文学专家尾崎文昭认为，“底层”一词广义而言，是指除了社会精英和新中间阶层以外的社会中下层，狭义的标准则是指“极端贫困层”。此外，除了葛兰西意义上的“底层”概念以外，印度的底层研究和斯皮瓦克的 subaltern（一般被译为“属下、臣属、庶民”等）概念也被引进中国。尾崎文昭认为，根据阶层分析论的所谓客观的“社会底层”，就其表现形式而言，“是总带着贫困的这样一类负面形象，是同情的和慈善事业的对象，甚至是被侮辱的对象”。另一方面，文学景观中反复表现的“底层”至少包含“应该同情”的情感，以及伴随着对社会不平等而愤怒的伦理意识。与此同时，

① 陆学艺在其主编的《当代中国社会阶层研究报告》中，在职业类别的基础上，依据对组织资源、经济资源和文化资源这三种资源的占有程度，对当代中国社会阶层进行划分。底层很少或基本不占有上述三种资源，其来源主要是商业服务业员工、产业工人、农业劳动者和城乡无业失业半失业者阶层。陆学艺.当代中国社会阶层研究报告[M].北京：社会科学文献出版社，2002.

② 蔡翔，刘旭.底层问题与知识分子的使命[J].天涯，2004(3)：4-13＋1.

它还与以前所使用的“人民性”概念有重合的一面，最后还被赋予“忍受苦难”“真实的”“纯粹的”“崇高的”等正面含义。①

2004年，“底层”这一概念在中国被广泛关注。而蔡翔写于1995年的散文《底层》，被认为是中国当代文学最早提及“底层”的文章之一。② 此后，评论家孟繁华在发表于2000年的《资本神话时代的无产者写作》一文中，提出了“无产者写作”的概念，呼唤继承1930年代以来的无产阶级文学遗产，也被视为“底层写作”的先行之作。③ 在散文《底层》中，作者以一个上海文化精英的视角，凝视自己昔日的“底层”出身背景，表达了在文化平民主义和文化精英主义两种截然不同的立场集于一身时的纠结与矛盾，并且对于今天的“底层”生存状况抒发感喟：“许多年过去了，革命似乎成了一个遥远的记忆，底层仍然在贫穷中挣扎，平等和公正仍然是一个无法兑现的承诺。旧的生活秩序正在解体，新的经济秩序则迅即地制造出它的上流社会。阶层分化的事实正在今天重演，权力大模大样地介入竞争，昨天的公子哥儿成了今天的大款大腕大爷，他们依靠各种权力背景疯狂地掠夺社会财富。权力和金钱可耻地结合。‘穷人’的概念再一次产生。”④随后，散文《底层》在2004年被《天涯》杂志重新“发现”发表，与此同时，《天涯》杂志还发表了一组文章，主题为“底层与底层的表述”。这也被认为是对于“底层写作”的最早讨论。而这期间，对深圳作家曹征路小说《那儿》的评价，更是将这次讨论引向深入。⑤ 2004年，中篇小说《那儿》发表，作品讲述了一个工人出身的工会主席，受骗参与了管理层抛弃工人的“卖厂”行为，醒悟后起而捍卫工人利益，最终以死相拼的故事，反映了在国企改制的时代大背景下，国企工人的悲壮抗争以及辛酸无奈。⑥ 小说发表后，其在中国文学界、高校、读者中引起了广泛的讨论，被认为是2004至2005年“最具震撼力的小说”。《天涯》

① 尾崎文昭.底层写作—打工文学—新左翼文学[J/OL].アジア(亚洲)游学，2006(94)[2020-10-10].http://ishare.iask.sina.com.cn/f/16824450.html.

② 蔡翔在一次访谈中提出，从文学的层面上看，新时期以来，张承志是较早地复活了“穷人”和“富人”概念的一位作家。蔡翔还认为，“穷人”和“富人”概念的复活，是指人们重新看到了阶级的存在和出现。蔡翔，刘旭.底层问题与知识分子的使命[J].天涯，2004(3)：4-13+1.

③ 孟繁华.资本神话时代的无产者写作[J].南方文坛，2000(4)：26-29.

④ 蔡翔.底层[J].天涯，2004(2)：40-45.

⑤ 曹征路，江苏阜宁人。1949年生于上海，深圳大学师范学院中文系教授。著有小说集《开端》《山鬼》《只要你还在走》《那儿》《霓虹》《反贪指南》《问苍茫》等。《那儿》原载于《当代》2004年第5期。

⑥ 1990年代，随着国企改革的深入，一批讲述企业工人的作品应运而生。这类写作也被称为“大厂文学”，语出作家谈歌的小说《大厂》(《人民文学》1996年第1期)。但由于《大厂》本身具有浓厚的“主旋律”色彩，其并没有被当作底层文学。

《上海文学》《小说选刊》《北京文学》，以及文艺理论刊物《文学评论》《文艺理论与批评》，都先后发表文章，参与到对这个话题的讨论中来。一些学者更是在“底层写作”讨论的基础之上，提出了“底层文学”的概念。评论家李云雷认为，所谓的“底层文学”主要就是以底层为描写对象的这样一种文学：“在内容上，它主要描写底层生活中的人与事；在形式上，它以现实主义为主，但并不排斥艺术上的创新与探索；在写作态度上，它是一种严肃认真的艺术创造，对现实持一种反思、批判的态度，对底层有着同情与悲悯之心，但背后可以有不同的思想资源；在传统上，它主要继承了 20 世纪左翼文学与民主主义、自由主义文学的传统，但又融入了新的思想与新的创造。”另外，跟“底层文学”相对的主要有三个方面的文学：第一种就是“纯文学”，另外一种就是商业文学，还有一种就是主旋律文学。[①] 李云雷还指出底层文学跟这三种文学的区别：在叙事内容方面，底层文学描写底层人的生活状态，代表底层人发出他们的声音，并且以此和“不描写现实生活或只描写中上层生活”的“纯文学”相区别；在叙事方式上，“底层文学”与通俗文学不同，“通俗文学是模式化的，主要迎合大众的审美趣味，并使大众在幻想中逃避现实”，而“底层文学”则“是作家的独特创造，它不是要迎合而是要提升大众的审美趣味，并使之对真实的处境有所认识与反思”；在创作态度上，“底层文学”与主旋律文学不同，主旋律文学主要是对现实社会中的正能量之处进行弘扬和歌颂，而“底层文学”则“对现实有一种反思、批判的态度，希望引起大众对不公平、不合理之处的关注，以发生改变的可能性”。[②]

二、“纯文学”的反思与“底层写作”的发生

文坛对于“底层写作”的关注，是多方面原因叠加的结果。首先，这是当代中国社会的阶层分化和现实矛盾冲突加剧的文学见证与批判。1990 年代以来，中国社会的经济转型成就举世瞩目。但与此同时，这一转型也导致了相当严重

① 李云雷认为，所谓的商业文学就是指商业化的通俗文学。商业文学按照商业的模式来运作，本身就是一种“产品”，一种商业性的产品。或者说，商业文学不是作为一个作家的创作而存在的，它的实质是通过出版的渠道占领精神文化领域的一种商品。至于主旋律文学，则“是一种按照主流意识形态的要求来写的，粉饰太平、不触及真正的社会问题的文学”。李云雷.“底层文学”在新世纪的崛起[J].天涯.2008(1):184-191.

② 李云雷.“底层文学”在新世纪的崛起[J].天涯.2008(1):184-191.

的贫富分化和社会不公，更让人们感到不满的是，随着时间的流逝，这种阶层分化所导致的社会结构“断裂”不仅没有愈合的迹象，反而出现了不断的“固化”。[①]面对这样的现实，思想理论界的中国知识分子已经展开了广泛深入的讨论和论争，也因此产生了相当激烈的思想冲突。而其中影响最为广泛的，无疑是1990年代中国“新左派”和“新自由主义”两大阵营的思想交锋，“一般认为，1998年是两派争论从水下开始浮出水面，进行面对面交锋的一年，1998年和1999年两派争论达到最高峰，而这之后论战逐渐趋于平淡”[②]。双方的论争源于对中国在现代化发展中存在的一些问题的不同观点和立场，以及对诸如个人自由、市场经济和全球化等问题的不同态度。

有学者认为，新左派思潮是“以西方左翼社会主义思想理论为基础，以平等与公平为核心价值，把中国走向市场经济的转型过程中的社会分层化、社会失范与社会问题理解为资本主义社会矛盾的体现，并以平均主义社会主义作为解决中国问题的基本选择的社会思潮”[③]。其思想和理论资源主要包括两个方面，一是来自以葛兰西、卢卡奇为代表的西方马克思主义学派。他们不仅批判资本主义的政治经济霸权，同时也对资本主义的文化霸权系统地进行批判；二是来自对西方新左派反对自由主义主流思想的各种学说的继承。[④] 而自由主义一派则援引和借鉴西方自由主义学者的经典理论，主张保障个人权利和自由、发展市场经济、建设法制、对政府权力实行有效的制衡。“底层写作”的思想资源更多地受到新左派思潮的影响，表现为对社会弱势群体的同情和对社会不公以及贫富差距悬殊的不满。王晓明指出：今日社会，已经形成了若干呈现和解说穷

---

① 社会结构固化说由清华大学教授、社会学家孙立平提出。他在文章中指出：“现在的主要问题不仅是贫富差距，而且是贫富差距已经固化为社会结构，而难以改变了。”同时，他也指出了这种固化带给“底层”的绝望感：“在一个社会中继承与流动需要保持大体的均衡。尤其在一个贫富分化较大的社会中，一种相对畅通的社会流通渠道以及较多的流动机会，则是抵消贫富差距过大的重要机制。我们在日常生活中也经常听到类似的说法：有时贫富差距大一点还不要紧，最怕的是穷人失去向上流动的希望，最怕的是一种绝望的感觉。”（孙立平.化解贫富冲突要在调整社会结构[J].南方周末，2007-09-27.）此外，孙立平在其著作《断裂——20世纪90年代以来的中国社会》（社会科学文献出版社2003年版）及其续编《失衡——断裂社会的运作逻辑》（社会科学文献出版社2004年版）中指出中国社会1990年代后差距扩大化和阶层固定化的严重问题，认为改革共识已经破裂，中国已经进入一个“利益的时代”的观点，也引起社会很大震动。

② 韦长伟.新左派与自由主义的论争：产生、分歧与前景[J].创新，2011(3)：23.

③ 萧功秦.知识分子与文化人[M].天津：天津人民出版社，2002：72.

④ 西方新左派崛起于1960年代，其理论包括以萨米尔·阿明为代表的现代化的全球化与依附理论、萨义德对西方中心论的批判理论，以及以社群主义向自由主义挑战的麦肯太尔、桑德尔等学者的理论。

人的通行图式。那在东南沿海和大中城市里铺天盖地的“成功人士”的神话，是完全排除了穷人的生活，仿佛它根本不存在。电视屏幕上，企业家躬身将钱款递进贫病者手中，贫病者则一律对着镜头表示感谢……这一类画面将穷困者演成了慈善对象，仿佛一切将他们推入困境的社会原因，都可以顺利地消弭于施舍与受恩、“献爱心”与“分享艰难”的关系之中。房产广告对新楼盘的“安全”性能——从红外线监视设备到“24 小时保安巡逻”——的反复渲染，则又将穷人暗示为可惧的对象：肮脏、粗蛮、不读书、一有机会就要爬进窗子来，手里还多半提着刀……这每一幅图式都推出自己对“穷人”的整体定义，而恰恰是这些定义，以不同的方式收窄、割裂、浅化直至公然粉饰着“穷人”所暴露的深广的社会困局。而同样，也正是这个“穷人”和“底层”问题，以它对作家的灵魂和才智的双重刺激，为当代小说提供了勃发活力的空间。……运用种种文学的方式，创建一个充满感性的文字世界，打破那些流行图式的遮蔽，深切地呈现“穷人”“底层”困局的全部蕴涵：这不正是今日中国小说的一个重大的意义所在吗？[①]

其次，“底层写作”的出现，还是反思“纯文学”这一思想的延续和必然结果。对于什么是“纯文学”，很难有一个标准的界定。李陀就指出：“无论在(20 世纪)80 年代还是 90 年代，很难找到一份权威的文献(比如宣言之类)能够完整表达‘纯文学’的理念，也很难弄清到底有多少作家、艺术家和批评家没有保留地认同这种艺术的追求。”但是，他同时又指出，“就文学的‘主流’而言，‘纯文学’很像是一种‘魂’一样的东西，尽管它难以找到一个具体的物质性的躯壳，可它无处不在，支配着成百上千的作家的写作”[②]。评论家蔡翔也有类似的看法。他认为：“近二十年来，在我的记忆和阅读印象中，尚未见有人对‘纯文学’这个概念的外延和内涵作过完整的明确的定义，这似乎也暗合了当代文学史上一个惯常的现象：越是所指模糊的概念，越能得到广泛传播。”但是，他同时又指出：“所谓‘回到文学本身’，实际上内含着这样一层意思，即文学完全独立于国家、社会、政治、意识形态等公共领域之外，从而是一个私人的、纯粹的、自足的美学空间。这一说法之所以能够得到确立，其背后，显然是来自于‘纯文学’这个概念的有力支持。”[③]而另外一名学者贺桂梅则从 1980 年代“纯文学”观念的知识表述构

① 王晓明.对现实伸出尖锐的笔[J].上海文学，2006(1)：72-73.

② 李陀，李静.漫说“纯文学”——李陀访谈录[J].上海文学，2001(3)：7.

③ 蔡翔.何谓文学本身[J].当代作家评论，2002(6)：31.

成切入，分析这种表述方式的意识形态特性。贺桂梅认为，“当前的文学常识主要是1980年代建构出来的，因此，厘清‘纯文学’的知识谱系是进行文学性讨论的历史前提。‘纯文学’体制形成于1980年代后期，并主要在三个领域内运行，其一是以‘诗化哲学’代表的哲学/美学领域，其一是转向对语言/符号关注的文学理论领域，另一则是‘重写文学史’思潮所代表的重构经典的现代文学研究领域”①。

简单地说，“纯文学”是从1980年代中期兴起的一种文艺思潮。这一时期，西方现代主义思潮在中国受到关注。与此同时，在文学主体论和文学本体论的指引下，标举从“写什么”到“怎么写”的创作方式成为中国文坛的主要理念，在此之后，文学或者从“向外转”变为“向内转”，强调“个人的文学”；或者止步于“能指的循环”，强调小说就是“虚构”，津津乐道于制造空中楼阁和玩弄文字游戏，结果都丧失了对社会现实的关注性和批判性。1990年代之后，市场化浪潮席卷中国，“纯文学”因为其闭门造车自吟自唱的写作方向而陷入无人喝彩的困境，成为詹明信意义上的“失败的形式”。② 与此同时，一些学者也开始对“纯文学”的创作理念进行批判和反思，其关注核心则是重新思考文学与现实的关系。2001年，《上海文学》开辟“纯文学”讨论专栏，对1980年代提出的“文学自主性”“文学主体性”等主张和“纯文学”的观念进行批判。李陀在一篇题为《漫说“纯文学”》的访谈中，率先对“纯文学”的概念作了历史的清理和批评。他认为，“纯文学”对于“文学自主性”和“文学自足性”的强调，导致文学跟社会现实的关联越来越少，结果读者也越来越少。因此，当代文学要想走出萎缩和边缘的状态，就必须改变它的“不及物性”，重新建立跟现实的关系。李陀指出：“由于对‘纯文学’的坚持，作家和批评家们没有及时调整自己的写作，没有找到一种和1990年代急遽变化的社会更适应的关系。很多人看不到，随着社会和文学观念的变化与发展，‘纯文学’这个概念原来所指向、所反对的那些对立物已经不存在了，因而使得‘纯文学’观念产生意义的条件也不存在了，它不再具有抗议性和批判

① 贺桂梅.“纯文学”的知识谱系与意识形态——“文学性”问题在1980年代的发生[J].山东社会科学，2007(2)：29.

② 李云雷就认为，“纯文学”就是以先锋性的、现代主义的文学方式来书写的，其基本上跟现实不发生具体的关系，不描写具体的社会现象和社会问题，它就描写个人抽象的苦闷、绝望这样的一些情绪，在(二十世纪)八十年代中期，这些文学让人感到耳目一新，但是越到后来这些作品越让人感到，反正都是那些东西，越到后来越是无病呻吟。李云雷.“底层文学”在新世纪的崛起[J].天涯，2008(1)：184-191.

性，而这应当是文学最根本、最重要的一个性质。虽然‘纯文学’在抵制商业化对文学的侵蚀方面起到了一定作用，但是更重要的是，它使得文学很能难适应今天社会环境的巨大变化，不能建立文学和社会的新的关系，以致1990年代的严肃文学（或非商业性文学）越来越不能被社会所关注，更不必说在有效地抵抗商业文化和大众文化的侵蚀同时，还能对社会发言，对百姓说话，以文学独有的方式对正在进行的巨大社会变革进行干预。”[①]继后，韩少功、南帆、罗岗、薛毅、蔡翔等多位评论家加入了这场讨论。2002年，蔡翔在《当代作家评论》上撰文《何谓文学本身》指出，“纯文学”虽然是新时期文学思潮中的一个核心概念，并且具有积极的时代意义，但当下的一些写作，在“纯文学”观念的主导下，把“自我”看成一个脱离社会的封闭概念，从而诱发了自恋和自闭，而当文学成为自恋式的文字游戏时，文学便失去了创新的生命力。“因此，在今天，对‘纯文学’这个概念的重新辩证，实际上亦暗含了对现代性的重新思考，以及对中国社会发展的重新认识。”[②]随后，蔡翔在一次访谈时再次强调说，在1980年代，人们常把“艺术创新”简单地理解为一种“为艺术而艺术”的形式探索，这种观点也成为“纯文学”的理由，但实际上，当时的“艺术创新”其实正是来源于我们对生活、对问题的发现，因为这种发现才激发起我们追寻艺术的新的表现形式，而并不是“为艺术而艺术”。蔡翔承认，任何一种写作，最终都是一种个人的写作，但如果把这种“个人化”的写作主张推向极致，并成为文学拒绝进入公共领域的借口，就会丧失知识分子最基本的批判立场。时过境迁，当今社会电子传媒、现代交通和经济全球化正在将世界连为一体，历史正在向人们提出一系列重大的问题。但“纯文学”却痴迷于一种自恋式的文字游戏，拒绝进入公共领域，这不仅在某种程度上加快了“纯文学”和社会存在的疏离，同时也使“纯文学”逐渐丧失了关注现实和把握现实的能力。[③]

三、文学的现实向度

“纯文学”的反思将文学创作重新引向文学和现实生活的关联。单纯的艺

① 李陀，李静.漫说“纯文学”——李陀访谈录[J].上海文学，2001(3)：7.

② 蔡翔.何谓文学本身[J].当代作家评论，2002(6)：31.2006年，蔡翔的同名著作在春风文艺出版社出版。

③ 郑逸文，陈熙涵.纯文学不该成为自恋式文字游戏[N].文汇报，2002-12-10.

术探索和文字游戏不再被认为是先锋的象征，反而被指责为脱离人民需求，而描写现实的作品则成为创作的主流，甚至被认为比单纯的艺术探索更具有先锋性。[①] 在这一文学思潮的转换下，2004 年之后，“底层写作”开始风起云涌，占据了文坛的主体。王晓明在 2006 年指出，最近一年半的文学杂志上，差不多有一半小说，都是将底层的艰难生活选作基本的素材的。[②] 曹征路在发表《那儿》之后，又陆续写作了描写下岗女工的小说《霓虹》，以及关于农村里选举故事的中篇小说《豆选事件》。以下，本文仅就《豆选事件》进行分析。[③]

21 世纪的中国，改革方兴未艾。今天，随着和谐社会和新农村建设构思的具体实践，在农村落实基层民主选举已经提上了日程。不过，理想的政策方针在贯彻中却不一定能够得到期待中的完美结果，甚至会不时地暴露出让人意料不及的新问题。曹征路的小说《豆选事件》就讲述了这样的一个故事。

所谓“豆选”，用小说中方继武的话说：“就是一个候选人名字搁一个大碗，你高兴选哪个，就在他碗里丢一颗大扁豆，旁人都看不见，一水儿的是县里来人监票！”而在方继武看来，这样的选举无疑是一场公正和民主的乡村选举：“村长是大家选的，大家不拥护，他就不能当村长。”不过，看起来易如反掌的事情却并不简单。在方家嘴子的村长豆选过程中，一波三折，结局也出人意料。一开始，“祸害了多少家庭”又“卖光了地”的原村长方国栋不仅没有呈现出被选下台的征兆，反而因为强硬的家族背景（“国栋家除了国梁当副乡长，还有个国材在省里当处长，还有个国宝在美国读博士呢”）和许诺的选票贿赂而显露出连任的迹象。而随着事件的发展，一直被乡里年书记看好，认为是方家嘴子里正义力量的代表，同时是唯一胆敢和方国栋叫板的人物方继武，又因为组织青年成立护地队，而被县委钱书记以“破坏选举就是扰乱社会治安”的罪名拘留审查。本次“豆选”的结果也让组织者们颇为意外，一向软弱的方继仁以压倒性多数当选。

小说的结尾，落选者并没有失败，“国栋全家都搬走了，搬到城里发财去了”。当选者也并没有胜利，方继仁的妻子在“豆选事件”中被迫自杀。与此同

① 一些学者针对“底层写作”提出了“新的人民性”“底层文学的先锋性”“新的美学原则”等新的命题，不断将讨论引向深入。李云雷就认为，底层文学是一种真正意义上的先锋，它是我们这个时代最具有先锋性的这样一种文学形态。李云雷.2007：“底层文学”的理论与实践[J].文艺理论与批评，2008(2)：22-29.

② 王晓明.对现实伸出尖锐的笔[J].上海文学，2006(1)：72-73.

③ 关于《豆选事件》的评论，笔者曾经以《问题小说的传统与当下文学的使命——从小说〈豆选事件〉说起》为题目做了讨论。该文发表于《作品与争鸣》2007 年第 10 期。

时,本次“豆选”的主要当事人之一方继武离家出走,进城打工,而策划者年书记也黯然“打报告当教员去了”。

这样的结局让人感到沉重和伤感,更让人寻味和深思。简而言之,小说《豆选事件》至少提出了三个耐人寻味和发人深思的问题:第一,看起来公正和民主的“豆选”为什么引出那么多复杂和意外的问题?小说里给我们提供了权钱交易、家族政治、村民的软弱与麻木和上层独断的政治定性等诸多解释的因素。第二,关于集体主义和个人主义的问题:“怎么讲呢,现如今都各人顾各人了,集体是个老黄历了。可要把方国栋选下台,没点集体主义还真不中。你费了多少劲,喉咙哑了吐沫干了,人家还是半信半疑,人家只跟你来现的。方国栋小拇指动动,掏点钱许点愿,比你什么大口号都管用。”小说通过方继武的感喟发出这样的困惑,为什么当村民的整体利益需要大家合力维护之际,团结一致的集体主义却往往败于一盘散沙的个人主义?第三,为什么种下的是龙种,收获的却是跳蚤?小说中的年书记“原本在县委工作,是个研究生,理论水平很高的”,他满怀理想要建设社会主义新农村,并且去韩国看过新村运动,去美国考查过农业合作社,有着很多很多的先进思想,但是他在天堂乡搞豆选试点的结果却让他最终黯然离职。当然小说虽然没有明言却暗含其中的还有第四个问题:如今提倡和谐社会,但是怎么样才能真正做到公正和民主地化解矛盾?

上述问题只是笔者初读之下的简单列举,而要详细论述这些问题,则应该是另外一篇长篇大论了。在此,笔者仅就《豆选事件》的书写,谈论另外一个看似离题却又紧密相关的话题:关于问题小说的传统与当下文学的使命。

众所周知,中国现代文学的发生,是从问题小说开始的。曾几何时,在新文化运动的历史背景下,当费孝通意义上的“乡土中国”遭遇现代性叙事下空前激烈的思想变局时,正是问题小说直面现实,几乎书写了当时中国包括婚恋、劳工、家庭、教育、伦理在内的所有问题。今天看来,问题小说虽然有失稚幼,但是却开辟了中国现实主义文学的一个很好的传统:关注现实,揭示问题。此后,这个传统一直被鲁迅等人的乡土文学和赵树理笔下《“锻炼锻炼”》这样的农村题材小说所继承。

遗憾的是,“新时期”以来,标举从“写什么”到“怎么写”的“纯文学”理念在反抗束缚当代文学的政治教条的同时,也同中国文学的现实主义传统渐行渐远。不过,文学的艺术与审美从来都是一柄双刃剑,“新时期”文学在文学主体论和文学本体论的指引下，从“向外转”一跃变为“向内转”，结果却逐渐丧失了对当前社会的关注和批判，蜕变为故弄玄虚和闭门造车的文字游戏。1990年代，中国社会正值一个新的思想勃发时期，昔日跃立时代潮流之前沿的中国文学却陷入自吟自唱而无人喝彩的尴尬境地，“纯文学”理念的恶果暴露无遗。

进入21世纪，越来越多的作家和文学评论家已经意识到当代文学发展的症结所在，同时，也有更多的作家把目光投向当下中国社会广阔而复杂的社会层面，开始在作品中关注现实，揭示问题。于是，一大批被文学评论家们界定为“底层写作”“打工者文学”“三农小说”的作品应运而生。今天，虽然对于这些作品的具体命名和阐释尚有争议，但不可否认的是，中国文学直面现实的传统正在被一批作家重新发扬光大。在笔者看来，以发表《那儿》而倍受文坛关注的曹征路正是其中的代表性作家，而他的中篇小说《豆选事件》也正是揭示当代中国农村现实的一部问题小说。或许有读者会发现，《豆选事件》虽然提出了许多尖锐的问题，但并没有在作品中通过文学叙事提供一个可以解决问题的方案。的确如此。不过，这并不能成为对作家和作品提出质疑甚至诟病的理由。实际上，早在鲁迅等人的乡土文学时期，就已经提出了“只问病源，不开药方”的著名口号。而在今天，已经没有人再去苛求作家在自己的作品里扮演上帝的角色了。正所谓桥归桥，路归路，当下社会的问题，需要社会的合力解决。而当下文学的使命，就在于将真实的社会问题，用自己独有的形象叙事的方式呈现出来。在这个意义上，《豆选事件》无疑是继承中国现实主义文学优秀传统的一部好小说。

同样描写下岗女工被迫进行身体交易的小说还有刘继明的《我们夫妇之间》。小说描写的是一对下岗职工，因为找不到工作，女的不得不去进行身体交易。小说的精彩之处是写她跟丈夫之间的感情纠结，她丈夫一开始特别不舒服，后来却为生活所迫不得不接受、配合甚至主动接送他妻子进行身体交易。[1]刘继明还发表了小说《放声歌唱》，内容则转向了农民工题材，讲述一个农村人

① 刘继明，1963年出生，湖北石首人，现为湖北省作家协会副主席。毕业于武汉大学中文系，曾任湖北省歌剧团专业编剧，《长江文艺》杂志编辑。

进城打工，却要不到工钱的故事。[①] 此外，刘庆邦[②]的《神木》、陈应松[③]的《马嘶岭血案》《太平狗》，胡学文[④]的《命案高悬》，罗伟章[⑤]的《大嫂谣》《我们的路》《变脸》等，也都被认为是很出色的“底层写作”作品。

四、问题与可能

不过，在“底层写作”风起云涌的同时，一些学者也开始质疑其中存在的问题。有人觉得底层文学是一种新的工具论，或者是像“十七年”文学一样，通过题材决定论的方式来“抢占道德的制高点”，做一个道德的姿态，即所谓“底层秀”。邵燕君就直言：“随着‘底层叙事’逐渐成为文学写作的又一热门，如何讲述底层的故事也成为一个必须谨慎面对的问题。这中间涉及的不仅是文学创作的真实性与虚构性原则，更反映出作家的写作态度、道德立场、思考层次等一系列深层问题。说到底，与社会民主、平等、公正等原则相关的‘底层叙述’首先需要的是诚恳和朴素。如果因题材吸引人和‘政治正确’使‘底层叙述’成为作家更好的‘入场’捷径，从‘为底层说话’到‘拿底层说事儿’，会令人对整个底层叙述的可靠性产生怀疑，这是后来者需要警惕的，想必也是有违先行者初衷的。”[⑥]也有学者指出，代言常常异化，甚至在某种程度上脱离被代言者。而“将底层问题当作新的学术资源进行炒作，在功利的层面上的确是成功的策划。经过复杂的话语转换，对底层的关注最终异化为文学家的自我关注，底层意象则沦落为重新瓜分学术资源的借口”[⑦]。此外，由于无法完全脱离政治正确的限定，且在思想和理论资源上缺少更加有效的支

---

① 讲述农村人进城打工的写作也被称为“打工文学”“农民工文学”或“乡下人进城”叙事。徐德明.“乡下人进城”的文学叙述[J].文学评论，2005(1)：106-111.

② 刘庆邦，著名作家，1951年12月生于河南，现为北京作家协会副主席，有“中国当代短篇小说之王”之誉。根据其小说《神木》改编的电影《盲井》由李扬执导，获第53届柏林电影艺术节银熊奖。

③ 陈应松，1956年生于湖北，毕业于武汉大学中文系。他创作的“神农架系列小说”获得业内盛赞，莫言称其是“中国文学版图上的一个亮点”。

④ 胡学文，1967年9月生于河北，现为张家口市作协主席，其创作题材绝大部分取自他所熟知的坝上草原底层人民的艰辛生活。中篇小说《命案高悬》通过对一桩命案的追寻，对当下农民的生存状态和农村基层权力的运行方式进行了透彻而又精微的书写，堪称当下“底层文学”热潮中的又一力作。

⑤ 罗伟章，1967年生于四川，被业界认为是近年来“最值得关注的作家之一”。

⑥ 邵燕君.2005：从期刊看小说[J].南方文坛，2006(1)：9-14.

⑦ 徐德芳.为底层代言：新的学术资源争夺战？[N].东方早报，2005-12-07.

持和推动力量，底层叙事“前进”的步伐显得异常艰难，这也让一些评论家对其在当下及可见的未来能够到达的高度存在争议。在此情况下，一些学者提出了“新左翼文学”的概念，希望替代备受争议的“底层写作”。他们指出：“革命记忆的精神重访和对社会现实的见证与批判是当下中国‘新左翼文学’的两种不同的精神姿态，它意味着当代中国文学知识分子现实战斗精神群体性的再度复活。”而所谓的“新左翼文学”，“也就是继承和秉持着中国知识分子现实战斗精神这一精神传统直面现实的文学”。它虽然承接了1930年代的左翼文学传统，但却不再像当初那样呈现出过于简单化的倾向。而它的题材取向，绝不仅仅是面向现实的“底层”题材，还可以和应该面向历史。① 不过，也有人对这一说法“感到有些疑虑”，质疑中国目前存在所谓“新左翼文学”。②还有学者指出：“‘底层文学’发生的真正动因，与其说是‘新左翼’思潮的影响，不如说是现实主义文学精神的复苏。”③

在讨论“底层写作”与“新左翼文学”的同时，一些学者又将目光投向“文艺与人民”的关系上。《文艺理论与批评》2005年第6期也曾推出“文艺与人民性”的专题。旷新年写文章认为，应该区别“人的文学”与“人民的文学”，而以工农兵为主体的“人民文学”这一概念，虽然早在1942年毛泽东《在延安文艺座谈会上的讲话》以后，就被规定为“新中国的文艺的方向”，但直至今天，其仍然是一个“未完成的历史建构”。④ 而对于“底层写作”体现了“人民性”的说法，陈晓明认为，“人民性”的表达并不能在思想意识方面深化下去，而变成一种美学表现策略。在小说叙事中，运用突然转折的情节和技巧，寻求从表达“苦难”压抑性的结构中逃脱的途径，形成当下小说艺术表现的审美脱身术，并形成小说特有的艺术效果。⑤ 显然，陈晓明的观点再次触及了“底层写

① 何言宏.当代中国的“新左翼文学”[J].南方文坛，2008(1)：5-11.

② 旷新年.“新左翼文学”与历史的可能性[J].文艺理论与批评，2008(6)：17-22.

③ 邵燕君.从现实主义文学到“新左翼文学”——由曹征路《问苍茫》看“底层文学”的发展和困境[J].南方文坛，2009(3)：50.

④ 旷新年.人民文学：未完成的历史建构[J].文艺理论与批评，2005(6)：21-29.旷新年认为，1942年毛泽东的《在延安文艺座谈会上的讲话》，使“人民文学”成了一个中心的概念。1945年，邵荃麟根据毛泽东《在延安文艺座谈会上的讲话》提出了“人民文学”的口号。1949年10月，为新中国成立而出版的全国文协机关刊物被命名为《人民文学》，其创刊号上发表了周扬的报告《新的人民的文艺》，再次明确了“人民文学”的方向。

⑤ 陈晓明.“人民性”与美学的脱身术——对当前小说艺术倾向的分析[J].文学评论，2005(2)：112-120.

作”的问题所在，因为缺少有效的理论资源和解决路径，“底层写作”虽然书写了在当代社会转型中底层民众的苦难，但却无法进行更加深刻的挖掘和批判。或许，这个问题也是当代中国现实主义小说普遍存在的一个短板。

分裂的镜城与无望的乡村*

——罗伟章近作解读

近年来，随着“三农问题”被社会广泛关注，关于“乡下人进城”的文学创作和文学评论也频繁出现。罗伟章即是活跃于这一创作领域的代表性作家。在城市和乡村这一现代性二元对立的地域结构之间，罗伟章近作对于“乡下人进城”的叙述不仅体现了“乡下人”的身份焦虑，同时也反映了当下中国在现代性进程中普遍存在的社会认同与文化精神方面的困惑与问题。

一、现代性镜像中的城乡关系

拉康的镜像学说认为，自我是在他者的观看中形成的，主体认同必须以他者的确认为条件。随后，赛义德在此基础上提出了东方学，意在说明东西方在现代性叙事中的不平等关系。他指出，作为特定权力关系的产物，只要东西方之间的不平等关系存在，西方想象东方的方式就必然成为东方确认自我的唯一方式。也就是说，西方成了东方实现主体认同的镜子。

同样的逻辑，在中国的现代性叙事内部，“现代”的城市也就成了“传统”的乡村的镜子。换句话说，现代化就意味着城市化。而渴望追赶现代生活方式的乡村人，只好在城市的镜像中热切地寻找自己和确认自己。这样的乡村人，前有老舍笔下的骆驼祥子，今有源源不断的农民工。遗憾的是，西洋镜变成了哈哈镜，那些满怀希望地在柏油马路上寻找自我的乡村人，不仅在镜像之城中步履维艰，而且最终在镜城的幻象中分裂、迷失，变得伤痕累累、面目全非。

在笔者看来，2006 年，罗伟章的中篇小说《变脸》(《人民文学》2006 年第 3

---

* 本文发表于《文艺理论与批评》2007 年第 4 期。

期)，就讲述了一个这样的故事。住在山区的农家子弟陈太学，为了彻底改变面朝黄土背朝天的苦命而进了城，并且奋斗成为一个“手下的工人从没超过十五个”的小包工头。不过，一边打着手机，一边摸着脖子上那条鸡心红领带的陈太学，并没有收获到现代都市成功人士的喜悦之情，相反，他频繁地陷入对个人身份认同、尊严维护以及道德坚守的考验中。为了揽活，他必须低三下四地请年龄为他的儿子辈的张经理吃饭，为客人要求的性消费买单，在陪打麻将中有技巧地故意输钱，一次消费甚至相当于他在老家刨地时好些年的收入。另外一方面，他又逐步学会了对手下累吐了血的农民工兄弟手狠一些，对建筑施工区的拆迁户心硬一些。最终，曾经的乡村人陈太学在对权力的追逐中一步一步变成了城市中的陈老板，而“那些除了流血流汗就别无出路的人们，给了他财富和尊严，还让他尝到了权力的滋味”。变脸本来是川剧的一个绝活，罗伟章之所以选它作小说题目，至少隐含了两层意思：一个是乡村人为了“融入”城市中不得不改变自己，强调的是“变脸”；一个是只有“变脸”才能成功，强调的是“绝活”。小说因此提出这样的问题：在城乡的身份转换过程中，是否必须以尊严、良知、道德等的牺牲为代价？或者说，“变脸”是否是外来者顺利进入镜像之城并取得成功的唯一通行证？

在这个问题上，《变脸》不过是罗伟章近年来诸多小说中思考主线的延续。他之前所创作的《故乡在远方》(《长城》2004 年第 5 期)、《我们的路》(《长城》2005 年第 3 期)等一系列小说，也贯彻了类似的叙述与思考。在这些作品里，无论打工者的性别、年龄和家乡，他们在城市里所遭遇到的艰辛、屈辱和苦难总是惊人地一致。他们在城里“站着干活，跪着做人，就是为了看到钱”(《我们的路》)，去改变他们的生活，但是他们艰辛的付出并没有得到相应的收获，回报他们的是无休止的冷漠、歧视、侮辱和折磨。让梦想照进现实，当这一群弱势的外来者怀着通过劳动改变命运的同一个梦想，在城市的镜像中寻找生活的阳光之时，他们却惊讶地发现自己已经被城市的镜像分割成不可拼合的碎片，成为被侮辱和伤害的对象。

在这个意义上，对苦难的思考成为打开罗伟章作品之门的第一把钥匙。对苦难的叙述是文学的永恒主题之一，但是文学中对苦难的叙述从来不是单纯的，而是复杂的创作语境和时代精神的投射。在历史上，宗教信仰往往赋予为了精神坚守而受难的人以美德。在“革命历史小说”中，苦难也是革命“新人”成长和接受考验的必由之路。但是,这种受难者的美德在新自由主义风行全球的今天受到了挑战。市场经济中的理性人不再认同苦难的积极意义。他们奉行“优胜劣汰”的自由竞争甚至丛林法则,对理想与道德的渴望逐渐为对欲望与享乐的追求所替代,苦难则成了贫困、落后和无能的结果。换句话说,曾经作为对坚持道德与信仰者进行考验的苦难,已经变成了对受难者自身进行否定、羞辱与嘲讽的证据。

于是,对于今天处境困难的乡土阶层而言,苦难不仅造成了他们的经济上的困窘和生活上的艰辛,也同样导致他们身份上的卑微与精神上的扭曲。在小说《我们的成长》(《人民文学》2004 年第 7 期)中,乡村学校的许校长不计代价地“培养”他的女儿许朝晖成为一个城市人,但是在许朝晖付出了身体的代价之后,却依旧被排斥在城市之外,最终回到农村并逐渐“变成了大巴山区一个真正的农妇”,这个结果无疑构成对许校长的最大打击。而在《我们的路》里,乡下少女春妹仅仅因为某个城市男人在她卖身时“没有像别人那样只把我当成工具”,就甘愿为他生下了孩子,结果被人抛弃。

如果说,是苦难迫使这些原本纯真的乡下少女出卖了爱情和肉体,那么,对于男性离乡进城者而言,为了消除苦难,他们在出卖自己的廉价劳动力之外,甚至出卖了自己的灵魂。在《变脸》中,陈太学为了自己发财致富被迫“变脸”,而他所依靠的城市权贵张保国,也是农民的儿子,而且当年家里比陈太学家还穷。这使张保国认识到,贫穷不仅是一种生存状态,更是一种耻辱。他发誓要雪洗这种耻辱。他在发奋读书的同时,还在寻找另一扇门。他追求他的妻子,绝不是因为她的美丽可爱,而是因为她父亲当时是高州市委秘书长。作品写道:“在张保国的心里,还有比钱重要得多的东西,那些东西,他认为是陈太学这样的人一辈子也理解不了的。许多时候,张保国都痛苦得想退出,他读书时毕竟是高材生,一种单纯的理想的光芒,还在遥远处闪烁。偶尔,他心里会涌现出一种镇定的力量,帮助他怀疑自己的人生之路是不是出了偏差。但这只是极其短暂的灵光一现,因为他发现自己身前身后都是滚滚波涛。他没有退路了,身不由己了。稍有空闲,他就去麻将桌上混,混他个通宵达旦,不给自己留下任何思考的时间。”对于张保国来说,这是一种更加清醒也更加主动的“变脸”。读书时的理想在此刻已经显得奢侈和不合时宜,在苦难中进行精神坚守也就显得毫无必要。实际上,当本能和欲望成为人生的指南针之后,承受苦难也就失去了昔日被赋予的一切意义。

这个转变被罗伟章在小说《狗的一九三二》(《十月》2006 年第 1 期)中推向极端:他者即地狱,人与世界的关系无可选择地变成了谁吃谁的关系。李敬泽曾经精当地评价说,罗伟章第一次以历史超越者和世界旁观者的姿态指出:“苦难深重,但比苦难更深的苦难是苦难的精神后果——即使在最绝望的饥饿中,对父亲陈德明来说,活于世间依然有比活着更多一点的意义,而对儿子陈召来说,意义的‘神’死了,他深思熟虑地、冷静地把自己贬损为孤绝残忍的荒凉本能。”①

且不去评判这种转变究竟是人的一种成长还是退化,对于罗伟章笔下的人物来说,这都是他们在现实成长过程中的一条必经之路。罗伟章作品中关于成长的叙述无疑是打开其门的第二把钥匙。在《我们的成长》《我们的路》《故乡在远方》等作品里,在苦难的遭遇背后无不展现了受苦者成长的心路历程,只不过这种成长之路灰暗、苦涩甚至血腥。也许把这种成长命名为蜕变、异化和扭曲更加恰当,但是罗伟章仍然固执地这样叙述“我们的成长”,叙述“成长如蜕”,这是因为,当丛林法则成为一个社会的生活规则时,成长必须以蜕变、异化和扭曲的方式出现才能够摆脱苦难的陷阱。在《我们的路》中,主人公终于领悟到:“你不要看城市大得比天空还宽,城市里的工地到处都是,但城市不是你的,工地也不是你的,人家不要你,你就寸步难行。你的四周都是铜墙铁壁,你看不见光,也看不见路,你什么也不是,只不过是一条来城市里讨生活的可怜虫!”在这样成长式的领悟中,人生虽然因此显得残酷,但是他们别无选择。笔者以为,在罗伟章作品里,苦难仅仅是我们阅读的一个“面”,关于成长的叙述才是作者所真正关注的。进一步说,罗伟章向我们提出了这样一个问题:为了摆脱现实的苦难,人是否应该以人性和精神的丧失为成长的代价?可以说,这个维度的思考拓展了罗伟章作品的纵深,也成为其和当下众多进行平面化的“底层叙事”的作品所不同的地方。

二、分裂的镜城与无望的乡村

离乡者为了摆脱苦难和寻找幸福,走上了进城的道路。对于他们来说,城市可以帮助他们在更广阔的社会中成长,也可以让他们更清楚地看到和了解自己。

① 李敬泽.罗伟章的中篇小说集《我们的成长》[M]//罗伟章.我们的成长.北京:作家出版社,2007:序 6.

在这里，城市无疑是农民工寻找自我和确认归宿的他者。只不过不断寻找变成了不断迷失，归宿也在困惑和迷惘中变得无法确认。实际上，在罗伟章的《我们的路》《故乡在远方》《大嫂谣》等系列小说中，还隐含着另一个主题，那就是故乡的失落。或者说，分裂的镜城与无望的乡村构成罗伟章作品的一体两面。

在《我们的路》中，五年不曾回家的农民工郑大宝终于回到家乡，映入他眼帘的却是这么一派破败的景象："田野忧郁地静默着，因为缺人手，很多田地都抛荒了，田地里长着齐人高的茅草和干枯的野蒿；星星点点劳作的人们，无声无息地蹲在瘦瘠的土地上。他们都是老人，或者身心交瘁的妇女，也有十来岁的孩子。他们的动作都很迟缓，仿佛土地上活着的伤疤。这就是我的故乡。"

这几乎就是对鲁迅在小说《故乡》的开头的那一段著名的风景描写的当代翻版。而如果篇幅允许，对这两部相隔多年的作品进行互文性解读也并非毫无意义。应该说，作为一个隐喻，故乡一直是走进中国人内心世界的一条隐秘通道。而在中国漫长的农业文明中，故乡的失落同土地的荒芜一样，会让中国人在传统的式微中进退失据。

故乡的破败和土地的失落同样标志着一种文化的衰落。在城市和乡村之间，不仅存在着物质富裕与贫穷的差距，也存在着不同文化和观念的碰撞、征服或者排斥。在《我们的路》中，郑大宝曾经试图归乡安居，但最终，他还是无法忍受故乡的隔膜与贫困。于是，再次离家外出打工，便成了他唯一的解救之道。小说的结尾，他面对孩子的哭声说道："哭吧孩子。哭是你的权利。等你长大了，你就会理解，在历史上的某一个时期，城市和乡村是如此对峙又如此交融。我、你母亲，还有你，包括像你春妹小姑这样的所有乡里人，都无一例外又无可挽回地被抛进了这对峙和交融的浪潮之中。"

至此，罗伟章在作品中揭示出了农民工这样一个群体在现实社会中的尴尬：他们同时在城市（异乡）和乡村（故乡）两个方面都无法融入，变成了一群彻底失根的游子，他们的精神世界和生活价值观也因此变得无可依附。罗伟章的作品对于那种田园牧歌的乡土文学而言无疑是一剂清醒剂。在他的作品里，沈从文所向往的那种"优美、健康、自然，而又不悖乎人性的人生形式"再次被证明是一个梦幻。[①] 而如果我们联系到贾平凹的最新力作《秦腔》，则《我们的路》里的这种故乡的失落，无疑可以被放大成为对整个"乡土中国"的一个文化隐喻和

① 沈从文.从文自传[M].北京：人民文学出版社，1981:119.

现实拷问:在现代性的叙事中,在全球一体化的浪潮中,“我们的路”又应该在哪里呢?

于是,一个颇具苦涩和反讽意味的历史吊诡就出现了。这个吊诡也许是关于现代性叙事本身的。从现代性叙事发起开始,反对强权压迫、尊重差异发展,都和自由、平等、解放一样,是现代思想的题中应有之义。但是在现实发展中,这种差异发展往往成为进行二元对立的现代性结构比较的源头,而内在其中的则是未曾言明却昭然若揭的不平等权力关系。在这一点上,无论是赛义德眼里的东西方世界,还是东方世界内部的城市和乡村,都概无例外。结果,在民族国家的外部,全球化就成为西方化;在民族国家的内部,现代化就成为城市化。在这种单一化和同质化的叙事背后,是强权势力对穷人的规训与压迫,是穷人在文化传统和精神世界上的牺牲和损害。从这个层面上,对罗伟章小说的评论经常会联系到“底层写作”。不过,如果说“底层写作”仅仅是对穷人在现实生存中的悲惨遭遇的书写,则未免过于简单。实际上,罗伟章小说的最大价值恰恰体现在对特定权力关系下弱者内心世界的呈现,对旧的文化道德传统之破裂与新的社会丛林法则之建立的无奈,对主体精神创伤、压抑、扭曲和分裂的叹息,对“乡土中国”在全球现代性叙事中“乡关何处”的困惑。在这里,罗伟章在《变脸》中插入城市权贵张保国也是农民儿子的这一笔尤其显得耐人寻味。今天的城里人也不过是昔日“变脸”后的乡下人,于是原本叙述城乡对立的乡土叙事立刻变成城乡一体的社会叙事,而“乡下人”的身份焦虑也就立刻变成“乡土中国”在全球化叙事中的整体焦虑。罗伟章似乎在询问和质疑人们,当手段成为目的本身,当“笑贫不笑娼”“人不为己,天诛地灭”的思想成为这个社会的普遍认同,当人们主动或被动地抛弃掉传统的道德和文化约束,成为在物欲横流的社会中随波逐流的欲望动物的时候,我们的生活中会不会存在一些问题?

在这个角度上,罗伟章似乎在回应着经典马克思主义者曾经担心的问题:在资本运行的社会逻辑下,人会不会变成“非人”?同时,罗伟章作品再次促使我们进行这样的思考:在现代性的叙事中,当代中国如何能够摆脱昔日资本主义社会充满罪恶的原始积累模式,实现具有中国特色的社会主义的和谐稳定与共同富裕?

第 五 编

仿真与本真：
新媒体时代的现实主义流变

超级现实与“仿真”时代的审美迷失*

现代性包括截然不同的两种:启蒙现代性与审美现代性。后者以具有自主性的文学和艺术活动为主要形式。而所谓的日常生活审美化和文学泛化观点,实质上是一种消费时代的审美迷失,它导致媚俗艺术的盛行,同时也导致文学自主性的迷失。因此,对当下文学危机的突破,也应该从回归文学自主性开始。

一、现实社会的审美化消费

近年来,人们对于中国的文学情况众说纷纭。整个社会包括文学界自身都在对文学的现状与前景进行重新思考,一些评论家提出“新时期”文学已经终结;而另外一种乐观主义观点则针锋相对,认为当下文学的终结其实是一种文学性的蔓延,或者说传统意义上的文学已经被后现代条件下他样的文学形式所替代。在后一种观点看来,今天的学术思想、商业消费、媒体信息甚至公共表演都是文学性的体现和结果,是另一种文学叙事,因此,人们不必为文学的终结诧异,因为它已经通过更多样的形式再生和蔓延。

这种论调其实并不新鲜。它不过是西方日常生活审美化的观点的引进版。以鲍德里亚等为代表的学者们发现消费社会的基本形态对今天的文化产生了重要影响,商业的逻辑也成了一切文化艺术活动的基础。作为市场经济社会的理性经济人,人们不但消费物质产品,也消费广告、消费类像、消费品牌、消费欲望,也消费符号和审美。或者说,今天的审美已经通过斑斓的色彩、迷人的外观、炫目的光影而变得极端表象化、感官化甚至视觉化了,成为一种凌驾于人的

---

* 本文发表于《中文自学指导》2005年第5期。收入本书后,部分内容做了修改。

心灵体验、精神努力之上的视觉性存在。这样一种审美实践，极为突出地表现在人们对于日常生活的视觉性欣赏和享乐性满足上，诸如“美丽”是写在妩媚细腻的女明星脸上的灿烂笑容，“诗意生活”是绿树草地旁边的高级别墅和商业住宅，等等。在这种消费过程中，文化变成了商品，商品也变成了文化。

鲍德里亚因此指出，审美化已经成为消费社会的主要生活形式，我们现在所理解的现实，早已经被各种符号、话语、叙事所代替。就此而言，消费必然导致对符号的积极操纵，对商品的鉴定更多地求助于在文化精神上可理解的形象价值。而这种商品形象价值的生产在本质上就是文学性的。故此，鲍德里亚认为，离开了“文学性”的消费社会是不可思议的。他据此提出“仿真”理论，即把现实理解为一个符号化的、崇尚形象或幻象的超级现实时代，以至于我们现在完全生活在现实审美幻象中。鲍得里亚承认这是一种日常生活的审美化，但是他同时对这种现实提出了质疑，认为这是一种审美的物化和虚假化，也就是“现实”和“真实”的对立。他指出，今天所谓“现实”不过是由媒体技术和编码规则加工过的产物，它们是被文学化的、经过修饰的、可审美的，同时也是虚假的、非真实的。所谓现实，不过是真实被审美化和仿真化的虚假表象。他因此提出了“超美学”的概念，认为美学已经渗透到经济、政治、文化以及日常生活当中，因而丧失了其自主性与特殊性。在这种情况下，传统的审美判断已不再可能。

这样的“现实”也被阿多尔诺称为“幻象性的自然世界”。它无疑和海德格尔的“存在”背道而驰。这样的审美化生活也和哲人期待的诗意和美相距甚远。因为在海德格尔看来，艺术正是真理的生成和发生，美和真实应该是存在的一体两面。而在鲍得里亚看来，这也是日常生活审美化后的问题所在。

因为一旦简单地把审美等同于现实生活的表面，形成日常生活的泛美化，就会导致许多混乱。例如，审美与非审美的界限不复存在，审美的相对稳定性也不复存在，等等。在这里，拿马克思主义经典作家的文艺观念作为批判的武器仍然有效。例如恩格斯就提出了美学观点与史学观点辩证统一的命题，认为文艺的本质是审美的本质和社会历史本质的辩证统一。美学要素和历史要素随着时代的发展变化，决定了不同时期文艺思潮的历史特征。如果美学要素或者历史要素受到特别偏重，甚至走向极端的畸形构成，则会导致文艺思潮趋向唯美主义或者直观反映论和庸俗社会学。而所谓泛美，很多时候是一种从功利性目的出发的对于审美实践的引导性编码，其根源在于消费社会的商业逻辑，和康德的审美无功利说相反。作为一个19世纪的哲学家，康德反对与物质欲望的实际满足表象相联系的伪审美（反审美）活动，追求那种仅仅与人的心灵存在、超越性的精神努力相联系的理性主义美学。但是，在今天的日常生活中，康德所反对的感官美学与欲望美学，却恰恰在以一种压倒性优势瓦解着康德所主张的理性主义美学，日益成为一种我们时代日常生活的美学现实。这一由人的视觉表达与欲望满足所构筑的日常生活的美学现实，最大限度地把当今人们对于日常生活的物质享乐欲求与有限的审美想象力统一了起来。它既是对康德式无功利美学的颠覆，又是对实用主义美学理想的合法化。日常生活与审美艺术的精神价值沟壑因此荡然无存，理性主义者超越性的精神理想，蜕变为具体的生活享受。这个时候，更多的是引导产生需要，欲望取代激情，制作替代创作，物质取代精神，美变成了商业消费的漂亮包装，审美的劣质化达到前所未有的地步，甚至成为美的泛滥、美的过剩、美的垃圾。在审美的生活化和物化的表象背后，实际上是审美的困境和迷失，这无疑是十分值得警惕的。

二、现实写作与媚俗艺术

在日常生活的审美化过程背后有一只看不见的手，它就是消费社会的主导意识形态。卡林内斯库在《现代性的五副面孔》中指出，在现代社会里，艺术标准迅速堕落主要是由人们追求地位和炫耀财富的心理所造成的趣味所致。艺术不再需要去发挥它们难以把握的审美功能，而是作为社会地位的标志被人们创造、购买和消费。卡林内斯库引用凡伯伦的话说，这种对艺术的追求实际上是一种“摆阔性休闲”和“摆阔性消费”，它导致了日常生活的审美化过程演变成了对媚俗艺术和伪艺术的商业化生产过程。卡林内斯库进一步分析道：“无论我们是接受追求地位的理论，还是宁愿把媚俗艺术看成是对现代日常生活单调乏味的一种快乐逃避，媚俗艺术的整个概念显然都围绕着模仿、伪造、假冒以及我们所说的欺骗与自我欺骗美学一类的问题。”[①]因此，卡林内斯库总结说：可以很方便地把媚俗艺术定义为说谎的特定美学形式。

① 卡林内斯库.现代性的五副面孔[M].顾爱彬，李瑞华，译.北京：商务印书馆，2002：245.

如此一来，它显然就与美可以买卖这样一种现代幻觉关系甚密。从而，媚俗艺术就是一种晚近现象。它出现于这样一个历史阶段，其时各种形式的美就像服从供应与需求这一基本市场规律的任何其他商品一样，可以被社会性地传播。一旦它不再能精英主义地宣称自己具有独一无二性，一旦它的传播取决于金钱或其他权力标准，美就显得相当容易制造。这一事实也许是当今世界虚假美无处不在的原因。[①] 这也解释了为什么审美从真理的体现走向了它的反面。

可以很容易地看出，媚俗艺术在社会学和心理学上都是对一种生活方式的表达和向往，其流行的背后是一种资产阶级或者中产阶级的消费主义和享乐主义艺术观。在媚俗艺术妩媚甚至暧昧的姿态后面，是思想意识的平面化和庸俗化。这种平面化和庸俗化在出发点上是功能主义的，在形态上是好玩的、轻松的、漂亮的或狂欢的。它反对精英主义的批判立场，并且以娱乐大众和大众文化的名义获得存在的合法性。在媚俗艺术"平庸原则"的主导下，文化产业模仿、复制、再造、标准化生产出各种迎合消费者审美需求的类型化产品。独一无二性和原创性已经成为不合时宜的艺术品质，它宣告了艺术家落后于时代精神，并且被社会和受众所遗忘。可以说，媚俗艺术和伪艺术的商业化生产，在中国大量出现在由先锋小说向新写实小说乃至个人化写作、私人化写作的演变上。新写实小说首先是以反先锋小说的面目出现的，其方法是从虚构走向写实，从主观臆想的语言游戏和叙述圈套走向对现实的细部呈现。在新写实小说家和评论家看来，先锋小说的没落是必然的，它标志着一个靠主观臆断和虚构与幻觉架构起来的主体性神话的破灭。这个"悲剧性"的事实"昭示出不受历史现实约束，只痴迷于唯美空间的自由游戏的主体之梦的破灭。这种新的情境引发了主体性的收缩，主体精神的驰骋开始重新融入个人世俗生活之中"[②]。正如刘震云所说，"生活是严峻的……严峻的是那个日复一日、年复一年的日常生活琐事……于是我们被磨平了，睡觉时连张报纸都不想看，于是我们有了一句口头禅：'混呗'。过去有过宏伟理想，但那是幼稚不成熟的。一切还是从排队买豆腐白菜开始吧"[③]。但是，新写实的问题是它在"重新融入个人世俗生活之中"

---

① 卡林内斯库.现代性的五副面孔[M].顾爱彬，李瑞华，译.北京：商务印书馆，2002：246.

② 陆贵山.中国当代文艺思潮[M].北京：中国人民大学出版社，2002：72.

③ 孟繁华.回望"新写实"[J].小说评论，1995(5)：16.

的同时，缺少文学艺术应有的对现实生活的审视与反思。或者说，它太刻意地要融入生活了，反而被生活同化。在新写实作家的笔下，日常生活注定为“琐碎”“无聊”“平庸”“无意义”的。他们无意超越，因为现实原本如此。这种“必然如此”的创作思想导致了新写实小说整体风貌的平面化与趋同化。因此，虽然新写实作家完成了对关注普通人物日常生活这一题材的回归，但他们却无意于对这一题材进行深度挖掘和本质性思考。这反映在他们很少触及小人物在困境中挣扎的深刻痛苦，相反，却津津乐道于他们的随遇而安和自得其乐，比如刘恒的《贫嘴张大民的幸福生活》，或者热衷于表现他们逃脱困境的奇迹和发迹之后的志得意满，比如池莉的《来来往往》。新写实的创作思想，表面上是对文学自主性的完全信奉，实质却是对文学自主性的完全丧失，因为它已经丧失了对现实的批判能力。正如比格尔认为的：“自律的地位并不排除艺术家采取某种政治立场”，“一种艺术不再有别于生活实践而是完全融入它，随着距离的消失，将丧失批判生活实践的能力”。[①] 实际上，新写实小说是对先锋小说的唯美写作和传统现实主义写作的双向妥协，它既放弃了前者追求的主体性写作与本体论写作的激进倾向，又丧失了传统现实主义的本质性叙事与现实批判性。在这个意义上，新写实作家对描写日常生活的过分沉溺，以及对现实细枝末节的详细记录，实际上是以放弃文学对生活的批判为代价的，无怪乎“冷也好，热也好，活着就好”的实用主义哲学会成为新写实文学的招牌论调。所谓“零度写作”“冷面叙述”和“终止判断”，并非作者真的没有自己的写作立场，只不过这种立场在对现实的判断和干预上锋芒尽失，这也反映了新写实在进入历史现实空间时无法进行纵深把握的困境和尴尬。

新写实的写作立场实际上是文学对现实能动性介入的一次全面退缩，而这种退缩又被以个人化写作的名义光明正大地美化了。个人化写作本应是文学写作的题中应有之义，但是1990年代文学特意标榜自己的个人化写作立场，其实暗含了对社会宏大叙事和干预现实精神的排斥，这也反映了作家在面对现实时的无力感。可以说，新时期的文学精神到了1990年代已经荡然无存。而随着文学商业化的日趋发达，1990年代文学的一个主流趋势是把个人化写作私人化、欲望化和感官化，标榜自己是隐私写作和身体写作，特别是当这一切发生在女性作家身上时，总是更能引起好奇和窥视的眼球，从而成为商业上的一个卖

---

① 比格尔.先锋派理论[M].北京：商务印书馆，2002：170.

点。1998 年第 7 期《作家》推出一组 1970 年代出生的女作家小说专号，在封二封三配上了这些女作家的照片，让她们看上去更像一些商业招贴画。这就是"美女作家群体"的诞生。她们的作品经常被冠以女性主义的名目，实质却是文学在按照商业逻辑进行"看"与"被看"、从严肃文化向消费文化书写逻辑转换时的精美修辞和炒作噱头。显然，以日常生活和纯粹的个人经验的名义完成的包装，在这个制造"单面人"的社会里并不必然具有批判性，它很可能不过是商业意识形态的变相和美容手术。而"私人化"的"个人经验"在脱离了对社会和现实的关注之后，往往成为自弹自唱的智性玄想或孤芳自赏的病态独白。它是狭隘的、自闭的、微小的，却不一定是真实的。例如，在以女性身体经验为主要叙述对象的"美女作家"作品中，暴露的性描写和对刺激病态的生活体验的鼓吹，同样被判定为身体的意识形态叙事，但与其说是女性主义通过身体叙事实现个人认同，不如说是作家通过身体叙事和商业逻辑共舞。至于 1990 年代末出现的"时尚写作"，更是文学写作与商业炒作的共谋产物。这些故事以及其中折射的思想意味和情感意向，是对当代影视传媒、流行小报和各种传闻轶事的生动复述，在这些"复述"的背后，历史和现实社会的真实已经不复存在，正处于现代转型期的乡土中国形象被商业传媒制造和想象成了一个后现代的、狂欢的共同体。而文学叙事不仅无力超越商业制造，去还现实一个真实的面目，甚至本身已经和这一商业制造共谋和共享。

可以说，1990 年代文学以新写实、个人化和时尚写作的名义放弃了文学所应有的社会使命感，同时以"告别革命""回归生活"的方式使自己在审美方面庸常化和媚俗化。

三、现实主义的当下意义

今天，对于媚俗艺术的认识，必须放在整个现代性的发展脉络里来看。众所周知，现代性叙事本身就是一柄双刃剑，它一方面带来了科技的极大进步和物质的极大丰富，另一方面也导致了对自然的破坏与人性的异化。而对这种负面效应的矫正，也必须依靠现代性叙事本身来完成。因此，学者们把现代性分成截然不同的两种：启蒙现代性与审美现代性。简单地说，启蒙现代性带来了经济和社会的迅速发展，而审美现代性则通过审美来保持人性的完整和精神的丰富。或者说，审美现代性正是对启蒙现代性的矫正和反动，这也造成了现代性叙事内部的丰富、复杂、紧张乃至冲突。在现代学者看来，具有自主性的文学和艺术活动正是审美现代性实践的主要形式。而媚俗艺术的出现，昭示着这种文艺自主性的丧失，也标志着审美现代性被同化。

同样，要实现对当下中国文学的真正反思，也必须在整个新时期中国社会的发展脉络里看问题。对于置身“现代性”实践过程的中国来说，意识形态实践并未停滞，正如历史在转型期的中国不仅没有真正终结，并且表现出特有的丰富性。而文化作为人的一种生活方式，首要功能就是为生活于其中的人们提供特有的意义和价值。文化建设的要义就是为人们的日常活动建设具有普遍性、持续性的意义和价值体系。因此，文化又被界定为发现和建立理想的活动。在这个意义上，今天所谓的审美日常生活化和文学的写实化，与车尔尼雪夫斯基当年“美是生活”的含义并不相同。车尔尼雪夫斯基主张艺术美是现实美的反映，认为“任何事物，我们在那里面看得见依照我们的理解应当如此的生活，那就是美的；任何东西，凡是显示出生活或使我们想起生活的那就是美的”。但是，他更强调艺术的目的和本质在于“说明生活”，“对生活现象下判断”。在他看来，艺术不是对生活的“苍白的”“可怜的再现”，而是通过描写生活所提出的主题，来展现一定的思想，“成为人的生活教科书”。①

马克思说过：“人的本质不是单个人所固有的抽象物，在其现实性上，它是一切社会关系的总和。”②回顾 20 世纪，尽管有诸如周作人的“美文”写作和张爱玲的“孤岛”写作存在，在中国现当代文学的主流叙事中，个人仍然是和广阔的社会现实紧密联系在一起的，成为中华民族革命奋斗、自强不息的精神历程的形象化呈现。伟大的作品和伟大的作家往往以改造国民精神、针砭现实问题为己任。在经典作家看来，文学是一种精神武器，是生活的真实反映，对社会具有极大的认识作用、教育作用和美育作用。这种观念在 1980 年代文学身上仍然延续。而到了 1990 年代，文学已经没有思想的明确目标，创新变革的动力仅来自对消费逻辑的迎合。这就使变革成为只是逃脱厌倦的一种形式，求新只是为了“新”，并且只有“新”才标志着进步，标志着方向。一时间，“新状态”“新都市”“新乡土”“新历史”“新生代”等，充斥了各个刊物的主要版面。1990 年代初的求

---

① 车尔尼雪夫斯基.艺术与现实的审美关系[M].周扬，译.北京：人民文学出版社，1979：6.

② 马克思，恩格斯.马克思恩格斯选集：第 1 卷[M].北京：人民出版社，1995：56.

"新",一方面表达了文学界失去方向感的焦虑和无法把握现实的恐慌;另一方面也和作家放弃创作的理想主义和历史使命感,追求个人现实功利的思想转变有关。因此,要改变消费时代的文学困境,必须先改变文学自己。换句话说,文学不仅是在形式上,更应该在内容和思想承载上具有革命性、批判性甚至颠覆性。在这个层面上,所有本着严肃认真的态度,体现着文学自主性的书写,以及那些重新进入公共领域并且努力去把握社会历史的现实主义叙事,才是文学突破的希望所在。

当然,回归文学自主性并不意味着文学一味脱离现实凌空蹈虚。这也是"纯文学"单纯强调审美本体论后的问题所在。彼得·比格尔在研究西方文学时发现,"十九世纪的唯美主义以后,艺术完全与生活实践相脱离,审美才变得'纯粹'了,但同时,自律的另一面,即艺术缺乏社会影响也表现了出来",因此,"在艺术摆脱了所有外在于它的东西之时,其自身就必然出现问题"。[①]由此,比格尔得出结论,自主性与介入性应该成为艺术的一体两面。这其实就是马克思主义经典作家文艺思想的另外一种说法,即美学观点与史学观点的辩证统一。美学,是历史的美学;历史,是美学的历史。马克思主义经典作家因此要求文艺能够真实、全面和深刻地反映具体社会历史情境中人的生活,即以人为中心的社会历史的整体存在。而只有现实主义才能够全方位反映人的历史活动和社会实践,它通过塑造"典型环境中的典型人物",可以实现"较大的思想深度和意识到的历史内容,同莎士比亚剧作的情节的生动性和丰富性的完美的融合"。[②] 对于当下的中国文学来说,在坚持文学自主性的同时,必须重新调整文学与现实间的复杂关系,让文学恢复其对历史和现实的批判性力量。

近年来,越来越多的作家秉承传统现实主义的表现方法,希望在自己的作品里重建历史意识和重新认识现实。他们认为,平面化、碎片化的日常生活叙事并非"个人写作"的必然结果。在他们看来,真正的"个人写作"不仅是个人经验的写作,更是对现实生活的真实性呈现。与马原、陈染对"个人经验"的虚构性与神秘性表述不同,这些作家很少以神秘的异域传奇或怪异变形的内心景观来激发人们麻木的想象、体验个人主体性的存在,也不赞同新写实将个人经验

① 比格尔.先锋派理论[M].高建平,译.北京:商务印书馆,2002:93.

② 马克思,恩格斯.马克思恩格斯选集:第4卷[M].北京:人民出版社,1995:557.

局限在吃、喝、拉、撒、睡之类粗鄙化的程序生活中。他们心中的个人经验来自更加广阔的现实。而现实并不是虚无抽象的概念，也不是看得见、摸得着的日常生活具象，而是个人与世界、与历史、与时代和社会关系的真实呈现。显然，这些作家的存在昭示了这样一种思想：身处消费时代，我们不仅需要审美的文学，更需要干预和介入现实的文学。正如同历史没有真正终结一样，现实主义也没有终结。

媒介转型与新世纪文学的现实书写*

对于“新世纪文学”命名的讨论，最早出现于2005年。① 2005年6月，沈阳师范大学中国文化与文学研究所与《文艺争鸣》联合召开“文学新世纪与新世纪文学五年”研讨会。自此，“新世纪文学”的提法日益引起批评界的注意。② 在这一时期，《文艺争鸣》陆续发表多篇论文探讨“新世纪文学”的概念。例如，《文艺争鸣》的主编张未民宣称：“新世纪文学已过5年，现在它的生长已在促迫我们要直面这个‘新世纪’，甚至要期望或寻出它有哪些文学‘新表现’。”③学者张颐武也指出，文学领域的深刻变化正是在“新世纪文化”之中发生的，这些变化非常丰富和复杂。其中一些基本的轨迹已经超越了“五四”以来“新文学”的历史规定性，有了自己的新的可能性。④ 随后，张颐武在《新世纪文学：跨出新文学之后的思考》一文中提出“新文学终结”的说法，认为“新世纪文化”已经不同于1990年代的“后新时期”文化特征，“因此，20世纪的结束从一个文学史的角度观察，也是新文学的终结。‘新世纪文学’的崛起提供了新的历史的分期的表

---

* 本文部分内容发表于《语言文学前沿 第3辑》(中国传媒大学出版社2012年版)，原题目为《媒介转型对文学生产机制的改变及文化评估》。

① “新世纪文学”这一概念的出现，可以追溯到20世纪末期。1998年5月，辽宁大学和中国社科院文学所共同发起“面向新世纪文学思想发展”学术研讨会，这实际上已经从理论上拉开了新世纪文学发展的帷幕。

② 也有一些学者对“新世纪文学”的命名持怀疑立场，一些人认为“新世纪文学”与之前的文学并没有质的不同，“实际上是20世纪90年代文学的延续”。也有人认为，“新世纪文学”的观念放置在当下的历史语境之中，本身就包含了一种价值判断，以及一种重建价值评判体系的意图。张炯.“新世纪文学五年”与“文学新世纪”之我见[J].文艺争鸣，2005(4)：33-35.

③ 张未民.新世纪　新表现　编者有关开栏的话[J].文艺争鸣，2005(2)：36.

④ 张颐武.大历史下的文学想象：新世纪文化与新世纪的文学[J].文艺争鸣，2005(2)：1-3.

述，也提供了新的可能性的展开”[1]。紧接着，程光炜发表了《“新世纪文学”与当代文学史》一文，对“新世纪文学”的环境、体制、作家身份和生存方式的变化及其异质性特征展开了细致的思考。[2] 此外，程光炜还提出了“无姿态写作”的观念，并且以此来概括新世纪作家们的写作立场。[3] 而另一名学者孟繁华则更加悲观，他发表《评论新世纪：文学经典的终结》的文章，认为“21 世纪是一个没有文学经典的世纪。不是因为别的，只因为这是文学的宿命”[4]。在上述学者看来，“新世纪文学”主要具备如下几个方面的特性：传统文学写作的边缘化，一种中产化的新的文学和青春化的文学开始出现；伴随着网络文学的发展，文学面临创作主体大众化的问题，精英文学和大众文学并存，文学的娱乐功能更加重要；知识生产和经济生产互相推动，文学商品化和商品文学化等现象并存；文学的生产方式日益多样化，从文学生产与传播方式而言，新媒体对文学创作活动的介入已经普泛化，与此同时，文学的风格、题材与写作立场日益呈现多元化特性；除此之外，随着改革进入深水区，社会的贫富差距和阶层固化问题严重，文学更加关注现实，出现了底层写作等具有现实主义创作特征的文学思潮。

以上概括基本上涵盖了“新世纪文学”的主要特征。其中，新媒体时代的来临，以及媒介转型对文学的影响，是新世纪以来一个不得不重视的文学事实和研究课题。[5] 特别是近年来，新媒体文学取代纸媒时代的传统文学成为文学生产的主导。当代学者们普遍认为，随着媒介转型的深入，中国当代文学正在发生深刻的变革。与此同时，文学形态本身与其生产机制的内部结构及彼此关系都发生了明显的变化：一方面，网络文学、手机文学等新兴文学形态的出现；另一方面，作者与读者的互动关系与作用也更加频繁。这一转变在推动文学的自

① 张颐武.新世纪文学：跨出新文学之后的思考[J].文艺争鸣，2005(4)：13.2009 年，张颐武再次发表文章，对这一观点进行了补充，他认为“新文学终结”是因为在新世纪，传统文学、青春文学和网络文学所形成的新的文学格局已经从根本上改变了原有的文学形态，文学的发展已经超出了传统“新文学”的既定框架，显示出新的可能性。张颐武.当下文学的转变与精神发展——以“网络文学”和“青春文学”的崛起为中心[J].探索与争鸣，2009(8)：16-20.

② 程光炜.“新世纪文学”与当代文学史[J].文艺争鸣，2005(6)：6-11.

③ 程光炜.姿态写作的终结与无姿态写作的浮现[J].文艺争鸣，2005(4)：106.

④ 孟繁华.新世纪：文学经典的终结[J].文艺争鸣，2005(5)：9.

⑤ 张颐武就曾发文指出，当下的文学状况正在经历着前所未有的深刻的变化。整个文学领域这些年来其实在经历着一个格局转变的过程，也就是在原来已经形成的文学界之外出现了仍然以传统的纸面出版为中心的“青春文学”和以网络为载体的网络文学，这些新的文学空间经历了这些年的高速的成长已经逐步发展成熟。张颐武.当下文学的转变与精神发展——以“网络文学”和“青春文学”的崛起为中心[J].探索与争鸣，2009(8)：16-20.

由性、开放性与多元性创作的同时，也加剧了商业逻辑与消费主义等因素对文学发展的负面影响。而在这里，笔者试图从作家的现实创作以及作品的现实书写角度，梳理媒介转型对新世纪文学的具体影响。

一、媒介转型对新世纪文学的影响

从作家的现实创作角度来看，媒介转型对新世纪文学的影响，首先体现在文学生产机制的变革上。所谓的文学生产机制是文化研究中的一个关键词，指在文学文本的生产过程中，作者、读者与媒介等环节之间的内在作用和相互关系，涉及文学的生产、流通、评介、接受等几个层面。在一般意义上，文学生产机制可以化约为俗语中的“文学场”。根据法国学者皮埃尔·布尔迪厄所提出的文化生产场域理论，场域(field)就是一个由拥有不同权力(话语权力或资本权力)的团体或个体，按照他们占据的不同位置之间的客观关系构成的一个网络平台。而对这些权力与资本的控制，“也意味着对这个场的特殊利润的控制”[①]。对照这一理论，在纸媒时代中，文学生产机制的内部结构组成主要包括作者、书报刊等发表媒介的出版者，以及由包含专业评论者与一般阅读者在内的读者群，并且在文学文本的写作、出版、传播、阅读、评价等环节中共同发挥自己的作用。

不过，随着网络时代的媒介转型，文学形态本身与其生产机制的内部结构及彼此关系都发生了明显的变化。一方面，在创作形态上，出现了网络文学、手机文学、博客文学、动漫文学和音乐文学等新兴的文学文本；另一方面，在纸媒时代形成的作者与读者的地位、作用与关系也发生了根本的改变。这也昭示了在传统文学生产机制逐渐边缘化的同时，以网络为主要平台的新媒体生产机制正在成为文学生产的主导。

显然，新媒体的出现导致了文学生产机制的改变，从而进一步改变了作家在现实中的创作语境。而这种作家现实创作语境的变化，也会改变作品对现实的书写。当然，文学的界定并非天然和固定的，而是历史发展的产物。在西方，现代意义上的文学产生不过200多年。按照英国学者伊格尔顿的说法，文学是

① 布尔迪厄.场的逻辑[M]//布尔迪厄.文化资本与社会炼金术——布尔迪厄访谈录.包亚明，译.上海：上海人民出版社，1997：142.

不可能被客观地下定义的；在不同的时代和不同的读者眼里，文学和文学性的标准也是不同的。所以他说："有人认为文学就是一系列具有可靠的、不会改变价值的作品，明显地具备某些共有的内在特征，其实这样的文学根本不存在。"[①]不过，伊格尔顿虽然谈及历史语境对文学形态的影响，却忽视了不同媒介对文学的重要改变。

加拿大学者哈罗德·伊尼斯早已指出，传播技术与媒介的变化对文化的形态、生产与传播有着至关重要的影响。而瓦尔特·本雅明则在《机械复制时代的艺术作品》里谈到了摄影技术的出现对文艺生产与传播的巨大改变。对此，麦克卢汉总结道："任何媒介（即人的任何延伸）对个人和社会的任何影响，都是由于新的尺度产生的；我们的任何一种延伸（或曰任何一种新的技术），都要在我们的事务中引入一种新的尺度。"[②]而今天的学者更是达成共识：媒介不仅是文化艺术的载体，也会影响文化艺术自身的表形与表意。正如美国学者尼尔·波兹曼所指出的："虽然文化是语言的产物，但是每一种媒介都会对它进行再创造——从绘画到象形符号，从字母到电视。和语言一样，每一种媒介都为思考、表达思想和抒发情感的方式提供了新的定位，从而创造出独特的话语符号。"[③]波兹曼的观点不仅体现在影视文化层面，也同样适用于文学领域。作为文学载体的媒介的转型——比如从传统的物质性纸质媒介到以高智能计算机、互联网和模拟性电子媒介为主导的数字媒介的变化——可能导致在审美效果与生产机制上完全不同的文学形态。

传统文学是印刷术时代的产物，其文学文本一般以报纸期刊与书籍等纸媒为主要传播媒介。在传统文学机制中，报刊书籍等纸媒占据中心枢纽的位置，连接着作者群体和读者群体两端，并且保持整个生产机制的运行畅通，进而保证文学的良好与可持续发展。这一机制也在很长时期内主导了中国当代文学的发展。但是在1990年代以来，随着数字新媒体的不断壮大，纸媒逐渐退出阅读媒介的中心位置，传统文学机制也遭遇到了巨大的挑战。这一时期，文学期刊普遍存在发行量下降、运营艰难的情况，一些期刊甚至因为亏损而倒闭。实际上，在媒介转型中遭遇纸媒危机的并不局限于中国，20世纪后期，西方的印刷

① 伊格尔顿.文学原理引论[M].刘峰，等译.北京：文化艺术出版社，1987：13.

② 麦克卢汉.理解媒介——论人的延伸[M].周纡，许钧，译.北京：商务印书馆，2000：34.

③ 波兹曼.娱乐至死[M].章艳，译.桂林：广西师范大学出版社，2009：11.

杂志就开始走下坡路，曾经声名远扬的文学类刊物《纽约客》在很长时间内的销量与广告量都直线下降，甚至入不敷出。导致这一现象固然有多种原因，但是主要的一个原因则是由于网络时代的来临，媒介转型导致的读者分流。

与此同时，网络文学开始兴起。关于网络文学的界定，学界并无统一认识。一般认为，以互联网和网络为基础创作出来的文学作品，都可以称之为网络文学。有学者认为："就作品而言，网络文学主要包括两类作品，即以电脑为传播载体的搬上网络的和专为网络创作、首次在网上发布的网络原创文学。"①这里的网络文学不仅包括依托网络写作和传播的文学，也将电子化的纸质文学归到网络文学的范围。② 还有学者认为，"表现网络生活（网络文化）的作品和虽不表现网络生活（网络文化）但在网络上发表的作品都是网络文学"③。

最初，网络文学仅仅利用网络这一种新型媒介，将纸媒文学复制上传，但很快，网络原创的文学作品就开始爆发式增长。1998 年，台湾痞子蔡的《第一次亲密接触》被公认为中文网络文学的开端。随后，中国内地也涌现出了以李寻欢④、宁财神⑤、邢育森⑥、安妮宝贝⑦等为代表的知名网络写手。进入 21 世纪，著名网络文学网站"榕树下"为众多网络作家提供了写作和发表平台，同时举办大型网络文学比赛，网络文学日渐繁荣，并且出现了一系列广为人知的网络文学作品，包括慕容雪村的《成都，今夜请将我遗忘》、武侠小说《诛仙》等。此后，一批大型文学网站如"起点中文网""红袖添香""天涯"以及网络博客的不断发展，为网络文学的创作提供了更加丰富的创作平台。

---

① 欧阳友权.互联网上的文学风景——我国网络文学现状调查与走势分析[J].三峡大学学报（人文社科版），2001(6)：6.

② 一个典型个案就是，在网络文学发展初期，一些人热衷于将港台的纸媒小说通过 OCR 设备（指光学字符识别的电子设备，如扫描仪或数码相机）进行扫描，并发布到网络空间。当时最流行的类型小说家就是香港玄幻小说家黄易（《寻秦记》《大唐双龙传》的作者）。这种 OCR 技术，培养出了一大批网络类型小说家和读者。由黄易开始的中文玄幻小说、穿越小说，如今已经成为网络文学最主要的类型文学形式，充斥于起点中文网等文学网站。

③ 杨新敏.网络文学刍议[J].文学评论，2000(5)：94.

④ 李寻欢，本名路金波，1975 年 10 月生，第一代网络写手的代表人物，与宁财神、邢育森并称为"中国网络文学的三驾马车"，也有人将这三人和安妮宝贝合称为"中国网络文学的四大写手（杀手）"。李寻欢后成功转型为文化商人，先后参与创办榕树下网站、万榕书业等，曾运作出版畅销书《成都，今夜请将我遗忘》《若星汉天空》《Q 版语文》《莲花》等。

⑤ 宁财神，本名陈万宁，1975 年 2 月生，编剧、作家。代表作有《武林外传》《大笑江湖》《龙门镖局》。

⑥ 邢育森，北京邮电大学信息工程博士，网络作家和编剧，代表作有《家有儿女》《闲人马大姐》《东北一家人》等。

⑦ 安妮宝贝，本名励婕，1974 年 7 月生，代表作有《告别薇安》《莲花》《春宴》《得未曾有》《清醒纪》等。

按照波兹曼在《娱乐至死》中的说法，媒介的变化不仅会改变文化的传播方式，同样可以改变文化自身的内容。我们可以说，网络不仅可以改变文学的形式，同样可以改变其中的内容。而网络文学的出现，使得之前传统的现实主义创作日益被边缘化，逃避现实或者意淫现实成为网络文学创作的主要出发点。正如学者邵燕君在《在"异托邦"里建构"个人另类选择的幻象空间"——网络文学的意识形态功能之一种》中所指出的："'启蒙的绝境'和'娱乐至死'构成了中国网络文学的现实语境和国际语境，也决定了网络文学在价值观上整体的'回撤'姿态。"邵燕君随后对于网络文学的这一特征进行了现实语境的分析，她认为，造成这一文学变化的原因是启蒙话语解体后，"精英文学"丧失了文化领导权，因此网络作家不再认同主流的现实主义文学话语，他们不再相信文学可以通过对现实的叙事来改造世界。网络文学认为，既然世界不可改变又如此痛苦，还不如让自己更爽一点。于是，网络文学变成了一个承载白日梦的巨大容器，一个满足欲望同时又生产欲望的"幻象空间"。邵燕君因此指出："网络文学不是通过粉饰现实而是通过生产'幻象'来建构现实，通过锁定人们的欲望并引导人们如何去欲望，来替代已经失效的精英文学实现其意识形态功能。"她进而得出结论："在现实主义的乌托邦叙述已经不再可能的今天，只能在'异托邦'里建立'另类个人选择'的幻象空间，并以此实现其意识形态功能。"[①]在这里，邵燕君所提出的异托邦概念来自于福柯。王德威在分析中国的科幻小说时曾借用这个概念，他认为，"异托邦"指的是我们在现实社会各种机制的规划下，或者是在现实社会成员的思想和想象的触动之下，所形成的一种想象性社会。和乌托邦的区别在于，它不是一个理想的、遥远的、虚构的空间，而是有社会实践的、此时此地的、人我交互的可能。"异托邦指的是执政者、社会投资者或者权力当局所规划出的一种空间。在这个空间里，所谓正常人的社会里面所不愿意看到的、需要重新整理的、需要治疗的、需要训练的这些因素、成员、分子，被放在一个特定的空间里。因为有了这个空间的存在，它反而投射出我们社会所谓'正常性'的存在。"[②]邵燕君据此指出，所谓的异托邦"可以是监狱、医院、学校、军

① 邵燕君.在"异托邦"里建构"个人另类选择的幻象空间"——网络文学的意识形态功能之一种[J].文艺研究，2012(4)：16.

② 王德威.乌托邦，恶托邦，异托邦——从鲁迅到刘慈欣[N].文艺报，2011-06-03.

队，也可以是博物馆、商场、主题公园。当然，也可以是网络文学”①。

二、新媒体时代的文学形态

新世纪以来，随着科技的发展，互联网、手机媒体、数字电视、移动电视等新媒体形态成为人们获取信息的必备工具，已经进入了一个“新媒体时代”，一些学者更是在媒介转型的基础之上提出了媒介融合的概念。所谓的媒介融合是近年传播学出现的一个重要概念，其本意是指各种媒介呈现出多功能一体化的趋势，广义的媒介融合则包括一切媒介及其有关要素的结合、汇聚甚至融合，不仅包括媒介形态的融合，还包括媒介功能、传播手段、所有权、组织结构等要素的融合。有学者认为，在新媒体时代，传媒的大众时代正过渡为分众时代，消费者的角色也由受众变成用户。媒介融合需要解决内容缺口的问题，这就需要海量的文学内容来支持。因此，在新媒体时代，消费终端对文学生产机制的影响和意义可谓深远。这不仅体现在“我时代”文学中的“大字节”“微文本”的书写方式，还体现在一种新的文化和新的美学标准的兴起，并因此深刻而广泛地影响了中国的文化建设和发展。而在这个过程中，原本自发的创作被迅速格式化，并以一种远比传统文学更具标准化的方式显现出来。而文学创作也出现了类型化、消费化、游戏化等特征。

在新媒体时代，网络文学逐渐与手机等新兴媒介结合，形成网络文学、手机文学、博客文学、动漫文学和音乐文学等诸多全新的文学形态。仅以手机文学为例，最早的手机文学源于一些移动增值服务商将一些传统的文学文本直接放在手机上供用户阅读，但这些文本与手机浏览的特性难以吻合，因此阅读效果并不理想。此后，一些作者开始根据手机阅读的特点创作专门提供其浏览的新型手机文学，并且根据载体的不同进一步细分为短信文学、WAP② 文学和彩信文学三大类。作为一种新兴媒介，手机具有覆盖面广泛、容易携带与互动性强等平面媒体无法比拟的优势，而针对这一平台特点创作的手机文学，也具有字

① 邵燕君.在“异托邦”里建构“个人另类选择的幻象空间”——网络文学的意识形态功能之一种[J].文艺研究，2012(4)：25.

② WAP 全称为无线应用协议（Wireless Application Protocol），是一种向移动终端提供互联网内容和先进增值服务的全球统一的开放式协议标准，它提供了通过手机访问互联网的途径。

句简单、内容通俗与趣味性强等特点，因此获得了读者的欢迎，有的手机小说还被改编为电影。

媒介转型不仅导致了文学在形态与载体上的多元化，也吸引了大型商业资本对文学领地的介入。网络文学的盈利模式大致包括收费阅读、纸质出版、影视改编、游戏开发、动漫改编、话剧改编、有声读物、网络广告等。在这一方面，盛大文学有限公司的成立和并购无疑是文学产业化运营的一个开拓性实践。2008 年 7 月，盛大集团在旗下成立盛大文学有限公司，随后并购了起点中文网、晋江原创网、红袖添香网等文学网站，并与致力于打造 3G 时代手机阅读平台的盛大文学无限公司合并，一跃成为中国网络文学界的头牌。不过，文学产业化运营也改变了网络文学原本自说自话的散漫局面，在商业逻辑的主导下，自发的文学创作被迅速格式化与标准化，从而呈现出一种规则化、类型化与模式化的文本特征。与此同时，日渐完善的创作和经营机制，也给网站和作家们带来了丰厚的经济效益。近年来，根据各种作家收入排行榜，网络文学作家的收入遥遥领先于传统文学作家，由于网络文学的强大影响力，主流文坛也为之侧目。一些传统文学作家也开始将目光转向互联网平台，文学批评家也纷纷撰文研究，作家协会等组织也主动吸收优秀网络作家加入。

在网络文学中，最有代表性的就是类型小说。网络文学网站按题材类型推荐小说的模式十分流行。关于网络文学的类型划分，不同网站也有所不同。例如，起点中文网的分类有玄幻奇幻、武侠仙侠、都市职业、历史军事、游戏竞技、科幻灵异、同人潜力七大类，每大类又可以拆分为两小类，其实有 14 种；红袖添香网则根据不同的主题内容分为穿越时空、总裁豪门、古典架空、妖精幻情、青春校园、都市情感、白领职场、女尊王朝、耽美同人、官场、商海、武侠、玄幻、惊悚、悬疑、历史、军事、科幻、网游等。类型小说与严肃文学创作存在很大的不同，后者无论是新文学中的“理想派小说”与“写实派小说”，还是新时期标举从“写什么”到“怎么写”的“纯文学”，都是在文学主体论和文学本体论的理论支持下的个人写作，其文本无论是“向外转”还是“向内转”，都具有独特的个人视角与写作风格。类型小说与传统的通俗小说相近却也有所区别。传统的通俗小说也可以按照类型划分，如武侠小说、言情小说、公案小说、神魔小说等。而当下流行网络的类型小说在很大程度上是对传统类型的延续与发展，如仙侠小说脱胎于武侠，穿越小说脱胎于言情、盗墓小说脱胎于公案、灵异小说脱胎于神魔等。此外，网络小说在类型上也有与时俱进的创新，如穿越小说、同人小说、耽美小说等。[①] 从历史背景上，通俗小说最早可以上溯到唐代传奇，在写作上多借用夸张、巧合、浪漫等文学手法，其内容往往是对民间传说、神话故事与口述文学的整理与加工的结果。而类型小说则是一种性质完全不同的商业小说：其创作背景是标准化的文学产业化生产，其创作动机为吸引与愉悦读者，让发行量或点击量最大化。

在网络文学里，消费终端决定一切，这也决定了创作者不能够完全按照自己意愿进行创作。特别是在网络文学的主体类型小说里，创作者不仅要完全模式化和程式化地进行创作，并且要针对某一特定读者群进行专业化的量身定做，其内容大多是作者闭门造车凌空虚蹈的不经之谈。在类型小说中，即使是针对现实生活的书写，也都停留在对当下日常生活的琐细描写，以及饮食男女的欲望纠葛的渲染之中。很显然，现实主义被当下的写作者曲解和简单化了，也被消费主义与庸众趣味所挟持了。或者说，貌似现实主义的类型小说就是世俗消费主义在现实主义写作名义下的合法化，而这恰恰远离了真正的现实主义写作立场。正如学者张清华所指出的，现实主义对于当代中国人的观念来说有着非常特殊的意义，是一种近乎病态的崇拜与信任。它不但意味着一种创作方法、美学追求，同时还意味着一种文学的伦理和标准、一种写作的态度、一种合法的甚至曾为官方确定的唯一正确的文学准则，而“在眼下的这股现实主义写作的潮流中，连‘经典现实主义’的那种严肃的写作态度也不再具备，这个所谓的现实主义也许只剩下了一个壳，内里所包裹的则是实利主义、现世主义和现时主义之实”[②]。而在类型小说流行的背后，商业逻辑的支配与网络等新型媒介的平台支持居功至伟。其中，网络平台可谓类型小说生产、流通与消费的核心枢纽。在这一全新的文学生产机制中，文学网站按照市场需求分制订单，作者按照网站订货提供产品，读者则拥有“顾客就是上帝”层面上的自由点击的权

① 耽美小说又称耽美文，是一种以描写男男恋情为主要题材的中文网络小说类型。耽美一词来自日本，为“唯美、浪漫”之意，引申为沉溺于美，后来这个词被用在日本的BL(boy's love，男同)漫画上，代指一切美型的男性，以及男性与男性之间不涉及繁殖的恋爱感情。耽美文化作为一种与主流文化相对的亚文化，在1990年代经由日本动漫文化进入中国大陆，促进了腐女(即幻想男男爱情的女性)族群的产生。耽美小说的作者和读者大部分为女性，虽然一直受人诟病，但耽美小说实质上是一种消灭了性别身份差异、探讨纯粹爱情的女性书写，是女性基于自己对男性的想象与期待而创造出的乌托邦式的纯爱。李玉萍.华语网络耽美小说简论[J].小说评论，2013(2)：45.

② 张清华.精神的坍塌与“现实主义”的穷途[N].中国社会科学报，2010-06-15.

力。网络不仅为读者提供了超市化的服务，也为作者与读者的互动提供了新的模式。在作者上传作品后，读者不仅可以通过点击与“潜水”浏览，还可以通过跟帖、“送花”“灌水”“拍砖”等方式表达意见，而作者也可以通过回帖与读者进行讨论，甚至根据跟帖意见修改作品。

媒介转型也改变了文学作者与读者之间的关系。在传统文学生产机制中，主导纸媒文学的为体制内的专业作家。由于这一职务是计划经济时代的产物，作家可以安稳地得到体制内的级别、工资与福利保障，其写作成就也主要由文学评论家、文学史写作者、官方组织的评奖委员会等评价者认定。专业作家可以通过各种“圈子内”的评估获取名望等“象征资本”，再进一步转化为体制内的“物质资本”，因此其写作方式较少受到一般读者的影响。可以说，在传统文学生产机制中，读者经常处于被忽视的地位，其试图发表自己意见的方式也只有有限的读者来信等。而在图书市场化后，专业的文学刊物与作家作品不断被边缘化，倚仗体制的专业作家写作由于缺乏与读者的呼应与互动，其曾经标榜的个人化写作不断走向自我封闭，陷入自弹自唱、孤芳自赏的尴尬局面。

与此同时，在1990年代以来，随着媒介的逐步转型，凭借影视与网络等新媒体平台，业余作家迅速成为文学创作的主体。一方面，随着影视作品的广泛传播和艺术水准的不断提高，传统文学所承担的意识形态建构功能、时代精神表征功能以及审美娱乐功能逐步为影视作品取代。另一方面，影视作品的市场地位与文化影响的不断提升，也极大地吸引了许多文学爱好者的参与，频繁出现作家“触电”与影视同期书现象，一些业余作家也迅速通过其文学作品的影视剧改编而走红，甚至成为市场标识中的著名作家，如《亮剑》的作者都梁，以及《王贵与安娜》《双面胶》《蜗居》的作者六六等。

近年来，网络平台更是成为安妮宝贝、慕容雪村、当年明月、天下霸唱等许多业余作家成名的主要媒介。仅以安妮宝贝为例，1999年，她的第一部作品《告别薇安》在著名的文学网站“榕树下”发表后一举成名，吸引了众多“安迷”们的注意。此后，“安迷”们自发成立了自己的网络论坛，共享、交流、评论、推荐自己心目中的安妮宝贝作品。而安妮宝贝也在新浪网上开设博客，作为和读者互动交流的平台。在网络的帮助下，安妮宝贝的人气不断升高，其作品《告别薇安》在2000年被列入“榕树下”网络文丛正式出版后，扉页上也标注了“互联网上风头最健的新生代作家”的醒目头衔。此后，安妮宝贝连续推出的八部作品均进入文学类畅销书籍排行榜，其中2006年的《莲花》起印40万册，总销量达60万册；2007年的《素年锦时》是一本算上标点符号只有9.181 8万字的杂文集，版税居然高达200万元，平均一个字的价格就是21.7元。可以说，正是在网络媒介的支持下，业余作家不仅可以和专业作家抗衡，甚至凭借众多粉丝的追捧而成为风头更劲的畅销书作家，从而拥有广阔的消费市场。

在新型媒介主导的新文学生产机制里，畅销书作者与读者的关系，更加接近于一种偶像(idol)与粉丝(fans)的关系。其作品的持续流行，也更多靠个人在媒介传播中显示出来的偶像魅力。而那些少年成名后的偶像派作家，也非常注意借助媒介平台打造和宣传自身的魅力形象。例如，被认为是另类写作代表的韩寒，不仅拥有点击率颇高的个人博客，还频繁通过职业赛车活动、主办青春文学杂志《独唱团》、出版个人唱片，以及为电脑、服装、网游等做商业活动代言等方式展示自己形象。而另外一名善于营销和包装活动的新锐作家郭敬明，更是在写作之外，不断制造各种吸引读者眼球的媒体事件与焦点话题。郭敬明不仅拥有自己的工作室、书友会、俱乐部等传播机构，还频繁与影视与音乐界合作，参与了电影《无极》的小说改编，并且曾经为湖南卫视的王牌节目《快乐男声》的主题歌《我最闪亮》，以及韩红、李宇春等歌手的歌曲填词。这些活动，都为郭敬明赢得了极高的人气，美国《纽约时报》因此被评价其为“当今中国最成功的作家”。

在新文学生产机制里，偶像派文本的忠实读者也扮演了举足轻重的角色。和传统意义上的读者相比，他们更接近于大众文化中的粉丝。根据费斯克的“粉丝文化”理论，粉丝作为大众文化中“过度的读者”(excessive reader)，是以“为我所用”的实用主义态度对待文本的。他们不仅能够通过文化工业产品创造出与自身社会情境相关的意义及快感，从而不同程度地从事着符号/文化生产，并且创造了一种拥有自己的生产及流通体系的粉丝文化。[①] 陶东风认为：“粉丝不仅仅是传统意义上的接受者、欣赏者，而且是新兴的特殊消费群体，在粉丝对偶像的狂热精神投入中，往往伴随一系列同样狂热的消费行为，他们是真实的消费者。这是与传统意义上的欣赏行为迥然有别的。这种行为甚至会扩展到各个经济领域，形成一个新兴的巨大产业——粉丝产业。”[②]在新文学生

① 陶东风.粉丝文化读本[M].北京：北京大学出版社，2009：17.

② 陶东风.粉丝文化研究：阅读—接受理论的新拓展[J].社会科学战线，2009(7)：164.

产机制里，粉丝群体同样是偶像派文本的主要消费者。他们在对偶像文本的积极阅读与购买中，不仅自发进行了对偶像文本的再编码与再解码过程，同时也完成了一次寄托自我投射的消费快感。而正是由于粉丝群体的支持，像韩寒、郭敬明这样的青春写作明星的偶像派文本才能够得到广泛的生产和传播。

三、媒介转型与文学生产机制变革

媒介转型不仅促进了新文学生产机制的形成，也导致了传统文学生产与阅读的危机。在纸媒时代，文学不仅是承载思想意识与审美诉求的形象叙事，还是公共领域(public sphere)交流与讨论的一个重要话题。因此，现实主义叙事以及对现实的书写或关注成为文学创作和阅读、批评和阐释的一个重要内容。那些在纸媒时代创作的作品，即使是卡夫卡的《变形记》那样充满荒诞感的现代主义小说，其内在的表意仍然指向现实层面，是作者对现实存在本质的一种真实体验。也正是在这个意义上，才会有法国评论家伽罗第的颇有争议的著作《无边的现实主义》的出现。哈贝马斯认为，公共领域是“我们的社会生活的一个领域，在这个领域中，像公共意见这样的事物能够形成。公共领域原则上向所有公民开放”[①]。公共领域由具有共同兴趣的个体在自发状态下形成，通过一定的媒介讨论共同关心的文学和社会政治话题，具有自身的独立性和批判性，并且与现代公民社会的建立形成互动。传统公共领域的媒介交流主要通过“咖啡馆、沙龙和宴会”等人际媒介与报纸、期刊、书籍等纸面媒介进行。随着媒介技术的革命，新型的数字化媒介传播将传统的人际媒介与纸面媒介的功能合二为一，纸媒文学的阅读功效与社会影响逐渐弱化。与此同时，对现实的书写或关注，在新媒体时代的文学创作和阅读中也被边缘化。

对于这一转变过程的社会影响及文化评估，学者们却有着不同的见解。一些学者认为，新型媒介阅读正在取代传统的纸媒阅读，互联网、手机书、阅读器以及电视读书栏目如百家讲坛等已经成为阅读的重要渠道。而随着阅读载体的变化，知识也变得碎片化、瞬时化与不可靠起来。与此同时，中国的粉丝群体也缺乏西方学者所期待的批判性与抗争性，在被偶像所“洗脑”后变得“脑残”和“愚忠”起来，他们对偶像无比崇拜，缺乏应有的客观理性与批评精神。2006 年

---

① 汪晖，陈燕谷.文化与公共性[M].北京：生活·读书·新知三联书店，1998：125.

郭敬明抄袭庄羽事件发生后，其粉丝团“郭巴”和“四迷”对偶像抄袭行为的狂热支持就是一个明证。更让人担忧的是，文学本来是关乎“现实”“心灵”“美感”“语言”及“意义”的文化食粮，是对现实的呈现、思考、升华或者批评，但新型媒介主导的消费主义阅读却可能导致年轻人对汉语语言的冷漠，并进一步造成他们现实生活以及精神生活的粗鄙化、物质化、功利化、空洞化、虚无化，以及对美感、语言与文化的感悟缺失，从而折射出整个民族精神的和现实生活的发展危机。北京大学信息管理系主任王余光就此指出，“以前的阅读是受学者的影响，现在的阅读是受传媒的影响”，“这是一种跳跃式的阅读，缺乏深层思考和逻辑思维，但它已成为潮流和趋势，怎么办呢？民族素养仅靠消费型的阅读是不够的，我们也只能呼吁了”。[①]

上述言论实际上是对哈贝马斯观点的呼应。哈贝马斯曾经指出，媒介的商业化导致了媒介批判功能的退化，于是，“文化批判的大众”变成了“文化消费的大众”，“批判的公共讨论功能不断遭到破坏。文化商品市场成为不断扩大的消闲市场，担负起新的功能”。[②] 而大众在狂欢与娱乐的表象下，被媒介消费所主导的商业权力隐形控制，失去了对真正现实的关注与思考，这也是尼尔·波兹曼在《娱乐至死》里所担心的。

不过，也有学者提出不同的观点。他们认为现在的纸质媒介已经无法对抗电子媒介的影响：“世界正发生重大转折，文学的田园风光早已不再。各种电子媒介几乎就是一个伶牙俐齿魅力四射所向披靡的传教士，正试图把整个世界变成它的教堂，这对我们精神生活的形塑日益具有决定性意义，对文学的生产、流通和阅读的改变越发势不可挡。通俗化、图片化、音像化、戏谑化，正成为电子媒介挪用文学经典的经典方式”，与此同时，新兴媒介也为文学的自由创作提供了必要的平台，“电子媒介的出现提供了网络民主的平台，面对炫目多彩的数字化文学生产，我们已经不必对传统的文学经典及其权威的阐释者俯首听命了，不但如此，机械复制时代的文学产业化方向，以及蔚为大观的类型化创作，彻底打破了文学创作的个体性和创作能力可习得性的迷信，我们也已经不必为神圣化的创作天赋的缺失而孑然自叹了”。[③]

---

① 杨东晓.文化批判声音变弱：中国粉丝愚忠丧失批判精神[J].新世纪周刊，2009(25)：87-89.

② 汪晖，陈燕谷.文化与公共性[M].北京：生活·读书·新知三联书店，1998：132.

③ 赵牧.文学教育：关乎我们的未来？[N].文学报，2010-04-29.

上述争论实际上共同构成对新媒体文学评估的正反两个方面。在21世纪，媒介转型对传统文学生产机制的改变已经是有目共睹的世界性潮流，我们应该坦然接受并积极面对：一方面，我们要肯定新媒介对文学的自由性、开放性与多元性创作的积极推动，正是在这一平台的支持下，文学才不是少数专业作家的专利，而成为全民皆可参与的文化地域；另一方面，我们也要看到新文学生产机制中存在的商业逻辑与消费主义等因素对文学发展的负面影响，并且从媒体宣传与评论等方面寻求妥善的应对策略。特别是从文学与现实的互动关系角度来看，在新媒体时代，越来越多的文学创作不再书写或关注现实，而是完全站在一味娱乐和消费主义的角度，沉浸在自己闭门造车的文字意淫之中。笔者以为，当下的新媒体文学，看起来热闹繁荣，但长此以往，对于文学的发展而言并非好事。这是因为，无论在什么时代，如果文学一味脱离现实，最终一定会为现实所抛弃。当然，要改变现有状态，不仅需要新媒体作家的"落地"，也需要纸媒时代的作家、文学评论家与理论研究的专家学者在新媒体主导的文学生产机制中承担更加重要的职责。正如邵燕君所指出的，"必须从网络文学的生成机制出发，建立一种新的评论体系和评论话语"①。而如何在新媒体时代的文学中开展具有现实关照的文学叙事、理论建构与文学批评，则是时代的发展向中国当代文学提出的挑战。

---

① 邵燕君认为，不能以纯文学的文学性和艺术性至上的标准去要求网络文学。网络文学的创作是种情感的宣泄，它不追求华美的辞藻、不需要故事人物性格的完整性、不在乎情节结构是否无懈可击，其创作就是为了"痛快"，不仅让自己痛快，也要让读者读起来"爽"。这是因为，网络文学的艺术性需要通过商业化模式实现，好的网络文学必须是名利双收的。这不是说网络文学就不能展现艺术性和文学性，只不过这一切要建立在"对快感机制的尊重"上。在这个意义上，网络文学是一个巨大的欲望空间，也是全民疗伤机制，而"从研究者的角度来讲，网络文学不仅是文学研究的对象，更是文化研究的对象，追踪网络文学的潮流新变可以触摸到国民的精神脉搏和心理趋向，如果我们要建设有价值观引导性的主流文学，也需要从研究通俗文学的快感机制入手，摸索寓教于乐的途径"。邵燕君.不以好看为目的的网络小说是"耍流氓"[N].中国艺术报，2013-12-23.

新媒体、消费文化与文学转型中的“虚拟现实主义”

一、中国当代文学的转型动力

以媒介传播为中心考察中国当代文学转型是当下文化研究的一个热点。在研究依据上，这一研究深受哈罗德·伊尼斯、马歇尔·麦克卢汉与尼尔·波兹曼等人的影响，认为传播技术与媒介的变化对文学的形态、生产与传播有着至关重要的影响。在研究思路上，这一研究则以美国学者拉斯韦尔的“5W 模式”为基本出发点，重点考察文学在媒介传播过程之中，文学作者、文本叙事、流通路径、读者接受与传播效果等几个主要方面的运行情况及其内在关联。从研究方法来看，这一研究改变了以前单一的文本内部的细读研究和文本外部的文学机制研究之间的割裂和对立，而是将二者辩证统一起来，从而保证了文学研究的系统性和整体性。

不过，仅仅将中国当代文学的转型归结于媒介传播的变化仍然有失客观。这是因为，文学的变化不仅是媒介发展的结果，还体现了所属时代的特征。同样，中国当代文学的转型，不仅有媒介传播的结果，还是同一时期消费主义文化影响的结果。因此，只有在消费文化的视域下，考察媒介转型对文学传播及其内在要素的影响，探析其中的内在关联与互动作用，才可以还原中国当代文学转型的原因与过程，思考其中的问题与意义。

消费文化兴起于 20 世纪前半期的西方，是欧美国家从生产型社会向消费型社会转化的产物。在消费主义文化的主导下，享乐主义与快餐文化盛行，文化与物质、商品融为一体。众多学者业已指出，虽然消费主义文化的出现是包括经济、社会、文化等诸多因素复杂共振、互动关联的结果，但以电视、电影等为代表的现代媒介在对消费文化的构建与传播过程中仍然发挥了独特而不可替代的作用。对此法兰克福学派的阿多诺、马尔库塞，伯明翰学派的雷蒙德·威廉斯、斯图亚特·霍尔，以及居伊·德波、尼尔·波兹曼等学者都从不同层面进行了论述。

1980年代以来，随着中国社会市场化改革的开启与不断深化，消费文化开始在中国流行开来，并且与同一时期的现代媒介一起，日益影响着包括中国当代文学在内的文化创作、传播与接收。不过，对于中国当代文学的发展而言，虽然其也长期受到电视、电影等媒介的冲击与影响，导致了1990年代以来影视同期书与作家“触电”现象的出现，但其文学形态的根本变化，还是源于21世纪以来以网络媒体为主导的新媒体的出现。以文学网站为平台的网络文学，与以自媒体为平台的自媒体文学，正在不断影响着当下文学的生产、叙事、传播与接收，从而共同推动中国当代文学从高雅的严肃文学走向大众的流行文学。这同时体现了中国当代文学在思想和审美上的变化，并且通过“虚拟现实主义”这一书写方式表现出来。

二、作者身份与发表平台的变化

在纸媒统治的时代，长期占主导地位的是体制化的文学传播方式。这种文学传播方式以专业作家为主要创作者，以“文联”“作协”等组织为主导文艺创作的机构。无论是作家的收入，还是文艺组织的日常运营，都主要依靠国家的文化行政经费。在1990年代中国文化体制改革之后，专业作家逐渐向职业作家的身份转化，但仍然获得体制内的工资、职称和相应的福利待遇。由于拥有优越的社会地位和稳定的经济保障，这一时期的作家可以心无旁骛地安心写作，其作品也大多具有高雅的严肃文学特征。

21世纪前后，随着互联网媒介的崛起，网络文学强势兴起。文学网站替代了传统的“文联”“作协”，成为组织网络作家写作的主要机构和创作平台。著名的大型网络文学网站包括“榕树下”“起点中文网”“创世中文网”“红袖添香”“幻剑书盟”“纵横中文网”“潇湘书院”“天涯”等。这些网络文学网站不仅为众多网络写手提供了写作和发表平台，同时举办大型网络文学比赛，推动了网络文学的繁荣，促成了一系列广为人知的网络文学作品的出现。

在运营方式上，网络文学网站主要以市场化的模式生存、整合和发展壮大。许多文学网站背后都有雄厚的新媒体财团背景，如纵横中文网是百度文学旗下的大型中文原创阅读网站，而“榕树下”“起点中文网”“红袖添香”“创世中文网”“潇湘书院”等大型网络文学网站都隶属于国内最大的数字内容综合平台阅文集团。网络文学网站的运营高度依赖点击量，这也促使网络文学作品从高雅的严肃文学向大众的流行文学转化。

在作者队伍方面，以网络写手为代表的业余作者成为网络文学的主导创作者，先后涌现出了包括台湾的痞子蔡，大陆的李寻欢、宁财神、邢育森、安妮宝贝、慕容雪村、天下霸唱、当年明月、南派三叔、江南、唐家三少、天蚕土豆等为代表的知名网络写手。这些知名网络写手通常都是非文学专业出身的业余文学爱好者。凭借着网络平台和市场化的创作模式，他们很快成为众多粉丝追捧的网络“大神”，其中很多人已经签约为大型文学网站的“白金级”作家，甚至成为作家财富排行榜的常客。

在纸媒文学中，年长的资深作家往往更有名望。而网络文学的特征却是“逆龄发展”，年轻的作家更容易走红。近年来，一些“90后”甚至“95后”的网络作家不断脱颖而出，因为他们最理解年轻读者的阅读心理和价值观念，因此在创作中更容易“圈粉”和“铺梗”①，从而提升自己的粉丝黏性和个人热度。

随着网络技术的升级，更加快捷的自媒体平台开始出现，并且导致了文学传播方式的再一次转型。早期的自媒体主要指博客、BBS和QQ，现在自媒体的主体则是微博和微信。在微博和微信上发表的文学分别被称为微博文学和微信文学，也被统称为自媒体文学。

“自媒体”一词源于英语“We Media”，其最大特征是个人用户在以网络化和数字化为技术手段的新媒体传播中的独立性。和以专业文学网站为平台的文学传播方式不同，自媒体文学可以通过微博、微信朋友圈、公众号等简易和私密的新媒体平台进行传播，避免了专业网站的注册、审核和过滤，因此更加具有自主化、快捷化、普泛化和“草根”化的特征。

与之前的文学创作以作者为中心不同，自媒体文学的创作主体以ID(账号)为中心。注册ID和公众账号成为创作者存在和接受者关注的主要标志，这就

① “铺梗”为网络用语，其中的“梗”系讹字，正字应为“哏”，意思是笑点，“铺梗”就是为笑点作铺垫。

隐匿了创作者背后真实的人。在这一创作特征的主导下，自媒体文学的创作可以通过 CO-WRITER 的方式，以让多人对同一部作品进行创作和修改，甚至可以选择由创作团队进行集体创作和经营，从而打破创作者的唯一性。与此同时，由于自媒体在传播过程中的互动性与参与性，自媒体文学在创作和传播过程之中一般都有作者设置的投票、评论和点赞功能，而阅读者的建议也往往会被创作者采纳，改变创作走向，形成“陌生人入侵”的局面。可以说，由于自媒体文学传播的独特性，其文学创作往往已经不再是独立的个体行为，而是多元参与合成的结果。从这个层面上来说，自媒体文学真正实现了罗兰·巴特意义上的“作者已死”，大量潜在的匿名者在“众声喧哗”之中，影响甚至支配了文学的形态，成为不是创作者的创作者。

三、文学形态和叙事策略的变化

特里·伊格尔顿认为，不同的时代有不同的文学。他因此指出：“有人认为文学就是一系列具有可靠的、不会改变价值的作品，明显地具备某些共有的内在特征，其实这样的文学根本不存在。”[①]特里·伊格尔顿这里强调的是时代的变迁对文学的影响，但实际上，媒介的转型对文学的形态同样具有不可低估的作用。在口述文学中，占据主流的是短小精悍的诗歌；在纸媒时代，领军文学的则是小说特别是长篇小说。不过，由于媒介的限制，纸媒时代作家要创作篇幅宏大的文学作品往往要花费数年时间，一些长篇巨著甚至直到作家去世都没有完成。而随着网络媒介的出现，文学的形态再次发生巨大的变化。在网络文学中，由于文学网站对市场化的追求，流量和点击率成为衡量文学作品价值的主要标准。这也导致网络文学创作向超多字数的巨文本转化。在网络文学中，供读者免费试读的“起跳”文本一般为 20 万字，而作品的完成字数往往多达数百万字。为了刺激读者的阅读兴趣，文学网站通常鼓励作者快速更新，并且将更新情况和薪酬联系在一起。而为了完成这一任务，很多网络写手都会以日写万字的速度进行创作更新。例如，阅文集团的白金作家唐家三少，曾经创下连续 96 个月每日不停更新网文的写作纪录，他也因此被称作“行走的打印机”。

以上可见，在网络文学的消费主义文化运营机制之中，文学的创作对篇幅

① 伊格尔顿.文学原理引论[M].刘峰，等译.北京：文化艺术出版社，1987：13.

和字数都提出了更高的要求，而在这一繁重工作的过程中，创作者的体力和脑力劳动都已经达到人类极限，作品注水似乎已经成为必然，这也严重影响了作品的质量。因此，相较于纸媒时代高雅文学、“纯文学”和严肃文学对思想性、文学性和艺术性的追求，网络文学更接近于以商业化和功利化追求为目标的通俗文学、大众文学和流行文学。而在具体的创作过程之中，其也体现了类型化小说的书写模式。通常的网络文学书写包括“玄幻”“仙侠”“灵异”“青春”“校园”“耽美”“同人”“盗墓”“穿越”“后宫”等题材类型。与严肃文学经常被赋予的启蒙、教化等功能不同，从消费主义文化角度看，网络文学无疑是享乐主义与媒介转型共同作用下的产物，因此更加符合法兰克福学派批判理论中文化工业的生产特征。而从叙事策略来看，网络文学大多数都是按照商业化、标准化和模式化生产出来的市场“订货”，在书写上有着明显的类型模式和叙事成规，并且以迎合或满足某些特定读者群的阅读趣味为目的。

不过，随着现代社会生活节奏的加快，大体量的网络文学难以满足当下碎片化的阅读诉求，这也为自媒体文学的崛起提供了机遇。和篇幅浩瀚的网络文学不同，在微博、微信公众号、今日头条、豆瓣、知乎等自媒体平台上的文学叙事大多数都为言简意赅的短篇软文。为了博人眼球、增加点击量，这些作品或者采用大肆渲染的夸张标题，如著名的头条体“震惊！……”等套路化题目来引人注意；或者将一些敏感和热门词语与文章内容糅合，通过设问、反问、说教等形式，制造出一个“醒目”“吸睛”的标题；更有甚者，选取大量与文章内容无关的低俗词语作为标题，仅仅是为了勾引受众的猎奇心理。

在叙事方面，自媒体文学以“微创作”和“小叙事”为特征，通常以一到三个短句为一自然段的碎片化结构为主要叙述方式，并且将关键句子改色加粗来突出重点，而文章的论点则被加粗后放在开头或结尾。在内容上，这类文章讲述的或者是捕风捉影的八卦趣闻，或者是真假难辨的个人与朋友经历，甚或是平淡无奇的日常生活，但前提是其讲述内容要触及读者的关注点、兴奋点或痛点，能够增加读者的代入感，引起读者的共鸣或者释放其情绪。通常这类文章的观点不需要完整的内在逻辑、严谨的论述和有信服力的论述材料支持，甚至跳过一段也不影响其阅读效果，以适应当下人们碎片化、快速化的阅读特点和快餐文化的消费模式。

随着新媒体的技术更新和微信等社交媒体软件的不断升级，自媒体文学在创作和传播过程之中也出现了语图互文等“类直观”的新文类特征。在微信文学中，创作者可以根据情节呈现和情感表达的要求，将文字与图片、音乐、视频等形式相结合，及时快捷地发表于朋友圈和公众号等自媒体平台。同样，微博文学在创作的时候也可以添加图片、视频等多元互动的表达方式。与传统的文学创作和传播相比，新媒体文学真正实现了文学文本从平面化文本界面到立体式虚拟界面的转化，更能直观立体地表达创作者的情绪、思想，创新和丰富了文学文本的形态。不过，从总体上讲，自媒体文学与其他形态的网络文学一样，具有通俗化、大众化的流行文学特征，其创新动机仍然源自于消费主义文化和泛娱乐化精神主导下的市场化诉求，目的是追求点击量的最大化，并且寻求点击、点赞、转发“一条龙”，从而产生一定的经济利益。

四、传播路径与读者地位的变化

新媒体的出现不仅改变了文学的创作形态和叙事内容，也改变了文学的传播渠道、评价标准和读者地位。传统文学以报刊、书籍等纸媒为主要发行与传播路径，以各级作家协会和学院派的评论为主要评价标准，而处于文学传播末端的读者的地位和作用则较低。1990 年代以来，随着中国文化体制的改革与消费主义文化的兴起，体制化的文学传播方式开始向市场化的文学传播方式转型，业余作者、个体书商和民营出版公司以及读者在文学机制中的作用日益凸显，叙事内容也从严肃文学向消费文学转化，但文学的流通路径仍然以纸媒为中心，这在一定程度上也造成了文学传播过程中的延时性。

21 世纪以来，随着新型媒体的不断出现与技术升级，文学的传播更多地依靠网络化的方式进行，从而让文学传播的渠道更加丰富、快捷和自由。自媒体文学则出现了网状发散传播模式。文学创作者通过自媒体平台进行一级传播，而粉丝的转发、点赞、话题、分享行为则使文学逐级传播开来，形成一个金字塔式的不断扩展的传播模式，从而快速实现文学文本传播的普泛化和大众化。

与此同时，新媒体文学的接受对象也发生了变化。根据阅文集团 2019 年发布的一份报告统计，网络文学的读者日趋年轻化，Z 世代（“95 后”）用户正在成为网络文学的主导力量。数据显示，“2018 年 Z 世代网文用户规模同比提升近 20%，付费用户规模同比提升近 15%”[①]。

接受对象的变化也改变了阅读者在文学传播中的地位和作用。“90 后”特别是 Z 世代读者已经不满足于传统单一阅读过程之中的接受地位，而是寻求在文学传播过程之中发挥更大的能动性作用，其身份也从被动性的受众转化为主动性的粉丝。这一变化也体现了新媒体文学的商业价值，同时带动了粉丝文化和粉丝经济的发展。在各大文学网站，每天都有数百万的粉丝为自己追捧的文学作品点赞。粉丝们通过“送花”“灌水”“拍砖”和“打赏”，不仅提升了相关文学作品的人气，也会影响创作者的创作思路，甚至改变作品以后的走向。在付费阅读群体中，也不乏为自己心目中的“大神”买单的“迷妹”和“盟主”[②]。与此同时，读者地位的提升也推动了网络文学阅读社交化的流行。在“本章说”等文学阅读 App 中，读者可以在阅读过程中随时发表自己的评论。而“10 万＋”的评论量也已经成为爆款文学作品的标配。同样，在自媒体文学中，文学粉丝往往是一群有共同趣味和需求的人，他们因为相同的爱好聚合在一起，通过创建粉丝群、“超话”等方式为创作者宣传，其在文学传播中的作用更加突出。

按照费斯克的“粉丝文化”理论，粉丝作为大众阅读群体中“过度的读者”，是以主动参与相关文化符号的生产，并且从中获取意义与快感为特征的。因此，粉丝对于偶像的崇拜前提是对方必须满足自己在参与文化符号生产过程中的意义与情感诉求。同样，在网络文学和自媒体文学等新媒体文学中，创作者也必须关注粉丝们的创作参与及情感诉求，甚至会为迎合其意愿而不断修改自己的创作主旨与叙事策略，否则便会“掉粉”甚至导致粉丝变为“黑粉”。由此可见，在消费文化的影响下，以网络文学和自媒体文学为代表的新媒体文学无论是在创作者态度、叙事模式还是读者作用等方面都发生了深刻的变化。而在新媒体文学日益扩大的影响下，文学的生产、叙事、传播与接收方式也在发生深刻的改变，从而导致中国当代文学从高雅的严肃文学向大众的流行文学转型。

这一转型，同时体现了中国当代文学在思想和审美上从现实向虚拟的变化，并且通过“虚拟现实主义”这一书写方式表现出来。正如邵燕君等指出的，网络文学的变化，也是从现实到虚拟现实，从“宏大叙事”到“数据库式写作”，从

① 郑志辉.《2018 网络文学发展报告》：用户向粉丝转变，个性角色是第一要素[N].新快报，2019-02-20.

② “盟主”是网络文学中专有的粉丝称号，特指在网络文学平台上单本作品消费 1 000 元人民币及以上的粉丝。

现实主义到“虚拟现实主义”的写作变化。这一变化意味着“人类进入后现代，特别是网络时代以来，认识世界、体验世界、表现世界的方式，发生了根本性的变化。对于这些变化，沿用传统的现实主义、现代主义的文学理论无以解答，网络文学研究的理论体系亟待更新”[①]。

① 邵燕君，吉云飞，等.“古典时代”迈向“巅峰”，“二次元”展开“新纪元”——2016 年度中国网络文学新趋向[N].文学报，2017-01-05.

第 六 编

引领与弘扬：
新世纪现实主义的影像呈现

新世纪现实主义题材电视剧的创作流变*

电视剧作为一种覆盖面大、受众广的传播艺术形式，在中国的文化建设和文化产业的总体布局中占据着相当重要的位置。而片面追求娱乐至上的商业电视剧却无法承担光大本土文化和弘扬民族精神的传播使命。近年来，越来越多的学者开始注意到现实主义创作方式对文艺界包括电视剧创作的宝贵价值。在全球化的今天，中国电视剧只有扎根社会现实、面向民众生活才能开辟出自己的传播本土化道路，创作出具有本民族特色的作品。

一、本土化语境中的中国电视剧

2009 年 9 月 26 日，我国第一个文化产业专项规划——《文化产业振兴规划》（以下简称《规划》）由国务院常务会议审议通过，并向社会公开发布，标志着文化产业已经上升为国家的战略性产业。作为中国特色社会主义事业“四位一体”总体布局的重要组成部分，当前的文化建设承担着促进本土文化发展、推动社会主义文化大繁荣、提高国家文化软实力的重要任务。

毫无疑问，在中国的文化建设和文化产业的总体布局中，国产电视剧占据着相当重要的位置。中国人口中，有 95％的人能看到电视，而看得最多的应属电视剧。电视剧这种最大众化的艺术形式，在中国已经成了全社会的精神大餐，有的学者甚至用“平民百姓的第四餐”来比喻电视剧对于人民群众精神食粮需求的重要性。而在全球一体化浪潮不断扩张的今天，作为本土文化的重要传

* 本文发表于《语言文学前沿 第 2 辑》（中国传媒大学出版社 2011 年版），原题目为《从娱乐至上到回归现实——论文化本土化实践中的国产电视剧创作》。

播者，中国的电视剧创作更是面对着西方强权话语和消费主义逻辑的双重夹击。今天，越来越多的人已经明白，影视作为文化产业的重要部分，在其传播和输出的背后，不仅是经济资本的攫取和消费主义娱乐理念的灌输，更是文化符号和价值观念的不断扩散。而在全球化浪潮冲击之下，不论是欧洲较为发达的“第二世界”，还是后发的“第三世界”，都已经意识到和正在采取相应的文化本土化对策，来应对全球化的传播文化语境。从这个角度思考，那种只认收视率的做法需要引起反思：“有业内人士认为：做电视，不仅要看索福瑞等公司的调查数据，更要看一个节目的美誉度。收视率终究只是一个机器弄出来的东西，仅供参照而已。媒体应该负起媒体的责任，不仅仅弄一些吸引眼球的东西，更重要的是要给人思考，给人带来有意义的节目，特别是在中国这样有着深厚传统文化的国度里。”①

实际上，在中国的影视等传播领域，全球化语境中的本土化问题也已经引起了学者们的高度关注。有学者指出：“目前，由于卫星电视、互联网络的发展，世界范围内的文化交流和融合正在加速。但也应看到来自西方影视文化的包围与侵蚀，一场以文化为武器、以影视为媒介的新的殖民运动正在悄悄展开。亚洲，尤其是中国，被西方称为影视文化竞争‘最后的疆场’。他们极力向中国倾销其影视产品，以及包含其中的价值观念、生活方式，对我国精神文明建设和青少年成长带来了十分不利的影响。因此，在影视艺术文化领域制定出民族文化的应对策略，已是一项刻不容缓的任务。”②具体到电视剧艺术上，所谓传播本土化的策略与实践，并不只是一个口号，也不仅表现在国家扶植政策、制作资金与收视率上，而是要最终体现在这样一个层面：一个国家的电视剧艺术，是否能够反映该国家的社会现实、民族精神和主流价值观。

从这个指标上衡量，国产电视剧的创作还存在许多不足之处，特别是在表现题材方面，缺少对当代社会现实和人民生活中主流价值观的关注。例如，在对 2002 年全国电视观众抽样调查的分析中，认为“优秀精品影视剧数量少”的占 58.4％，认为“农村题材电视剧偏少”的占 54％，认为“反映当代生活的偏少”的占 33.1％，认为“剧情简单、雷同，缺乏深度”的占 32.1％。③ 由此可以看出，我

---

① 张健.电视媒体不能只认“收视率”[N].人民日报，2008-11-14.

② 黄会林.中国影视美学建设刍议[M]//黄会林.艺苑论谭——放言影视戏剧艺术民族化.北京：中国文联出版社，2002：9.

③ 刘建鸣，徐瑞青，刘志忠，等.对 2002 年全国电视观众抽样调查的分析[J].电视研究，2003(4)：10.

国虽然有众多电视剧生产单位，电视剧生产量很大，但不少电视剧的质量不高，粗制滥造，已经引起了观众的不满。究其原因，是这些电视剧在创作上严重脱离社会现实，无法激起观众的共鸣。

现实主义的经典作家别林斯基曾经说过："没有一个诗人能够由于自身和依赖自身而伟大，他既不依赖自己的痛苦，也不依赖自己的幸福；任何伟大的诗人之所以伟大，是因为他的痛苦和幸福深深植根于社会和历史的土壤中。"①马克思也曾经称赞现实主义作家说："他们在自己的卓越的、描写生动的书籍中向世界揭示的政治和社会真理，比一切职业政客、政论家和道德家加在一起所揭示的还要多。"②别林斯基和马克思的判断不仅适用于文学，同样也适合于一切现实主义的艺术创作。在漫长的历史发展中，现实主义也出现了众多演变，关于其理论也有许多不同的阐释和争论。尽管如此，现实主义的核心创作原则和基本美学风格却一直被保持下来。它的最主要的特点是在艺术手法方面强调艺术的真实性，通过在典型环境中塑造典型人物——不仅通过伟大人物的业绩，而且通过描写普通人的生活遭遇，广阔而真实地展示了时代精神和社会生活的整体风貌，从而让文艺成为"生活的教科书"。③

在新中国，电视剧从诞生之日起就和现实主义的艺术表现形式联系紧密。1958 年 6 月 15 日播出的中国第一部电视剧《一口菜饼子》，就是一部以"忆苦思甜"和"节约粮食"为叙述对象的现实题材作品。随后，涌现出来的《新的一代》《养猪姑娘》《共同进步》《家庭问题》等新中国早期电视剧，也都反映了当时的社会生活，并且注意在人民生活中发现新内容和新气象，从而能够比较准确和及时地反映社会主义新时代人们的精神风貌和生活状况。

1980 年代以来，中国电视剧仍然沿袭了现实主义的艺术特征，并且和文学上的"伤痕文学""反思文学""改革文学"等作品，以及谢晋、吴天明等第三代、第四代导演的一批电影，共同承担了反思历史、呼唤改革的时代使命。这一时期出现了许多优秀的电视剧作品，如反映知识青年生活的《蹉跎岁月》，以及呈现改革题材的《乔厂长上任记》《新星》等。《乔厂长上任记》改编自蒋子龙 1979 年发表的同名短篇小说。它叙述了某重型机器厂经历了十年动乱后，生产停顿，

---

① 别林斯基.别林斯基论文学[M].梁真，译.上海：上海文艺出版社，1958：26.

② 马克思.英国资产阶级[M]//马克思恩格斯全集 第 10 卷.北京：人民出版社，1962：686.

③ 车尔尼雪夫斯基.生活与美学[M].周扬，译.北京：人民出版社，1957：107.

人心混乱，改革家乔光朴受命于危难之际，大刀阔斧地整顿队伍，很快改变了全厂的涣散状态，扭转了生产的被动局面。电视剧着力塑造了乔光朴的英雄形象，这正好应和了变革时代的人们渴望雷厉风行的“英雄”的社会心理，一时间引起了读者和评论家们的盛情赞扬。“乔厂长”成了改革者的代名词。1986 年，根据柯云路同名小说改编的电视连续剧《新星》播出，它以一个县为背景，浓缩了 1982 年中国农村大刀阔斧改革的社会生活。它以振聋发聩的主题和对生活的贴近，赢得了前所未有的反响和收视率。主演周里京因此走红，获“新时期十年电影最佳男演员奖”。还有很多人排队买过期的登载过小说《新星》的杂志《当代》。《乔厂长上任记》《新星》等电视剧之所以引起万人空巷的观看效果，是因为它们不约而同地把重心放在写改革时代的新社会生活上面，既敢于深入揭示改革中的矛盾，又给人以信心；不仅贴近现实生活，又具有很强的时代感。可以说，在很大程度上，以上电视剧的成功就是现实主义艺术本身的成功。观众欣赏它们，是因为这些电视剧准确和及时地反映了当时的时代精神和主流价值观。

二、消费主义的迷失

1990 年代，中国的影视产业受到了市场经济的剧烈冲击，国产电视剧也在很长的时间里陷入了“娱乐至上”的误区。由于国内电视剧节目在商业运营方面准备不足，我国曾长期依赖引进电视剧。据统计，从 1997 到 1999 年，港台剧一直占据着内地电视剧市场的主要份额，1999 年春节期间更是出现全国 18 个上星频道同时播放香港电视剧《天龙八部》的热闹场面[①]。进入 21 世纪，国内电视剧的播出仍然在长时间里沿袭了“剧集当家，娱乐做主”的陈旧模式，全国多个省级卫视和地方电视台，全天节目中一大半在播放电视连续剧，“美潮过后是韩流，你方唱罢我登场”。由于引进电视剧的挤压，在相当长的时间里，国产电视剧淡出了许多人的视野。为了扭转这种被动局面，国产电视剧开始迅速迎合消费主义和娱乐化需求，并积极借鉴成熟电视剧的商业运作模式。一时间，荧屏充斥着“爱得死去活来的言情”与“飞来飞去的侠客”，间或穿插着“我爱我家”式的室内剧和“戏说历史”式的古装剧。但是，由于这种商业电视剧更多地从反

① 中国金鹰电视艺术节组委会，等.中国电视剧市场报告：2003—2004[M].北京：华夏出版社 2004：215.

映市场逻辑的收视率考虑，而在思想性、艺术性和观赏性方面乏善可陈，其类型化和模式化的叙事套路很快就引起观众的反感。另有一些国产电视连续剧在剧情上彼此重复了无新意，并且在制作方面粗制滥造，在叙事上庸俗恶搞，这就更加倒了观念的胃口。至此，国产电视连续剧从1990年代开始，由大众狂欢到娱乐至死，仅仅用去十年左右的时间就几乎步入绝境。同时，这种混乱局面也严重影响着国产影视作品的品质和声誉。

造成这种“娱乐至上”的观念不仅存在于电视剧制作上，也广泛存在于1990年代中国文艺界的其他领域的根源，和具体的时代语境相关。1980年代后期，中国的现代化进程进入了以城市化为核心的新的转型期。在这个方兴未艾的浪潮中，呈现在国人眼里的并非“新启蒙文学”所展望的那个“美丽新世界”，相反，物质坚硬、欲望狂欢，昔日呼吁的启蒙时代烟消云散，一个全球化的消费主义时代正在不可逆转地大步走来。这一时期，也因此被称作有别于“新时期”的“后新时期”。与此同时，曾经被郑重推出的所谓“大写的人”如今已经“习惯死亡”，历史在“进步”的同时，也宣告了一个渴望着“进步之乌托邦”的理想主义时代的结束。在这一过程中，随着市场经济的确立、社会体制的转型，现实发展与许多艺术家的文化期待和社会理想产生激烈摩擦，导致一些艺术家的创作理念和艺术表现方式都产生了剧烈的变化。在文学创作上，1990年代，热闹一时的“新写实小说”“新历史小说”，或者用“零度写作”的姿态，用对于“一地鸡毛”式的日常生活的热爱来完成对于“理想主义的80年代”的消解，或者用戏说和虚无的表述，将“还原历史”的宣告演变成一幕幕彻头彻尾的语言游戏和文字狂欢。在它们的背后，是对消费主义逻辑的匆忙认同与迎合。与此同时，影视领域特别是电视剧制作和播映方面，也一味地迎合市场逻辑和商业需要，片面追求娱乐至上。而以“戏说”和武打为代表的商业电视剧，在思想意识和价值取向上片面追求娱乐化的游戏精神和解构主义，在艺术表达上呈现出的是一种苍白甚至混乱，导致对电视剧的观看在此时成了一种低层次的感官满足。

三、当下现实主义题材的电视剧创作

可以说，片面追求娱乐至上的商业电视剧除了奉行消费主义，体现资本逻辑和商业表征之外，根本无法去承担光大本土文化和弘扬民族精神的传播使命。而如何能够将电视剧制作与本土文化承载、虚拟叙事与现实关照有效地结合起来，实现票房与口碑上的双赢，这是新世纪国产电视剧必须要面对的一个问题，也是需要我们认真思考和解决的问题。正是在这个层面上，近年来，越来越多的学者们开始重新注意到现实主义创作方式对文艺界包括电视剧创作的宝贵价值。特别是2002年电视连续剧《激情燃烧的岁月》在全国各电视台轮番热播后收视率居高不下，再次表明反映真实历史和当代生活的电视剧未必不受欢迎，也带动了现实生活剧在荧屏上掀起新的热潮。此后，反映农村题材的电视剧《民工》与《星火》先后在中央电视台热播，分别创收视率的新高。表现当代军人风貌的《士兵突击》等电视剧，以及表现当代都市百姓日常生活的电视剧《贫嘴张大民的幸福生活》以及其姊妹篇《亲兄热弟》也广受好评。与此同时，一些反映革命历史题材、表现重大历史事件和真实历史人物的电视剧也陆续热播，譬如《长征》《开国领袖毛泽东》等，并且获得观众的肯定。

考察近年来涌现出的优秀电视剧作品，可以发现大部分都是反映真实历史和社会生活题材的现实主义作品。许多优秀电视剧甚至直接改编于现实主义作家的小说，如《贫嘴张大民的幸福生活》《激情燃烧的岁月》《暗算》《民工》《亮剑》等。这些作品在内容上关注真实历史和社会现实，在思想上宣扬爱国主义、民族正气和奉献精神等社会主流价值观，并且注意在艺术性方面不断提高，表演与导演的水平也较之前有相当大的进步，因此受到了社会的广泛欢迎。这里以电视剧《暗算》举例，这部电视剧由三部中篇小说改编，丝丝入扣又引人入胜地诠释了革命中共产党人的坚定信仰以及他们在新中国的建立过程中的牺牲与奉献，把爱国主义与自由主义、民族利益与个人信仰之间的辩证关系揭示得相当深刻。而从实际播出效果看，较高的收视率和很强的艺术感染力证明了它的成功。

另外一部展示当代军人形象的电视剧《士兵突击》在播出后，一度占据同期电视收视率榜首，主人公“许三多”也成为街谈巷议的公众人物。电视剧讲述了一个总是成事不足的农村愣头小伙许三多在父亲的逼迫下参军，靠着自己对“如何生活得有意义”的理解，以及“不抛弃、不放弃”的信念，一步步从一个“孬兵”成长为优秀的特种兵的故事。《士兵突击》缺少大牌明星，没有波澜壮阔的宏大叙事、生死攸关的激烈争斗，也无富有传奇色彩的人物形象和复杂的男女情感纠葛，甚至未出现女性角色。就是这样一部简单的现实主义作品，竟“意外”地获得上亿观众的青睐，这不得不让人深思。一位学者指出：“《士兵突击》的走红，很大程度在于生动地破译了普通人物获得成功的励志密码，即上进的信念、坚强的意志和善良的品质。”①在此背景下，《士兵突击》看似反潮流之作，然而正是通过它对普通人物现实生活的关注，再次传达了这样的信息：当代社会的人们仍然需要理想的支撑，仍然渴望并呼唤着对真诚、坚持、信仰等美好精神的回归。

四、人民性与中国电视剧的发展方向

2004 年以来，中国文坛出现了一种“底层叙事”的思潮。所谓“底层叙事”，就是以底层为描写对象的一种现实主义叙述，它描写底层人的生活状态，代表底层人发出他们的声音。与此同时，《小说选刊》《天涯》《上海文学》《文学评论》《文艺理论与批评》等文艺核心期刊也纷纷推出理论文章，对“底层叙事”和文艺创作中的现实主义等问题进行研讨和论辩。此后，重走现实主义道路成为文艺思想界最为活跃的话题之一，而现实主义理论资源也成为 21 世纪以来的中国文化本土化思潮中可以凭借的重要部分。

在这一背景下，越来越多的电视剧开始关注小人物的现实生活。这些电视剧的共同之处在于并没有将普通人物的生活简单化与平面化，而是深入了他们生活的内在逻辑中，因此，影片不仅可以为知识分子接受，也能吸引普通观众，显示了它面向“大众”的努力方向。在这方面，《亲兄热弟》是一部成功的代表作品。这是继《贫嘴张大民的幸福生活》之后，又一部反映都市平民生活的作品。两部作品体现着相似的主题——“中国老百姓像地上的草，种长，不种也长，小人物见大光辉”。《亲兄热弟》以现实主义的手法表现普通民众的生老病死、悲欢离合，并且生动地刻画了他们在命运沉浮中坚忍的奋斗精神以及载厚以德的高贵品质，彰显了中华民族世代相传的优良传统，从而受到社会的欢迎。

可以说，以上作品的成功同时也是现实主义创作的成功。这再次证明了只要坚持现实主义的创作道路和价值取向，艺术作品就会受到大众的欢迎。在这里，现实主义不仅仅是一种创作方法，更是一种价值观念。电视剧创作和文学创作一样，面临着如何认识和把握现实生活、如何满足当下受众的需要等问

① 赵玙.《士兵突击》：浮华背后的心灵呼唤[N].光明日报，2008-03-06.

题。这是有难度的，但首先是认识生活把握时代的难度，而不是艺术形式上的难度。这就要求创作者深刻理解现实社会的复杂性，对人物形象的处理要避免简单化和脸谱化的倾向。那种过分相信“编剧法”，一旦情节卡壳发展不下去，便故意制造事件让人物之间产生矛盾，以便推动情节继续前进的人为设计多了，就会让观众产生似曾相识的感觉，对情节的真实性产生怀疑。而那种或者依靠模式化的模仿，或依靠个人想象闭门造车，一味追求娱乐化的消费主义效果，忽视对本土社会和时代的认识、体验的商业化思维，更是造成在电视剧创作上，古装题材多于现实题材、戏说胜过正剧、创作资源枯竭、剧情人物符号化、创作路数狭窄且互相撞车的局面。导致这一局面的一个重要原因，就是电视剧创作忽视了只有生活才是文艺创作取之不尽的源泉。那种相信编剧法甚于相信生活的创作只能离普通民众越来越远。

展望21世纪，伴随中国政治、经济、军事实力的逐步强大，和平崛起的中国形象，更加需要有文化方面的软实力与之相匹配。电视剧作为一种覆盖面广、受众数量巨大的传播艺术形式，不仅会为传播中国文化和东方理念做出贡献，也将成为文化产业中的支柱之一。而在全球化的今天，中国电视剧只有扎根社会现实、面向大众生活才能开辟出自己的传播本土化道路，创作出具有本民族特色的作品。虽然在电视剧对现实的叙述中，仍存在着不同的视角与价值观，但关注社会现实和普通百姓生活的思路却是没有错的，而怎样才能更深入地进入普通人的世界，把握现实生活中人民群众的利益诉求和情感，并以独到的艺术形式加以表现，创作出能为广大中国人民所喜闻乐见的现实主义作品，这不仅是摆在当下电视剧工作者面前的一个课题，也昭示着新世纪中国电视剧发展的一个方向。

文化本土化与现实主义的影像实践

文化本土化是和文化全球化相对应的一个概念。其目的是在现代化的发展过程之中,保持自己民族文化的独特性。笔者以为,在文化本土化过程中,中国电影的创作与传播非常重要,而电影中的现实主义叙事,无疑是文化本土化表意和传播的一个重要路径。

一、文化本土化的时代语境

改革开放以来,中国社会以后发国家的身份成为全球化浪潮中的一员,正在经历着一场巨大的变革。进入 21 世纪之后,以市场经济为核心的全球化加速和深入发展,在导致了世界经济日益一体化的同时,也潜移默化地促使着世界各地的人们在思想和文化上不断趋同化和单一化。

如果说,在 1980 年代,国人还在为先进的西方文明感到震惊,为主动加入全球现代化进程欢欣鼓舞,那么,在 1990 年代,特别是当历史进入了 21 世纪,越过经济和技术层面,越来越多的人看到,这种全球的现代化进程背后潜在的文化和价值灌输,并且让异质文化者不断产生严重的认同困惑和价值危机。可以说,这种变革不仅关乎经济和物质,也深深地触及了人们的思想和观念。因此,变革不仅带来了社会体制的转变,也让中国人的文化和精神家园面临新的挑战。而"如何在'全球化'的背景下保持文化的自主性?如何让价值的、伦理的、日常生活世界的连续性按照自身的逻辑展开,而不是又一次被强行纳入一种'世界文明主流'的话语和价值体系中去"[①],这已经成为包括中国在内的第三

① 张旭东.全球化时代的文化认同[M].北京:北京大学出版社,2005:1.

世界知识分子普遍思考的问题。

在此语境之下，当代中国学者开始关注现代性与民族性的关系问题。可以说，从“传统”走向“现代”，贯穿了近代以来的整个中国历史。现代化是一个普遍主义的理论，而民族化是一个文化种族主义理念，二者既有关联，又有分别，本身就是现代性命题的一体两面。随着社会制度的衍变，文化的普遍性与独特性、历时性与共时性、输入性与本土性等之间的关系与张力在一种世界性的历史变形过程中，无疑有其复杂性和多种形态及质态。更多的学者开始认识到：“说到底，整个世界不可能由完全相同的经济和社会形态组成，在承认人们的生产方式和消费方式日益趋向‘同一’的同时，必须承认在长期历史发展过程中所形成的民族传统和民族特色不可能消失。这些具有民族特色的经济和社会形态经过全球化的‘洗礼’成为具有丰富世界性内涵的民族性。那种认为经济全球化进程中各民族国家将完全丧失自己民族特色的观点，是不符合当前世界客观现实的。经济全球化，只能是建立在民族和国家利益基础上的充满民族性（多样化）的全球化。”[①]今天，有学者在这一思考的基础上，进一步提出要研究经济全球化和文化本土化之间的关系问题。而如何在现代性语境下，有效地实现对本土文化与民族特色的继承与发扬，保持现代性叙事与民族性叙事之间的张力，不仅是改革开放三十年来中国无法回避的书写内容，也是其间文化工作者必须直面的重大课题。特别是在当下全球化和新媒体语境下，对文化本土化的重视与探讨，对于构建中国当代的先进文化、增强国家文化软实力、形成具有中国风格和中国气派的民族文化影响力作用重大。

二、“中国式大片”的现实缺失

20 世纪至今，一轮信息革命的热潮席卷全球。传媒和通信技术改变了我们的现象世界。[②] 而影视和网络正在替代传统的纸媒，成为各国文化生长的主要场域和文化传播的主要载体。文化本土化与影视等现代传媒之间的关系，也已日益成为学界关注的重要话题。

---

① 高鑫，高文曦.全球化、本土化与现代电视传媒[J/OL].媒介研究，2006(1)[2020-10-10].http://rirt.cuc.edu.cn/2011/0915/c3801a93336/page.htm.

② 汤姆林森.全球化与文化[M].南京：南京大学出版社，2002：10.

在影视文化领域，人们把美国好莱坞的商业电影制造业称为世界的梦工厂。但是，也有人对美片独霸天下这一现实背后的文化输出非常警惕，称其为文化帝国主义行为。法国文化部长雅克·郎于1982年甚至在联合国作了《美国文化帝国主义》的演讲，抨击美国的文化产品倾销。[①] 同时，面对着美国影视全球性扩张潮流，其他有着丰厚历史文化底蕴的国家，特别是在影视艺术上曾经创造过璀璨历史的法国、意大利、德国、英国、印度等，都在寻求各种方式进行防守与反击。一些国家在制定本国文化策略的同时，纷纷由政府出台相应的影视文化扶持政策，如予以特殊的补贴等。当然，由于各个国家、各个民族不同的历史文化背景与社会现实，他们的资源现状各不相同，其对本土的文化保护和文化支持实践也不尽相同。但是，不论是欧洲较为发达的“第二世界”，还是后发的“第三世界”，都已经意识到其重要性并正在采取相应的文化本土化对策，来应对全球化的传播文化语境。在中国的影视等传播领域，全球化语境中的本土化问题也已经引起了学者们的高度关注。有学者指出：“目前，由于卫星电视、互联网络的发展，世界范围内的文化交流和融合正在加速。但也应看到来自西方影视文化的包围与侵蚀，一场以文化为武器、以影视为媒介的新的殖民运动正在悄悄展开。亚洲，尤其是中国，被西方称为影视文化竞争‘最后的疆场’。他们极力向中国倾销其影视产品，以及包含其中的价值观念、生活方式，对我国精神文明建设和青少年成长带来了十分不利的影响。因此，在影视艺术文化领域制定出民族文化的应对策略，已是一项刻不容缓的任务。”[②]具体到电影艺术上，所谓文化本土化的策略与实践，并不只是一个口号，也不仅表现在国家扶植政策、制作资金与票房收入上，而是要最终体现在这样一个层面：一个国家的电影艺术，是否能够反映和代表该国家的现实民族精神和历史文化逻辑，是否能够反映和代表该国家的民族梦想、共同梦想和个人梦想。从这个角度思考，则中国电影喜中有忧。

21世纪伊始，中国电影开门见喜。以2002年面世的《英雄》为标志，中国电影进入了一个辉煌的时期，出现了以《英雄》《十面埋伏》《无极》《满城尽带黄金甲》《夜宴》《色·戒》《集结号》等为代表的票房过亿的“中国式大片”。此后，国

① 孟建.“文化帝国主义”的传播扩张与中国影视文化的反弹[J].现代传播，2001(1)：23-24.

② 黄会林.中国影视美学建设刍议[M]//黄会林.艺苑论谭——放言影视戏剧艺术民族化.北京：中国文联出版社，2002：9.

产电影的总票房开始连续6年超过进口大片。2007年，国产电影产量达到400余部，比前一年多了70余部，全国新增银幕493块。① 以至于有人宣布，中国电影已经进入了一个“大巨片时代”“复兴的时代”。

2008年，中国电影大片的发展呈现出更加蓬勃之势，《非诚勿扰》《赤壁》都创下国内电影票房新高。但是，在中国电影喜讯频出和票房数据节节走高的背后，也不乏令人忧虑的现象。有学者指出：“中国式的大片，在根本上来说，这些大片是反市场、反艺术的，因为它以垄断性的宣传和档期取代了市场的自由竞争，以华丽的外表和大而无当的主题、支离破碎的故事取代了对现实的关切与艺术上的探索，以海外资金与跨国运作取代了对民族国家的认同。”②因此，“所谓的‘大巨片’，其元素无非大规模投资、好莱坞式的工业化大制作，以及巨型规模的票房宣传，并追逐高额的票房收入。中国‘大巨片’的出现，只能说明越来越多资本正在涌入电影业，但未必标志着中国电影进入了‘复兴’的全新时代”③。

除了质疑“中国式大片”的好莱坞式的制作模式和垄断性的发行路径之外，评论者们将更多的批评指向了这些大片本身的叙事和表意。在批评者看来，一部成功的电影除了满足观众视听诉求之外，还应该给人以心灵的抚慰和有益的启迪，应该以某种方式连接人们的现实生活和对现实生活的思考，同时打开想象力的空间，让人们去想象一个更为美好的未来，去想象抵达这个更为美好未来的可能性。从这个层面来看，《英雄》《无极》这样的“中国式大片”，的确是形式大于内容的，在华丽精美的画面背后，叙事牵强生硬，缺少足够的内在逻辑的支持，以至于观众频繁笑场。而《色·戒》《南京！南京！》等电影，由于在思想意识的表述上和大部分中国观众的立场观念存在难以愈合的偏差，而引起广泛的争议。可以说，观众在观看这些大片时，预先高涨的期待与走出影院后心灵的空白，形成了鲜明的反差，甚至逐渐产生了一种“越骂越看，越看越骂”的奇怪观影心理。

客观地说，新世纪以来“中国式大片”普遍存在着叫座不叫好的现象。造成这种票房与口碑背离的情况有许多原因，但一个重要的原因就是在全球化语境

① 戴锦华.中国电影不该成“资本的奴隶”[N].解放日报，2008-06-27.

② 李云雷.中国电影：“大片时代”的底层叙事[J].艺术评论，2008(3)：43.

③ 戴锦华.中国电影不该成“资本的奴隶”[N].解放日报，2008-06-27.

中，许多“中国式大片”没有处理好经济诉求与文化使命的关系，片面强调电影商业逻辑，忽视甚至遗忘了影片同时还是本土文化传承的重要载体。众所周知，电影艺术隶属于大众文化，具有形象性、逼真性与虚幻性、复制性共存，娱乐性与游戏性、消费性与商业性兼容的审美特性。电影艺术使昔日文化为少数精英和特权阶层垄断的历史一去不返，它作为一种有声影像文本，其易接受性虽然导致了受众的极广泛性，却也因此容易滑向世俗化乃至庸俗化的方向。特别某些商业电影，单纯以追逐票房和营利为目的，在文化价值上放弃了应有的人文关怀和精神追求，导致其叙事内容空虚，文化底蕴苍白无力，甚至运用各种手段在电影中加入诸如色情、暴力及无意义的搞笑等元素去诱惑大众，迎合和满足大众的感性诉求，其趋众和媚俗表现突出。这样的倾向也出现在一些“中国式大片”上。这些大片用巨资打造的影像奇观的确让人眼花缭乱，但问题是在看完这样的电影后，人们除了因为看到数以吨计的铜液、满地的菊花、被焗了黑油的战马，或者是一滴水飞落在九寨沟绿得不真实的水面上的瞬间而获得短暂的视听冲击之外，很难感受到心灵的震撼和充实。而以《色·戒》为代表的另外一批大片，在叙事上以取消中国的历史文化深度、颠覆和削平中国传统的文化价值、消解中国固有的文化意义为策略，更反映出当前电影界在思想意识和价值取向上的混乱。由于在艺术表达上呈现出的是一种苍白甚至混乱，看电影在此时成了一种低层次的感官满足。应该说，这样的电影除了奉行消费主义，体现资本逻辑和商业表征之外，根本无法承担起光大本土文化和弘扬民族精神的传播使命。如果说这样的电影就是新世纪中国电影的整体代表，能够体现出中国电影的辉煌成就和伟大的复兴，那么我们就需要保持怀疑。而如何能够将影像制作与本土文化承载、虚拟叙事与现实关照有效地结合起来，实现票房与口碑上的双赢，这是新世纪中国电影必须要面对的一个问题，是需要我们认真思考和解决的。

三、中国电影与现实主义

实际上，回顾百年历史，中国电影一直有着文化承载与现实关照的优良传统。无论是早期的默片和左翼电影，还是新中国成立之初的“红色经典”电影，以及 1980 年代以来的谢晋、吴天明等第三代、第四代导演的一批作品，都曾经和时代贴得非常紧密。这些电影文本不仅关注社会和呈现现实，而且积极反映时代风貌和国民精神，同时能够给社会在文化传播上提供一种主流的社会价值观和文化影响力。由于切中了时代脉搏，这些电影很容易得到观众的认同与共鸣，并且在社会和历史上影响深远。

1990 年代以降，市场经济大潮袭来，一个利益分化的世俗社会迅速形成，人们越来越多地局限在自己的利益格局、关系网络当中，而社会也开始分化成各种不同的利益集团和阶层，这也导致社会话语的分裂与思想意识的混乱。这些都使作为本土文化表征和意义传播符号之一的中国电影，在思想意识上的主流叙事变得困难。与此同时，置身在全球化语境和市场经济中的中国电影，逐步为市场运行与资本逻辑所支配，对时代的反映出现了各种错位、障碍和阻隔，一些商业大片更是天马行空地沉溺于自己空中楼阁式的虚拟想象中，和社会现实越来越远。

回顾改革开放后的三十年，在社会转型过程中，中国人的物质生活发生了极大改变，中国人的思想文化和精神观念也发生了极大的变化。应该说，已经旧貌换新颜的中国需要全新的阐释。但是，这种新的阐释并不是跟着全球化的浪潮随波逐流，也不是在西方的强势话语和文化霸权面前缄默失语，更不是为资本逻辑和商业运行所支配，而是要表达属于新时代中国自己的声音。回头来看，新时期以来中国电影的优秀作品大都建立在对社会现实和民族精神的关注和思考上，因此受到观众和社会的好评。而那种脱离现实、忽视甚至违背民族精神的商业大片，虽然“看上去很美”，却最终无法获得观众的口碑。

2004 年以来，中国文坛出现了一种“底层叙事”的思潮。所谓“底层叙事”，就是以底层为描写对象的一种现实主义叙述，它描写底层人的生活状态，代表底层人发出他们的声音。与通俗文学不一样的是，通俗文学是模式化的，主要迎合大众的审美趣味，并使大众在幻想中逃避现实；文学的“底层叙事”则是作家直面现实，并对现实有一种反思、批判的态度，希望引起大众对不公平、不合理之处的关注，以带来改变的可能性。此后，“底层叙事”成为从 2004 年以来文艺界最重要的一个热点，成为文艺界最为活跃的一个话题。

与此同时，伴随着“新纪录运动”的展开以及第六代导演的转型，中国电影中也出现了一些“底层叙事”的影片。中国的“新纪录运动”开始于 1980 年代末期，其在创作方式上倡导纪实性拍摄，大量应用访谈、现场录音、长镜头等手段，强调创作的自主性，关注普通人的生活和社会的变迁。进入21世纪以后，"新纪录运动"仍然在此前的脉络下延展，并且更加强调"底层叙事"，如李一凡、鄢雨拍摄的作品《淹没》、黄文海《喧嚣的尘土》等。

除了纪录片之外，在大片对当下的现实集体失语的时候，一些独立制作出身的中青年导演，更多地承担了叙述现实的工作，比如贾樟柯、王小帅、王全安、张元、路学长、王超等青年导演的部分作品。这些影片侧重反映现实生活和民生疾苦，在对底层的关注中，发展出了独特的艺术形式，代表着中国电影突破"大片"的垄断，关注现实并进行艺术探索的新希望。2006年，被公认为第六代导演领军人物的贾樟柯的金狮奖作品《三峡好人》，与张艺谋的《满城尽带黄金甲》在国内同期上映但票房大败，这是一个具有象征性的事件，不仅意味着第六代与第五代的对决，也是"中国式大片"与"底层叙事"的对决，是两种电影观念、两种电影发展方向的对决。结果，《满城尽带黄金甲》虽然在票房上取得了胜利，却在知识界和观众中引来一片质疑与批评。而《三峡好人》虽然在国内票房表现上不尽如人意，却得到了知识界的极高评价。崔卫平认为《三峡好人》成功地"记录了可以看作中国现代化进程中一个缩影的现实场景，记录了我们这个巨大的变迁时代的毁弃、伤痛和代价，记录了人民在这个大变迁的年代遭受的冲击和无力"[①]。在《满城尽带黄金甲》与《三峡好人》的对比中，《三峡好人》无疑更贴近当下中国的生活，让我们看到了社会现实的变迁及其对人物命运的影响。另外一部"底层叙事"的电影《落叶归根》(张扬导演)，同样在2006年上映，并且取得了很高的票房，显示了不同于《三峡好人》的另一种"底层叙事"倾向。影片以公路片的形式，围绕"背尸回乡"这一传奇性事件，描绘了打工者老赵在回乡途中的奇特遭遇。影片的成功在于其并没有将民工的生活简单化与平面化，而是深入了他们生活的内在逻辑中，因此，影片不仅可以为知识分子接受，也能吸引普通观众，显示了它面向大众的努力方向。

可以说，"底层叙事"是21世纪以来的中国文化本土化思潮的一部分，虽然在电影对"底层"的叙述中，仍存在着不同的视角与价值观，但关注现实和普通百姓生活的思路却是没有错的，而怎样才能更深入地进入普通人的世界，并以独到的艺术形式加以表现，创作出能为广大中国人民所喜闻乐见的影片，这不仅是摆在当下电影工作者面前的一个课题，也昭示着新世纪中国电影发展的一

① 崔卫平.大片呈现低矮的人性小片呈现低矮的现实？[N].晶报，2008-11-19.

个方向。相反，那种面向精英、面向西方、面向商业市场和面向电影节评委的“中国式大片”，由于对中国普通人民生活的严重脱离，不仅反映现实乏力，也在文化传播方面呈现出一片苍白。在关注中国文化本土化的今天，这样一种倾向更加需要反思。因为，在全球化的时代语境中，只有涌现出更多叫座又叫好、能够反映中国社会现实和精神风貌的优秀影片，才能够使中国电影真正崛起。

超越伪现实主义*

——从《蜗居》现象看新世纪以来的现实主义创作

近年来,随着西方现代主义思潮以及大众文化的兴起,传统的现实主义创作在文艺和影视创作中日趋边缘。不过,电视剧《蜗居》的热播,却再一次唤起了人们对现实主义作品的热情。笔者以为,《蜗居》的成功,正是因为其对经典现实主义创作原则的认同。而《蜗居》播出后的巨大反响,也让人们重新思考现实主义创作的当代意义。

一、《蜗居》的热播:一个现象级的话题

2009年春季以来,中国大陆房地产市场"量价齐升",与此同时,一部名叫《蜗居》的电视剧也在全国各地陆续热播。该剧根据六六同名小说改编,围绕"借钱筹款买房"这一核心事件,讲述了几位主人公因此改变命运,甚至走上悲剧之路的故事。就是这样一个小成本制作的电视剧,却在社会中引起了让人惊讶的强烈反响。据报道:"该剧一问世就受到追捧,在各地播出均获得收视冠军。知名影评网站豆瓣网上,超过80%的网友给出了四星以上的高分,网上展开了关于房奴、二奶、贪官的大讨论,让人心有戚戚。"①可以说,对《蜗居》的评说与讨论是2009年的一个重要的文化现象。

从类型上看,《蜗居》被定位为家庭伦理剧或都市情感剧,一些媒体也用诸如"小人物的苦恼""婚姻保卫战"来概括该剧的剧情和主题。不过,这样的理解

---

* 本文最早发表于左岸特刊,后收入《语言文学前沿 第1辑》(中国传媒大学出版社2010年版),原题目为《文学·影视·生活——从〈蜗居〉现象看现实主义创作的当代意义》。收入本书后,部分内容做了修改。

① 白郁虹.《蜗居》:房奴的辛酸泪[N].精品购物指南,2009-11-06.

显然是不充分的，也不能够完全解释《蜗居》的风靡。实际上，如果看完全剧，我们不难发现，《蜗居》在内容上已经远远超越了传统意义上家庭伦理剧的范围，其关注的对象也由具体的家庭危机和情感困惑出发，辐射到了对更加广阔的时代精神和社会问题的考察。从这个层面上来说，《蜗居》在剥离情感戏的外衣之后，真正呈现给我们的，是一部具有严肃态度和深刻内涵的现实主义作品。正如《蜗居》导演滕华弢在对话北京台记者时，就该剧轻松气质背后的深刻思想说："我们愿意拍摄一些现实主义题材的东西，因为这些故事跟我们现在的生活是紧密相连的。尤其现在都市的情感，处在社会高速发展的过程中，人和人之间的故事是我们最想表达的。电视剧以往给大家的感觉更多的是'快餐文化'，要不就是很粗糙的一些东西，要不就是太家长里短了。我跟六六的这三部合作，我们是希望能够给当下留下一些纪念，给 21 世纪初的中国留下一些东西，不简单是一个家长里短的东西，也不简单是一个爱情的东西，而是说它是一个现在的人的状态，这是我们希望的。"①

细观《蜗居》，笔者以为它的确贯彻了现实主义创作的两个基本原则——写真实和写典型。首先《蜗居》具有与时代同步的真实性。一篇关于《蜗居》的报道认为："'房奴''小三''官商勾结'……所有你能想到的社会焦点这里都有，而且真实得近乎赤裸，并因真实而备受争议。"②当下中国，住房、教育和医疗问题，被民间戏称为压在老百姓头上新的"三座大山"，其中住房问题更是当下社会的第一热点问题。很多工薪阶层要么要集中全家几代人之财力，要么要背负巨大的银行房贷债务才能够勉强购买一套属于自己的房子。不言而喻，在住房问题日益突出的今天，越来越多的老百姓正在变成现实生活中的"蜗牛"——这个普通甚至有些卑微的小动物，一生都在吃力却缓慢地四处爬行，而压在它背上的重壳，是它赖以生存的居所，也是它无法摆脱的重负。"房奴"的痛苦和无奈对于许多生活在当下的老百姓来说，就像一道枷锁一样缠绕着他们的生活。"每天一睁开眼，就有一串数字蹦出脑海：房贷六千，吃穿用两千五，冉冉上幼儿园一千五，人情往来六百，交通费五百八，物业管理三四百，电话费两百五，还有煤气水电费两百。从我苏醒的第一个呼吸起，我每天要至少进账四百，这就是我

① 《蜗居》北京热播 滕华弢：电视剧不是快餐文化[EB/OL].(2009-11-13)[2020-11-01].http://ent.sina.com.cn/v/m/2009-11-13/11402768624.shtml.

② 史静远.《蜗居》以房为名引强烈反响[N].东方早报，2009-11-16.

活在这个城市的成本。"这是《蜗居》中女主人公海萍的自白,却同时真正道出了现实中太多"房奴"的共同心声。正如编剧六六所说:"每一个在写字楼中拥有一平方米隔间、月月还房贷、出门坐公交、中午吃盒饭的人,都能从剧中找到自己的影子。"《蜗居》里的很多情节、台词都让观众联系到自己在现实生活中的处境,从而触景生情并激发强烈共鸣。此外,作品还涉及其他一些当下社会存在的热点现象,例如"啃老族"、权色交易与权钱勾结等。

其次,《蜗居》还贯彻了现实主义创作的典型化原则。在《蜗居》中,创作者精心选取了"房奴"的生活作为切入现实的"横断面"。剧中的主人公郭海萍和苏淳是一对年轻夫妇,他们大学毕业,怀着一份希冀和梦想留在大都市打拼。但是在严酷的现实面前,美好的梦想很快变成了压抑的梦魇,作为大都市中普通的工薪族,他们长期挤在一间十几平方米的出租屋里生活,并且在那里结婚生子。为了能有一套属于自己的房子,他们努力工作,拼命攒钱,但是工资收入却赶不上房价暴涨。在这样的无奈、压抑、烦恼与焦虑之下,往日恩爱的模范情侣似乎变成了没完没了吵架的仇人,而生活中所有的事情都变成了家庭中的问题、障碍甚至冲突爆发的线索。可以说,以郭海萍夫妇为代表的"房奴",已经成为今天生活在大城市中的一种"典型环境中的典型人物"。而《蜗居》将"房奴"的生活作为表现对象,无疑具有广泛的现实代表性。难怪有报道认为:"《蜗居》中最打动人心的部分,就是郭海萍夫妇的购房过程,它几乎是赤裸裸地再现了每个在大城市打拼的无房一族的艰辛过程。'赚钱的速度永远赶不上房价上涨的速度','30 年的贷款还完,利息都滚出一套房子了',每个人几乎都曾经发出过类似感慨,在一部电视剧中看到自己的影子,不免有触景生情的震动。贫贱夫妻百事哀,房子问题不仅是单纯的住处问题,它意味着一个完整的家,意味着个人的生活地位,巨大的压力和无处不在的诱惑,在房子问题上格外突出,为此差点把一个幸福家庭拆散,也差点毁掉了一个青春女孩的一生。房奴的故事,有极大代表性,也是社会问题中不可回避的最重要话题。"[①]而剧中真正吸引观众眼球并引起观众强烈共鸣的,并不是人物的情感危机,而是他们因为房子问题导致生活艰辛,甚至被迫改变整个人生的方向。

一部优秀的现实主义作品除了坚持写真实与写典型的创作原则之外,还应

① 刘杨,天虹.《蜗居》直面社会热点　房奴第三者和反腐[EB/OL].(2009-11-13)[2020-11-01].http://ent.sina.com.cn/v/2009-11-13/08562768361.shtml.

该带给人们更深的思考与启迪。今天，具有中国特色的社会主义现代化建设成果辉煌、举世瞩目。但与此同时，我们也应该看到，在我们的社会生活中仍然存在许多问题，例如贫富差距过大和底层民众生活艰辛等。而住房问题就像一面镜子，将这些问题清晰地呈现出来。如何能够减轻底层民众的生活重负，让居者有其屋，进而实现共同富裕的和谐社会，这是《蜗居》留给我们的思考，也是广大民众的共同心愿。正如有媒体指出的："最近，一部反映房价飙升时代都市白领生活状况的电视剧《蜗居》赢得了不少好评，在各地播出均获得收视冠军。究其原因，只是因为'深入民心'。"[①]这样的评论可谓一针见血。

二、对《蜗居》热播的深度思考

在以《潜伏》等引爆的谍战剧与反特剧正在成为国内电视剧市场的"主旋律"的当时，讲述现实生活中小人物故事的《蜗居》却能够另辟一片天地，甚至成为 2009 年度人们热议的一个重要的文化现象，这应该引起我们的关注和思考。在笔者看来，一部影视剧成功与否，并非取决于它的题材和类型，而是要具体看它的叙事表意和创作方式，其背后则是创作者对这个时代和社会的思想意识、文化立场和创作态度。同样，一部影视剧被大家关注与否，也并非取决于它的演员阵容、制作资金和商业操作，而是要看它是否反映其所在时代的社会现实和精神风貌、是否表达社会大多数人的心声。如果从这些指标来衡量，《蜗居》显然和同期许多商业剧有所不同。

从 1990 年代开始，中国的影视产业和其他文化艺术一样，受到了市场经济的剧烈冲击，国产电视剧也在很长时间里陷入了一个"娱乐至上"的误区。进入 21 世纪，国产电视剧仍然在长时间里沿袭了"剧集当家，娱乐做主"的陈旧模式，所谓"美潮过后是韩流，你方唱罢我登场"。在引进电视剧的挤压之下，国产电视剧开始迅速向消费主义和娱乐化需求靠拢，戏说、言情、侠客与鬼神泛滥荧屏。这种商业电视剧唯收视率马首是瞻，在叙事上与时代现实和社会生活严重脱离，在思想性和艺术性方面乏善可陈。造成这种现象的，是"理想主义的 80 年代"被消解之后，文艺和影视界在思想意识和价值取向上的混乱。

可以说，这些一味追求娱乐效果的电视剧在奉行资本逻辑和商业表征之

① 《蜗居》因"共鸣"而精彩[N].时代商报，2009-11-09.

外，完全遗弃了其应有的本土文化承载与社会现实关照的精神使命，导致对电视剧的观看在此时成了一种低层次的感官满足。同时，这种局面也严重损害了国产电视剧的品质和声誉。反思之下，人们开始重新注意到现实主义创作方式对文艺界包括电视剧创作的宝贵价值。特别是2002年《激情燃烧的岁月》取得的高收视率，再次表明反映革命历史和当代生活题材的电视剧未必不受欢迎。此后，中国电视剧的创作开始由一味追求娱乐效果逐渐走向对真实历史和现实生活的关注。反映农村题材的电视剧《民工》《星火》，反映革命和当代军人形象的电视剧《亮剑》《恰同学少年》《士兵突击》，讴歌革命者坚定信仰的电视剧《人间正道是沧桑》《潜伏》陆续热播，其中许多剧作都创造了收视率的新高。这些作品在叙事上关注真实历史和社会现实，在思想上宣扬爱国主义、民族正气和奉献精神等社会主流价值观，并且注意在艺术性方面不断提高，因此受到了广泛的欢迎。

福柯在研究话语与权力的关系时认为：重要的不是话语讲述的年代，而是讲述话语的年代。在福柯"话语即权力"的判断下，考察革命历史叙事在当下掀起的热潮，无疑显得耐人寻味。新时期以来，在"新启蒙"思想大行其道的同时，"个人"替代了"人民"、个人主义替代了集体意识，于是人们纷纷"告别革命，躲避崇高"。进入1990年代，在全球化和商业大潮的冲击下，新自由主义和消费主义成为支配人们生活的内在逻辑，一些既得利益者只关心如何满足个人不断膨胀的欲望，却无视底层民众的基本需求。可以说，以《亮剑》《潜伏》等为代表的革命历史题材电视剧在当下热播，折射出来的更多是当代中国社会的时代症候。这不仅是因为彼时新中国成立60周年所带来的对重启红色记忆的热情，也不仅是因为对革命历史的不断叙述是在当下全球化语境中保持本土化品质和实现国族认同的有效路径，还因为在这些电视剧里反映出来的主题，例如对革命理想与精神信仰的纯净与坚守、对国家命运与人民苦难的忧患与关注、对个人"小我"和民族"大我"的舍取，正是我们这个时代所欠缺和需要的，因此才能被当下民众广泛认可。

不过，正如一些叙述改革和反腐题材电视剧在既定的主旋律规定之下，因为无法突破而形成让人难免审美疲劳的模式，革命历史题材电视剧也沿袭了"让历史告诉未来"的策略，最终只是对当代社会的一个隐喻。而在全球社会和中国现实日益复杂的今天，我们不仅需要以史为鉴的警示与启迪，更需要同步时代、直面现实、聚焦热点和表达民意的现实主义作品。《蜗居》就是反映了这种诉求的一部作品。《蜗居》热播的现象同样告诉我们,只有贴近生活、反映社会真实的故事才能引起人们的共鸣和深思。

三、《蜗居》热播的现实意义

电视剧《蜗居》改编自2007年长江文艺出版社出版的同名小说。今天,关于中国当代文学的评价可谓五花八门,除了老生常谈的边缘论与死亡论之外,近来还出现了“垃圾说”和“高度说”。① 笔者以为,对中国当代文学的评价并非圈子里的少数专家就可以决定的,而是要经过历史的沉淀。笔者同样相信,大浪淘沙之后,能够留下来的,并不一定是那些热闹一时的畅销书,而是那些真正反映了一个时代的社会风貌和民众诉求的作品。路遥的作品就是一个证明。

当然,文学在今天的尴尬地位的确值得我们思考。但是,造成中国当代文学现状的不仅有市场的操作、影视的冲击和网络的普及等诸多外部因素,还有文学自身和现实的严重脱离。别林斯基曾经说过:“没有一个诗人能够由于自身和依赖自身而伟大,他既不依赖自己的痛苦,也不依赖自己的幸福;任何伟大的诗人之所以伟大,是因为他的痛苦和幸福深深植根于社会和历史的土壤中。”②正是在这样的创作观念下,1930年代,现实主义思潮开始崛起并迅速发展成为“19世纪一个主要的,而且是最壮阔、最有益的”文学潮流,且为诸多不同的文艺领域所广泛接受。③ 在现代中国,现实主义也一直是文学的主要创作方式,并为鲁迅和茅盾等不断发扬光大。此后,在社会主义现实主义的发展过程中,人民性原则得到了进一步明确。人民性原则认为文艺要为“最广大的人民服务”,并出现了“三红一创”等优秀作品。但是,从1980年代以来,在“新启蒙”主义的推动下,现实主义创作逐渐被人们冷落,文学主体论与文学本体论成为影响中国文坛的主要思潮,随之而来的是宣扬个人至上的“人的文学”和玩弄技巧的“纯文学”游戏。1990年代,市场化浪潮席卷中国,“纯文学”因为其自吟自唱的写作方向而陷入困境,“人的文学”也蜕变成为书写身体欲望与感官刺激的

① 张柠.垃圾与黄金:中国当代文学评价的两个极端[N].羊城晚报,2009-11-18.

② 别林斯基.别林斯基论文学[M].梁真,译.上海:上海文艺出版社,1958:26.

③ 高尔基.和青年作家谈话[M].//孟昌,等译.高尔基.论文学.北京:人民文学出版社,1978:335.

商业文学。可以说，这样的文学因为严重脱离社会生活而必然会为读者所弃。在这种情况下，现实主义创作重新为一些作家所重视，并出现了所谓的新现实主义作品和新写实小说。不过，新现实主义因为其在写作规则和创作观念上的顾虑，其对现实描写的真实性和批判性被大大削弱，也因此并没有获得广泛的社会认可，最终成为昙花一现的“现实主义冲击波”。而新写实小说因为其追求的零度叙事和价值中立的写作观念，更倾向于对“真实的生活”进行自然主义描写，其“原生态”的背后，一方面是对社会方向和现实本质的无法把握和主动放弃，另一方面是对现实发展中的新自由主义和消费主义逻辑的无条件认同。

进入 21 世纪之后，中国文坛出现了一种底层叙事的思潮。和新现实主义作品以及新写实小说不同的是，底层文学并没有将普通人物的生活简单化与平面化，而是深入他们生活的内在逻辑中，并通过描写普通人的生活遭遇，真实地展示时代精神和社会生活的整体风貌，从而真正实现了让文艺成为“生活的教科书”的现实主义创作理念。因此，底层文学不仅为学院研究者所认可，也为广大的普通民众所接受，显示了文学面向“大众”的努力方向。可以说，在当下，正是底层叙事重新“发现”了现实主义在当代的宝贵价值，并因此实现了对现实主义创作的真正回归。此后，底层叙事成为文艺思想界最为活跃的话题之一，并从文学扩展到影视等领域，而现实主义理论资源也成为 21 世纪以来的中国文化建设中可以凭借的重要部分。

长期以来，农民、民工和下岗工人一直被认为是底层的主体，他们也是当下底层文学的主要叙述对象。而在《蜗居》中，底层的覆盖面显然有所扩大。蜗居的主人公是一对毕业于中心城市江州（上海）的名牌大学学生。在传统的观念中，他们似乎远离底层而更接近未来的中产阶层。但是，当我们看到作品里主人公长期挤在一间十几平方米的出租屋里生活，因为斤斤计较一元钱的得失而彼此争吵，迫于生活压力不得不把女儿送回老家由父母代养等情节，我们不得不承认，他们就是当下城市中的底层。再联想到当下大学生就业艰难等社会问题，我们又无法否认作品叙述的真实性。可以说，在当前经济发展中存在的分配不均与贫富悬殊等问题，正在迫使越来越多的人进入生活的底层。在这个层面上，《蜗居》也是一种底层叙事，并且促使我们进行更多的思考。

电视剧《蜗居》的热播让更多人重新关注小说原著。这启发我们，文学与影视的关系并不一定是互相冲击和排斥的，也可能是彼此促进、共同繁荣的。实际上，考察近年来的电视剧作品，不难发现许多优秀电视剧都改编于文学作品，如《激情燃烧的岁月》《民工》《星火》《亮剑》等。如果进一步考察，可以发现它们大部分都是现实主义题材的作品。这些作品直面历史和现实，表达了对时代精神、革命信仰、国家命运和人民苦难等问题的关注，并且注意在艺术性方面不断提高，因此受到了广泛欢迎。而《蜗居》现象再一次告诉人们，无论文学还是影视，只要坚持现实主义的创作方式，贴近并反映广大人民的生活状况与思想诉求，就能够受到人民的欢迎和认可。

第七编

传承与再现：
新时代文献纪录片的现实主义导向

视界融合视角下的新时代文献纪录片创作*

视界融合是诠释学中的一个主要理论，最早由德国哲学家加达默尔提出。该理论认为，人的视界因为人本身的存在环境而具有必然的历史局限和时代属性，因此，人在创作、理解、阐释和接受任何历史文献的时候都具有时代性的“偏见”，是历史文献所具有的“原初视界”和后来者所带有的“现今视界”之间的交融。[①] 这里所谓的“偏见”，是指作为主体的人在面对历史文献的时候所具有的主观能动性。在视界融合理论里，人的“偏见”不仅无法避免而且十分必要，正是它赋予历史文献当代意义，同时，由于人是一个历史性和社会性的存在，“偏见”不仅是个体意识的体现，还蕴含着这一历史阶段的时代精神和社会诉求。视界融合理论自问世以来，已经在世界范围内的哲学、美学和文艺理论批评领域产生了广泛而深刻的影响。笔者以为，这一理论同样可以用于文献纪录片创作研究。以下，本文就以视界融合理论为视角，结合具体的影像文本，从真实性、艺术性与当代性等层面，对当下的文献纪录片创作进行探讨。

一、历史真实与艺术真实的内在统一

文献纪录片属于纪录片中的一个重要分支，因为其以历史文献为创作资源，所以也被称为历史文献纪录片或历史纪录片。一种对于文献纪录片的狭隘认识是，文献纪录片的创作不过是一些历史文献素材简单的影像化呈现，因此将历史的真实性作为衡量其创作成败的唯一标准。笔者以为，这种狭隘认识的

---

* 本文发表于《中国电视》2019 年第 1 期，原题目为《视界融合视角下的文献纪录片创作》。

① 加达默尔.真理与方法——哲学诠释学的基本特征[M].洪汉鼎，译.上海：上海译文出版社，1999：269.

产生和对纪录片本身的理解偏颇有关。长期以来，对于纪录片的创作都强调其纪实性和非虚构性，却忽视了创作者本身的主体意识在叙事策略和艺术形式上对于纪录片的主观能动性。美国《电影术语汇编》就将纪录片定义为“一种排除虚构的影片。它具有一种吸引人、有说服力的主题，它从现实生活中汲取素材并用剪辑和音响增加作品的感染力”[①]。与此同时，为了保证素材的非虚构性，在纪录片的创作过程之中，人们也更倾向于采用长镜头、跟踪拍摄与同期声的制作方式以及原生态纪录的创作手法。不过，对于真实的极端强调也会破坏纪录片的艺术性，特别是容易造成纪录片在叙事节奏上的缓慢和拖沓，而因为文献素材的不足所产生的许多空镜画面和单一冗长的解说词，也难以满足纪录片受众的观影期待，甚至会让观者产生审美疲劳。随着时代的进步和人们审美诉求的提升，人们开始质疑和反思对于纪录片非虚构性的过度强调，一些原本的支持者也发生了态度转变。例如直接电影的先驱阿尔伯特·梅索斯就承认创作者有权利对真实的原始素材进行加工，他强调：“这里我们可以看到两种真实。一个是原始材料，就是所拍素材，这种真实类似于文学中日记的形式——它是直接的，没有任何人为干扰。另一种真实来自对原始材料的提炼和并置，将其纳入一个更加富有含义的、连续的叙事的形式之中。可以说，此时叙事形式所包含的已经不仅仅是原始资料了。”[②]实际上，阿尔伯特·梅索斯所指出的两种真实，就是指历史真实和艺术真实。今天，更多的人已经达成共识，认为在纪录片的创作之中同样存在文献素材与再现创作的二元关系，前者代表历史真实，后者则属于艺术真实，二者互动互文，融为一体。从视界融合的角度来看，历史真实体现了文献素材所具有的“原初视界”，艺术真实则代表了创作者的“现今视界”。纪录片的创作应该是历史真实和艺术真实的共同体现，也是历史文献的“原初视界”和创作者的“现今视界”之间的视界融合。由此来看，一味强调纪录片创作的非虚构性虽然保证了文献素材的历史真实性，但却排斥了创作者对于文献素材的能动性加工，导致纪录片在创作中过于倚重历史真实而压抑了艺术真实，从而割裂了文献素材所具有的“原初视界”和创作者“现今视界”之间的视界融合。

对于文献纪录片的创作而言，视界融合的作用尤为重要。这是因为，文献

① 冷淞.新思潮、新媒体、新技术语境下的纪录片突围[J].中国电视，2009(11)：47.

② 王迟.论“怀斯曼神话”[J].电影艺术，2017(4)：137.

纪录片的素材主要来自于历史文献，但是因为时代久远等，文献纪录片的创作普遍存在原始资料匮乏的问题，需要通过创作者的艺术真实来弥补；同时，文献纪录片的创作在面对散乱无章的零碎史料的时候，也需要创作者的“现今视界”与历史文献的“原初视界”之间的视界融合，才能够整理和提炼出一种思路、观点和主旨，从而“化史为剧”。具体到创作上，文献纪录片的创作者一方面应该努力了解和掌握历史文献的“原初视界”，因为只有立足于史实，才能尽量继承和传播历史文献的真实性；另一方面，由于文献纪录片创作者的“现今视界”，以及其与文献记载之间的“历史间距”，创作者不应该满足于对于历史文献的简单重现，而需要发挥自己的主观能动性，同时结合艺术的自身需要和文本的内在逻辑，从艺术形式和主题呈现上对文献资料进行合乎时代要求的历史思考、想象与二度创作。此外，在传统的文献纪录片中，主要的画面呈现资源都来自于对老照片、老镜头、老环境等历史文献的影像收集，但是因为时代局限，上述的非虚构素材经常无法满足纪录片的需要，这也需要当下的文献纪录片创作者从“现今视界”的角度，在历史真实的基础之上，对一些环境和人物的影像通过“情景再现”与“数字动画”等艺术形式进行加工。例如，在纪录片《一带一路》里，汉武帝派遣张骞出使西域之际，大家把酒告别等历史场景，都通过演员扮演进行了重现，从而艺术再现了几千年前的历史场景。而对于当时的历史环境，《一带一路》也通过后期的特效合成进行还原，在高质量的特效制作之下，无论是郑和下西洋时的滔天巨浪，还是哥伦布东行时的茫茫大洋，都得到了逼真再现。从传播效果来看，这种艺术真实的影像再现方式并没有破坏历史真实，反而让观者有身临其境的感受。

由此可见，文献纪录片的创作应该切实把握文献“原初视界”与作者“现今视界”的视界融合，只有这样，才可以实现历史真实与艺术真实的内在统一，从而为评论与市场所认可。

二、作品视界和观者的视界融合

当下纪录片在娱乐化的电视节目竞争中已经被电视剧、综艺娱乐节目和动画片等超越，处于电视传播的边缘位置。文献纪录片作为纪录片的一个重要类型，也在创作和传播中面临很多困难。这其中固然有市场经济中电视节目“唯娱是从”的客观因素，而文献纪录片本身存在的故事性和趣味性不足也是影响其传播效果的一个重要原因。文献纪录片的创作只有进行自我突破，才能够提高自己的社会影响力。这里的突破，不仅是指对新的文献素材的挖掘，还体现为在叙事方式上的合理化创新。按照视界融合理论，一个作品的创作和阐释，是创作者、文献文本和观者三方面的对话过程：一方面，在作品的创作过程之中，存在创作者、文献文本之间的视界融合；另一方面，在作品的阐释过程之中，还存在文本和观者之间的视界融合。这就启发我们，在文献纪录片的创作和阐释中，不仅要处理好文献文本与艺术创作的关系，还要充分考虑到观者的审美趣味和诉求。具体到文献纪录片的创作中，创作者应该摒弃高高在上的历史说教，正视观者“现今视界”的观赏要求，在作品中增强叙事的故事性和画面的艺术魅力。

实际上，一部文献纪录片之所以成功，往往是作品视界和观者视界融合的结果。优秀的文献纪录片作品，观者得到的不仅是对史实的了解、思考与启示，还有对引人入胜的故事、画面与叙事艺术的审美享受。文献纪录片《忠诚》就是一部充分展示了画面艺术和叙事魅力的作品。该片以反映人民军队在不同时期对党和人民的忠诚守卫为主旨，属于军事类重大题材文献纪录片。而在创作之中，该片充分考虑到观者“现今视界”的观赏要求，紧扣“军事”二字进行叙事。例如，在片头设计上，该片就模仿了战争题材故事片的开篇，以让人眼花缭乱的战争场面吸引观者，不同战事、军种和武器的交战画面让人目不暇接，带来了极其强烈的视觉震撼力，进而达到了让观者迅速入戏、欲罢不能的效果。而在对和平年代的人民军队形象的建构过程中，《忠诚》仍然坚持对画面的视觉强化处理，在对不同时期的海、陆、空各军种的军事演练和大阅兵等场面威严、气势宏大的壮观场面，以及在“神五”飞天、抗震救灾、国际救援等重大场合的军事协助等画面的呈现中，大量运用特写、推拉和快速剪辑等方式，保证了作品的影像冲击力。而观众在获得强烈的视觉满足之余，也深刻地感受到不同时期人民军队在中国共产党的领导下所取得的骄人成绩，从而产生一种发自肺腑的民族自豪感。可以说，《忠诚》正是立足于作品视界和观者视界融合的创作立场，在为观者呈现激动人心的画面叙事的同时，也非常完美地实现了其作为重大题材文献纪录片的叙事目的。

优秀的文献纪录片不仅具有良好的视听魅力，还有丰富的叙事手法来增强作品的故事性。中国第一部全面叙述抗美援朝战争的文献纪录片《较量——抗美援朝战争实录》(以下简称《较量》)就是一部情节紧张刺激、带有很强故事性的作品。这部由八一电影制片厂制作的文献纪录片在叙事形式上一改传统的平铺直叙的套路,而是借鉴了入话、头回、楔子、悬念设置等传统话本和章回小说的叙述技巧,以及当代战争题材故事片的表现手法,增加了作品的观赏性。在叙事内容上,该片也对浩瀚繁复的有关历史资料进行了仔细审阅、精选,突出和强化了志愿军秘密入朝、夜袭敌营、击溃美国王牌军等带有传奇性和知名度高的重大战事和历史事件,从而极大增加了作品的情节冲突和故事性。正是因为在创作中较好实现了文本和观众之间的视界融合,《较量》上映后深受广大观众欢迎,其票房在当年国产片中名列亚军,还荣获中国电影华表奖最佳纪录片奖和中国电影金鸡奖特别奖两项大奖,成为当年中国电影市场名副其实的黑马。

《忠诚》《较量》等文献纪录片的成功也给我们带来启示,当下文献纪录片作品要想在收视率竞争日益残酷的影视市场拥有自己的一席之地,不能只依靠新鲜的话题和素材,更要内外兼修,以满足受众的观赏诉求为己任,在叙事策略与艺术审美上不断创新,在实现文本"原初视界"与受众"现今视界"的有效融合的同时,充分呈现文献纪录片内在的历史价值与外在的艺术魅力。事实上,随着叙事技巧的不断成熟以及影像表现手段的丰富和提高,近年来,越来越多的文献纪录片已经一改往日单向说教的画面风格,而是寓教于乐,在创作中频繁采取如流动性视角、时空切换以及电影蒙太奇等多样化叙事手法,在画面艺术上也力求精美,经常采取航拍、二维三维动画和电脑特技等高科技手段,因此被一些学者称为"电影大片式"的纪录片。

三、"现今视界"与"原初视界"的视界融合

在视界融合理论中,无论是作者对文献素材的创作,还是观者对作品的解读和阐释,都存在一种时代的视角,这就赋予了文本话语的当代性。同样,作为一种叙事艺术,文献纪录片并非对史料文献的还原堆积,而是一种表意和传播的文本载体,是按照一种画面叙事的方式将史料文献进行有机整合与呈现,从而产生出一种总体性的主题和意义,这也是文献纪录片创作的价值所在。按照

电影大师怀斯曼的说法，真实的文献素材只有在后期剪辑的时候被赋予某种特定的结构，这些素材才能获得确定的意义。从这个角度上来说，文献纪录片创作的主题、价值和意义都源自于创作者“现今视界”与历史文献“原初视界”的视界融合，这就赋予了文献纪录片创作的当代性。当然，这里的当代性并不是简单地体现创作者的个体意识，而是指一种对社会现实、历史发展以及时代精神的充分引领和呈现。

具体而言，对于新时代的文献纪录片创作，当代性主要体现在两个方面：一个是导向性，一个是人民性。《中共中央关于繁荣发展社会主义文艺的意见》认为：“文艺是民族精神的火炬，是时代前进的号角，最能代表一个民族的风貌，最能引领一个时代的风气。”[①]这就明确指出当下文艺在引领民族和时代精神中的导向作用。对于文献纪录片而言，导向性主要体现在温故而知新的历史借鉴方面。在这一方面，文献纪录片《信仰——我们的故事》（简称《信仰》）就颇具代表性。该片拍摄于“拼爹”“颜值”“拜金”大行其道的今天，对于社会普遍存在的崇高信念的缺乏现象，该片的主创深感担忧，并且以电视媒体人的社会责任感，将不同历史时期共产党人的坚定信仰通过纪录片的方式传递给当下观众。如在第二集《壮志换新天》中，纪录片讲述了铁人王进喜带领石油工人以信仰凝聚创业精神，实现了中国从无油、贫油到有油、富油的历史转变的故事。随后，解说词深沉而动情地总结道：“这是什么信仰？是共产党人为建设社会主义而艰苦创业的信仰。一个民族要自立于世界民族之林，需要怎样的精神风貌？一个国家，在艰辛创业的奋斗中，能够达到怎样的精神高度？在那段岁月里，中国共产党人的信仰凝结出的创业精神，给了我们答案。”这段解说词旗帜鲜明地展示了该片的导向性立场，在说明信仰对于国家自强重要意义的同时，也将该片对历史和人物的展现提升到一个新的高度，从而带给电视观众深刻的思考和启示。

文艺的人民性，是当代中国社会主义文艺的一个基本特征，也是习近平新时代中国特色社会主义思想的重要组成部分。近年来，一些引起社会广泛关注的文献纪录片，特别是其中的重大题材文献纪录片，如《长征》《筑梦路上》《将改革进行到底》等，都选择将不同时期的党和人民军队为人民服务的历史贡献作为叙事主题。而事实上，无论是《长征》中的打土豪、分田地，还是《将改革进行到底》中讲述的维护社会公平正义的故事，都与十九大以来“以人民为中心”的

① 中共中央关于繁荣发展社会主义文艺的意见[N].人民日报，2015-10-20.

新时代治国理政新理念相呼应，是历史“原初视界”与当下“现今视界”的有机融合，充分显示了文献纪录片对当下的借鉴意义。

四、结语

习近平总书记曾经高度评价历史认知对当下中国文化自信的重要作用。他指出：“坚定文化自信，离不开对中华民族历史的认知和运用。历史是一面镜子，从历史中，我们能够更好看清世界、参透生活、认识自己；历史也是一位智者，同历史对话，我们能够更好认识过去、把握当下、面向未来。”与此同时，习近平总书记也对今天的文艺如何再现历史提出了自己的看法，他认为：“没有历史感，文学家、艺术家就很难有丰富的灵感和深刻的思想。文学家、艺术家要结合史料进行艺术再现，必须有史识、史才、史德。”[①]习近平总书记的这一讲话同样可以用来指导新时代文献纪录片的创作。而其强调的史识、史才、史德正好可以和文献纪录片创作所具有的真实性、艺术性与当代性互相对应。一部成功的文献纪录片作品，要以基本的历史真实性作为叙事基础，这就要求创作者要有丰富的史识；还要有合理的艺术想象和创作来“化史为剧”，这就要求创作者要有足够的史才；更要以人民喜闻乐见的方式实现历史精神和价值的当代传承，这就要求主创者不仅要有足够的史识、史才，还要在创作中融入立足于以人民为中心的史德。只有满足了以上要求，一部文献纪录片的创作才可以实现历史文献、作者主体意识和当代观众三者的视界融合，从而在其影像呈现中讲好中国故事，弘扬中国精神。

① 习近平.在中国文联第十次全国代表大会、中国作协第九次全国代表大会开幕式上的讲话[N].人民日报，2016-12-01.

以人为本：新时代重大题材文献纪录片的叙事策略解析*

以人为本的理念，是中国共产党人核心价值观的体现，同时也是中国共产党区别于其他政党的一个显著标志。作为国家话语的重要表意与传播方式，重大题材文献纪录片在反映中国共产党历史、中华人民共和国历史和中国人民解放军历史上重大事件、重要人物、重大决策过程的同时，也在不断弘扬中国共产党以人为本、执政为民的政治信仰和执政理念。1990 年代以来，重大题材文献纪录片的拍摄和创作得到了党中央和相关部门的高度重视，相继出现了《毛泽东》《周恩来》《邓小平》《复兴之路》《伟大的历程》《旗帜》《筑梦路上》《长征》等一批引起社会强烈反响的优秀作品。而由于其独特的艺术类型，重大题材文献纪录片在不断进行艺术创新的同时，也在创作实践中不断明确和坚持以人为本的叙事主旨。

一、以人为本的历史脉络

法国叙事学大师热拉尔·热奈特在研究叙事话语时详细论述了叙事、叙述和故事三者之间的区别与关联。他认为，故事即“所指或叙述内容”；叙述是一种“生产性叙述行为”以及“该行为所处的或真或假的总情境”；叙事则将二者整合为一体，是同时包含叙述行为和作为叙述内容的故事在内的完整的“陈述、话语或者文本”。[1]

---

* 本文发表于《现代传播》2007 年第 9 期，原题目为《以人为本：重大题材文献纪录片的叙事策略解析》，收入本书后有增改。

① 热奈特.叙事话语 新叙事话语[M].王文融，译.北京：中国社会科学出版社，1990：7-8.

热奈特的叙事话语理论同样适用于对文献纪录片的解析。作为一种影视文本，文献纪录片也被称为历史文献纪录片或历史纪录片，其创作过程不仅是对一些历史文献的叙述，同时还是一种蕴含了丰富的表意和宣教功能的影像叙事。正如英国纪录电影大师格里尔逊指出的："我们首先是宣传员，其次才是影片摄制者。"[①]因此他对纪录片的定位是那种"带有能够明确地说明一个观点的解说，超越个人去反映社会进程"[②]的影片。

在纪录片类型中，重大题材文献纪录片更是因为其独特的题材类型而与众不同。从国家话语的表达要求来看，重大题材文献纪录片具有"纪录"历史和"导向"现实的双重作用。具体到其创作中，通过影像叙事的方式表现中国共产党以人为本、执政为民的政治信仰和执政理念，再现其带领中国各族人民实现解放、建立社会主义新中国以及实现中华民族伟大复兴中国梦的光辉历程无疑是最重要的国家话语要求。这也决定了在重大题材文献纪录片的影像表述中，展现以人为本的叙事主旨成为一个非常重要的政治原则和创作导向。

以人为本的执政理念，在中华传统文明中有着源远流长的历史。"以人为本"一词，最早见于《管子·霸王篇》的"夫霸王之所始也，以人为本。本理则国固，本乱则国危"。在中国古代文献之中，"人"字和"民"字经常连用，用来指称平民百姓，中国历史上的"以人为本"，更多是强调以人民为本，因此和西方启蒙思想中以个人为本位的人本主义思想并不相同。

以人为本的思想，同样体现在马克思关于人的思想，以及关于人的发展和解放的思想论述之中。在《1844年经济学哲学手稿》中，马克思曾经指出，"有意识的生命活动把人与动物的生命活动直接区别开来"[③]，并且将人作为马克思主义的一个出发点。而在《关于费尔巴哈的提纲》中，马克思明确强调"人的本质不是单个人所固有的抽象物，在其现实性上，它是一切社会关系的总和"[④]。以上论断都体现了马克思主义中蕴含的以人为本的思想。

中国共产党以人为本的执政理念，蕴含了"以人民为根本，谋中华之复兴"的政治目标，其实质是对中国传统文化和马克思主义理论的继承、发展和创新，是对中国共产党立党为公、一心为民和全心全意为人民服务思想的高度概括和

① 巴尔诺.世界纪录电影史[M].张德魁，冷铁铮，译.北京：中国电影出版社，1992：84.
② 巴尔诺.世界纪录电影史[M].张德魁，冷铁铮，译.北京：中国电影出版社，1992：93.
③ 马克思.1844年经济学哲学手稿[M].北京：人民出版社，2000：57.
④ 马克思，恩格斯.马克思恩格斯选集 第1卷[M].北京：人民出版社，1995：54-56.

总结，也与中国共产党提出的代表中国最广大人民的根本利益的政治立场完全吻合。而在实践中，以人为本的思想也成为贯彻中国共产党建党以来的革命和社会实践中的一条主线。早在中国共产党成立之初，毛泽东等党的领导人就明确提出了党的“为人民服务”的宗旨。进入社会主义建设时期，胡锦涛同志在党的十八大报告中明确指出，“坚持以人为本、执政为民，始终保持党同人民群众的血肉联系”，并把“以人为本、执政为民是检验党一切执政活动的最高标准”的说法第一次写入党代会报告。由是观之，以人为本的思想体现了中国共产党的性质和宗旨，是党的合法性的来源，也是党自诞生之日起不断发展壮大的根基和动力所在。这些都决定了对中国共产党以人为本的执政理念进行影像叙事，是重大题材文献纪录片的主要内容和内在规定。

二、以人为本的叙事主旨

从文本解析来看，以人为本的叙事主旨已经成为近年来诸多重大题材文献纪录片的出发点。2007 年中共十七大召开之前，在中央电视台一套黄金时间播出的《复兴之路》，是第一部对中国近现代历史进行全面、系统梳理的纪录片。该片共计六集，时间跨度从 1840 年鸦片战争一直到 2002 年中国共产党第十六次全国代表大会召开，可以说是史诗般的宏大叙事。而如何能够将这 162 年漫长历史之中的重大事件连接在一起，也就成为该片拍摄的一个难题。从文本解读来看，《复兴之路》选择了以人为本的叙事主旨作为贯穿整部作品的一条主线。例如，在该片的前两集“千年局变”和“峥嵘岁月”中，通过对鸦片战争以来一百多年的历史回顾，向人们详细展示了中华民族在实现伟大复兴的奋斗历程之中的沧桑巨变。与此同时，纪录片通过解说向观众发问：在中华民族伟大复兴的道路上，“谁能真正完成反帝反封建的历史使命？谁能让中国人过上有尊严的生活？”从而提出了国家富强和以人为本两个根本性的政治命题。而随着资产阶级领导的民主革命即辛亥革命的失败，解决上述问题的历史使命最终落在了中国共产党身上。随后，纪录片在第三集“中国新生”中，用一组组历史数据来说明中国共产党如何践行实现国家富强和以人为本的奋斗目标：“新生的共和国仅用了半年时间就使全国物价基本稳定，治愈了旧中国无法医治的顽症，农村则继续实行土地制度的改革，先后共使 3 亿多农民无偿获得了约 7 亿亩土地……”而在此后的三集“伟大转折”“世纪跨越”和“继往开来”之中，党中央怀着“以人民为根本，谋中华之复兴”的政治心愿，提出了改革开放和全面建设小康社会的奋斗目标，则再次体现了中国共产党以人为本、执政为民的政治信仰。从播出效果来看，《复兴之路》在社会各界引起了强烈的反响，好评如潮。而其之所以能够取得如此良好的口碑，坚持以人为本的叙事主旨是一个重要的原因。

2011年在央视综合频道播出的重大题材文献纪录片《旗帜》，是一部为纪念中国共产党成立90周年而拍摄的献礼片，在播出后社会反响强烈，最终荣获第九届中国金鹰电视艺术节的“最佳纪录片”奖项。该片的成功，虽然有史料详实、画面精良、细节生动、制作宏大等因素发挥了作用，但归根结底与其以人为本的叙事主旨密不可分。《旗帜》虽然“讲述的是中国共产党的党史，但是我们发现这部党史永远都跟人民群众有着紧密的联系，从中共一大奋斗目标的提出，到中华人民共和国第一次全国人民代表大会的召开，从土地革命到农村革命根据地的创建，从人民代表大会制的确立到《中华人民共和国宪法》的制定……我们均会发现，人民是该片讲述党史的另一条主线，片子意在揭示一个道理：中国共产党始终坚持‘中国人民作为中国土地上的主人，享有充分的民主、自由、人权’”①。通过该片，人们可以看到中国共产党带领全国各族人民进行革命、建设和改革的伟大历程、光辉成就和宝贵经验，进而自然而然地得出结论：中国共产党建党以来的发展史，就是一部中国共产党以人为本、执政为民的革命史、创业史、奋斗史。

2012年播出的重大题材文献纪录片《信仰——我们的故事》，同样表达了中国共产党以人为本、执政为民的叙事主题。在第一集“只要主义真”中，画面中出现了一本打开的共产党宣言，上面写着：“过去的一切运动都是少数人的或者为少数人谋利益的运动，无产阶级的运动是绝大多数人的、为绝大多数人谋利益的独立的运动。”这一句话，也成为贯彻整个纪录片的主题思想。而为了说明中国共产党是立党为公、一心为民的政党，纪录片讲述了地主家庭出身的彭湃在一棵大榕树下毁地契、投身革命的例子。此时，随着画面对历史往事的追寻，镜头中连续出现了从不同角度对当年那棵枝叶繁茂的大榕树的特写。这一画面叙事，无疑蕴含了昔日革命英雄已逝，但是中国共产党人以人为本的政治信

① 胡智锋，周建新.谈大型文献纪录片《旗帜》的创作特点.[J].电视研究，2011(7)：16-17.

仰常青的深刻寓意。

以人为本的叙事主旨还体现在其他一些重大题材文献纪录片的叙事之中，包括对革命领袖传记片的拍摄中。在革命领袖传记片中，最重要的是解决“他是一个什么人”的问题，而以人为本、一心为民的影像叙事则是对这一问题的最好回答。文献纪录片《周恩来》就成功地运用了这一叙事主旨。在最后一集“最后的岁月”中，周恩来住进了医院，这天正是儿童节，在对一代伟人的最后岁月进行影像叙事的时候，编导采用了两条叙事线索并行的方法：一条是周恩来在医院中，另一条是各族儿童兴高采烈地在劳动人民文化宫游玩。在视觉效果上，将两条在情绪上截然相反的画面用蒙太奇结为一体，通过反差增加片子的内在张力，随着观众的情感扩张，画面表达的力度也同步扩大。这种影像叙事，不仅蕴含着革命代代有传人的隐喻，同时也传递着这样一种叙事主旨：正是因为有周恩来这样以人为本、一心为民的老一代革命伟人的无私奉献，才会有下一代的幸福生活。

三、文艺人民性原则的创作体现

在重大题材文献纪录片的创作之中，展现以人为本的叙事主旨，就是坚持文艺的人民性原则。作为马克思主义文艺学和美学的核心范畴，文艺的人民性始终是马克思主义经典作家的关注和论述对象，李卜克内西、列宁、高尔基、葛兰西等对之都有阐述。1942 年，毛泽东《在延安文艺座谈会上的讲话》对文艺的人民性理论进行了中国化的阐述，使之成为中国社会主义文艺学理论体系的一个重要构成。以后，邓小平、江泽民、胡锦涛等党和国家领导，也都多次明确了文艺的人民性理论在当代中国的重要性，提出“坚持以人民为中心的创作导向，艺术之树才能常青”等文艺指导方针。

文艺的人民性原则，同样体现在以习近平总书记为核心的党中央对中国文艺政策的指导中。2015 年，习近平总书记在文艺工作座谈会上特别指出：“社会主义文艺，从本质上讲，就是人民的文艺”，“人民既是历史的创造者、也是历史的见证者，既是历史的‘剧中人’、也是历史的‘剧作者’”。[①]《中共中央关于繁荣发展社会主义文艺的意见》也明确提出文艺创作要“建立经得起人民检验的评

① 习近平.在文艺工作座谈会上的讲话[N].人民日报，2015-10-15.

价标准”，“评价文艺作品，要以最广大人民的根本利益为出发点和落脚点”。[①]

从国家话语层面来讲，文艺的人民性原则同中国共产党以人为本、执政为民的政治信仰相一致，反映了中国共产党和人民是骨肉相连的关系。而对这一国家话语进行影像叙事，也就成为诸多重大题材文献纪录片的重要内容。以2016年央视新闻频道播出的32集重大题材文献纪录片《筑梦路上》为例。作为中国共产党成立95周年的献礼片，同时也是目前有关中共党史的文献纪录片中时间跨度最长、内容最为丰富的一部作品，《筑梦路上》承担着全面反映中国共产党成立95年来光辉历史的使命。而为了完成这一使命，《筑梦路上》在叙事上进行了大胆的创新，以每一集为一单元，用“讲故事、析事理”的方式集中展现了中国共产党党史上的32件大事，在对历史的追寻和还原之中全面展示了中国共产党以人为本、执政为民的历史轨迹，同时用史实回答了跟随中国共产党的领导是历史和人民的必然选择。例如在第八集“战略决战”中，纪录片详细介绍了1947年末国共两党在战场上的一次全面较量。这一年，中国人民解放军从战略防御转入战略进攻。而由于此前中国共产党秉承以人为本的思想，在解放区展开的土地改革深得人心，从而激发人民踊跃报名参加解放军的高潮。纪录片用大量历史数据来说明这一历史事实：“淮海战役中，沂蒙革命老区420万人口中，有近100万青壮年加入了支前民工的队伍，老人、妇女和孩子则在后方为前线摊煎饼、做军鞋。88万辆小推车，如果排成两行，可以从南京一直排到北京。”而在这些数据的面前，人们自然会得出结论，从人心向背来看，国共两党的决战早已在开始之前胜负分晓。从播出效果来看，《筑梦路上》获得了极大的成功，得到了社会各界的广泛好评，被认为是继《复兴之路》《旗帜》之后，近年来中国重大题材文献纪录片的又一部佳作。而之所以能够取得这样的成绩，同其以人为本的叙事主旨密不可分。

2016年播出的另外一部重大题材文献纪录片《长征》，也充分体现了同样的叙事主旨。纪录片为我们重现了这样一段历史事实：80多年前，中国工农红军怀着解放穷苦人民的革命理想，踏上了漫漫长征之路。他们面对着艰险的自然环境的考验，也面对着地面部队的围追堵截和飞机的漫天轰炸。从血战湘江到四渡赤水，从泸定桥到腊子口、翻雪山、跨草地，为了生存，他们吃草根、啃树皮，

---

① 中共中央关于繁荣发展社会主义文艺的意见[N].人民日报，2015-10-20.

但是却时刻没有忘记他们为解放穷苦人民而奋斗的革命理想。在一年多的辛苦跋涉和跨越十一个省的长途辗转之中，中国工农红军的战士们打土豪、分田地，传播党以人为本的政治信仰，因此在所到之处都得到了当地人民的热烈拥护和支持。也正是在人民的积极支持和帮助之下，红军硬是靠着自己的双腿走完了两万五千里的长征路，完成了这看似不可能的历史壮举。而《长征》也用一个个这样的个案叙事说明了一个道理：正是因为以人为本的政治信仰和革命实践，中国共产党才获得了人民的大力支持，这也是党和人民军队战无不胜和发展壮大的力量和源泉。

四、结语

以人为本的叙事主旨，同文艺的人民性原则一起，为繁荣和发展当代中国的社会主义文艺指明了方向。而对这一指导方向的遵循，首先体现在以表征国家话语为己任的重大题材文献纪录片的创作上。这就决定了在重大题材文献纪录片的创作中，影像叙事不仅是镜头语言的历史陈述，同时还必须坚持以人为本的叙事主旨和创作导向，将个体、民族、国家三者的命运有机地融为一体。而解析近年来《复兴之路》《旗帜》《筑梦路上》《长征》等重大题材文献纪录片的成功之处，我们会发现，坚持以人为本的叙事主旨是它们热播和获得好评的一个重要原因。这不仅值得当代中国的影视工作者们关注，也应当引起其他的文艺创作者们的思考。

国家话语的影像再现

——论重大题材文献纪录片的影像叙事

重大题材文献纪录片特指反映中国共产党党史、中华人民共和国国史和中国人民解放军军史上重大事件、重要人物、重大决策过程的文献纪录片，其代表作品包括《让历史告诉未来》《毛泽东》《周恩来》《邓小平》《较量——抗美援朝战争实录》《复兴之路》《伟大的历程》《辉煌 60 年》《旗帜》《忠诚》《长征》等。在当下，重大题材文献纪录片不仅满足了受众从视听层面对历史知识的欣赏诉求，同时还承担着继承历史传统、弘扬民族精神、传播先进文化和培养人们的爱国主义思想情操等重要功能。特别是在对重要历史人物、重大历史事件的回顾和再现方面，重大题材文献纪录片利用影视艺术独特且多样的影像叙事形式，创造了纸媒等传统媒介所难以实现的历史表意效果，并且逐步形成了自己独特的人民美学原则。以下，本文就以影像叙事为切入点，探讨在重大题材文献纪录片里，如何实现作品的历史表意、呈现自己的人民美学原则。

一、“史”性与“诗”性的结合

和其他众多的艺术门类一样，在影像艺术的创作中，形式和内容是密不可分的：无论什么样的内容，都必须借助形式来表达。在这个意义上，形式是有意味的，它本身就是内容的一部分。正如英国艺术家克来夫·贝尔在他的《艺术》一书中所提出的：“有意味的形式就是一切艺术的共同性质。”[①]同理，作为影像艺术的一种，文献纪录片并不是简单的文献资料的影像展现，而是具有独特的表意和宣教功能的，是一种“带有能够明确地说明一个观点的解说，超越个人去

① 贝尔.艺术[M].北京：中国文联出版公司，1984：4.

反映社会进程”的影片。[1] 纪录电影大师格里尔逊即指出：“我们首先是宣传员，其次才是影片摄制者。”[2]而美国史学家海登·怀特则在此基础之上提出了“影像史学”的概念，认为影像作为一种记录历史的方式，可以也应当“传达历史以及我们对历史的见解”[3]。具体到重大题材文献纪录片的创作之中，这种对历史的“传达”和“见解”不仅体现为史实和史料的影像化再现，更体现为建构在正确的唯物史观和价值导向原则之上的历史表意，是国家话语的具象化和形象化阐释。这就决定了重大题材文献纪录片的创作“需要站在国家的高度审视自己的创作过程，用镜头、画面、声音、剪辑等所有电视传播元素，来塑造国家话语的形与神”[4]。当然，这种对国家话语的传播不再是以往那种国家话语对意识形态的口号式灌输方式，而通过一种海登·怀特意义上的“影像史学”来揭示，这就要求创作者对历史进行梳理和阐释，以呈现历史的因果联系和本质意义。在这个层面上来讲，重大题材文献纪录片的制作被赋予“史诗”的特质。它不是单纯的史学研究，而是以史实为基础的影像艺术创作，是以“史”为叙述对象的“诗”。正如孙家正在《关于重大革命历史题材影视创作的几个问题》中指出的：“历史真实不等于艺术真实，只有在符合历史真实和社会本质的前提下，经过艺术想象和艺术构思，艺术地再现历史，才有可能做到历史真实与艺术真实的有机统一，也才有可能创作出思想性、艺术性完美结合，为广大群众喜闻乐见的精品力作。”[5]在此基础之上，重大题材文献纪录片的创作需要实现“史”性与“诗”性的结合，做到历史真实与艺术真实的统一，这也是衡量其思想和艺术水准的一个标尺。这就决定了其画面艺术绝不是简单的画面陈列，而是要通过讲故事的方式来实现表象和表意统一融合，从而实现历史整体性和历史总体性的创作目标。这里的历史整体性和历史总体性必须放置在马克思主义历史哲学的视野下来理解：前者强调历史发展之中的联系性和整体性，反对后现代主义和新历史主义对历史的碎片性和断裂性的解读；后者则强调历史发展的合目的性，反对历史循环论和历史虚无论。

---

① 巴尔诺.世界纪录电影史[M].张德魁，冷铁铮，译.北京：中国电影出版社，1992：93.

② 巴尔诺.世界纪录电影史[M].张德魁，冷铁铮，译.北京：中国电影出版社，1992：84.

③ 谢勤亮.影像与历史——“影视史学”及其实践与试验[J].现代传播，2007(2)：80.

④ 闫东.文献纪录片创作中的历史观、国家观和艺术观——关于《旗帜》的创作实践与思考[J].当代电视，2011(8)：7.

⑤ 孙家正.关于重大革命历史题材影视创作的几个问题[J].电影通讯，1997(9)：4.

二、国家话语的影像呈现

重大题材文献纪录片的创作，不仅是对以往历史文献资料的客观描述、纪录，同时，它还是基于当代视角对以往文献进行重新发掘、组织和阐释的过程，以适应当代价值需求和价值重建的要求。从这个角度来看，重大题材文献纪录片的历史表意，具有“纪录”和“建构”的双重涵义，它不仅有着重要的历史阐释与历史认同的意义，同时还有重要的现实导向意义。从国家话语层面来讲，重大题材文献纪录片的创作，再现了中国共产党带领中国各族人民实现解放、建立社会主义新中国以及在努力实现社会主义现代化等方面的辉煌历史。而通过影像的方式对这一话语进行叙事，显然是重大题材文献纪录片创作的最大现实意义。

以 2016 年热播的重大题材文献纪录片《筑梦路上》为例。《筑梦路上》总共 32 集，内容涵盖了中国共产党成立 95 年以来的重大事件，是迄今为止有关中共党史的文献纪录片中时间跨度最长、涵盖事件最多的一部作品。作为中国共产党 95 周年华诞的献礼片，《筑梦路上》的制作和播出，肩负着全面反映中国共产党 95 周年伟大历程的历史重任。与此同时，通过影像叙事的方式，向全国甚至全世界观众反映建党 95 年的历程、成就和经验，并且进一步解释中国共产党的政治目标与执政合法性等重大课题，成为该片必须要完成的历史表意目标。而从影像叙事的角度来看，《筑梦路上》在历史表意上的确颇具匠心。在创作上，该片以中国共产党党史上 32 件大事为切入点，各构成一集，用“讲故事”的叙述手法全面呈现了中国共产党 95 年的伟大历程，深刻揭示了中国共产党执政的人民性和历史必然性。作品“这样的叙事内容和方式，使跨度将近一个世纪的叙事空间被集中的主线串接起来，这就是一个梦想、一条道路、一组精神。正是这三条主线，揭示了在中国共产党领导下中华民族伟大复兴为什么能够展现出前所未有的光明前景”①。

从社会评价的角度来看，《筑梦路上》的播出获得了极大的成功，收获了舆论的认可和观众的良好口碑，被认为是继《复兴之路》《伟大的历程》《旗帜》之后，重大题材文献纪录片中的又一部力作。而之所以能够取得这样的佳绩，不

① 筑梦路上的故事：梦想 · 道路 · 精神[N].人民日报，2016-06-24.

仅因为其反映的主题重大，也与其影像叙事很好地达到了预期的历史表意效果密不可分。中共中央党史研究室副主任高永中认为："《筑梦路上》的艺术成就也很高。该片通过画面、影像等多种形式讲述中国共产党的故事、中国共产党人的故事，依托重要会议、人物、事件、文献、遗址、数据、图表，穿插有关部门负责人、革命后代、专家学者采访，真实生动地再现了党的历史，充满自信地回应了现实关切，充分发挥了党史以史鉴今、资政育人的作用，是开展'两学一做'学习教育的生动读本，是广大干部群众学习党史的优秀教材。"①

三、影像叙事的历史表意和伟人塑形

在重大题材文献纪录片的制作中，以革命领袖为主导的重要历史人物文献纪录片占据了很大的比例，其目的是宣传党和国家领导人的生平、思想和风范。1990 年，中共中央宣传部、解放军总政治部、广播电影电视部、文化部联合颁布的文件《关于重大革命历史题材影视作品拍摄和审查问题的规定》中明确指出："拍摄重大革命历史题材影视作品都应坚持实事求是的原则，尊重历史，不得随意虚构，不得随意拔高或贬损。"②这一指导思想同样适用于重要历史人物文献纪录片的拍摄。而如何通过影像叙事的方式进行历史表意和伟人塑形，表现其人格魅力和革命意志，也成为相关文献纪录片制作中的一项重要的任务。纪录片《毛泽东》和《邓小平》的总编导刘效礼指出，表现一位伟人，应取实事求是的创作态度。他回忆说："在《毛泽东》一片的创作中，我们已就此问题作过认真的探讨。我们当时的思路很明确：毛泽东是人，不是神，但绝不是一个普通的人。基于这样的创作思路，我们当时尽可能取一种接近于平视的角度去展现毛泽东的伟人风采。"③也就是说，在伟人题材的纪录片中，创作态度应该是客观、平等、实事求是的，尽可能地走近伟人，而不是远远地顶礼膜拜。这种创作态度也同样体现在《邓小平》一片的创作中，并且通过影像叙事的方式明确地呈现出来。众所周知，邓小平的一生波澜壮阔，其经历和主导的二十世纪重大的历史事件很多。但是在文献纪录片《邓小平》第五集《十年危艰》中，编导者则津津乐道于

① 高永中.用历史说话，讲中国故事——文献纪录片《筑梦路上》观后[N].求是，2016(13)：61.
② 关于重大革命历史题材影视作品拍摄和审查问题的规定[J].电影通讯，1990(11)：1.
③ 刘效礼，汪恒.走近邓小平——文献纪录片《邓小平》创作谈[J].电视研究，1997(2)：9.

在江西的一个意外发现：原来，“文革”时邓小平被下放到江西南昌新建县拖拉机修造厂劳动，从住处到工厂，他每天都要沿一条泥土小路往返。编导者将此事放到了《邓小平》中，他们找到现场进行实拍，随后在后期制作时对画面做了特技处理，从而让“邓小平小道”在片中得到客观真实的再现。与此同时，编导者又为“邓小平小道”精心设计了解说词：“在这条崎岖的小道上，邓小平走了三年也思考了三年。有人说中国后来发生的许多事情，就是从这条小道延伸出来的。”此情此景，观众为影像叙事所吸引，曾经遥不可及的历史一下子被拉近了，人们在感慨历史的同时，仿佛跟着小平同志一同走上“邓小平小道”，从而对这位伟大又可敬的老人在非常年代“位卑未敢忘忧国”的形象有更深切的感受。

在重要历史人物传记片的拍摄中，最重要的是解决“他是一个什么人”的问题。这就需要创作者对资料素材具有全面深刻的认识。不过，在画面的表达中，创作者也不要为资料素材所局限，而是要充分利用影像叙事的艺术表达特点，找到不同层次、不同类别的资料素材之间的相互联系，并且进行多维的时空关系拓展，从而做到人物塑形“既在人物之内，又在人物之外”的叙事效果。文献纪录片《周恩来》就成功地运用了这一人物塑形思路。在最后一集《最后的岁月》中，周恩来住进了医院，在对一代伟人的最后岁月进行影像叙事的时候，编导采用了两条叙事线索并行的方法，一条是周恩来在医院中，另一条是各族儿童兴高采烈地在劳动人民文化宫参加儿童节活动的镜头。画面在视觉效果上，将两条在情绪上截然相反的事件用蒙太奇结为一体，反差积累、增加了片子的内在张力，随着观众的情感扩张，画面表达的力度也同步扩大。这种影像叙事，不仅蕴含着革命代代有传人的隐喻，同时也传递着这样一种历史表意：正是因为有周恩来这样鞠躬尽瘁死而后已的老一代革命伟人的无私奉献，才会有下一代的幸福生活。

四、重大题材文献纪录片的人民美学

由于独特的叙事要求和表意规定，在重大题材文献纪录片的影像表述中，人民美学成为一个非常重要的创作原则和表现主题。从历史上看，文艺的人民性原则始终是马克思主义经典作家所关注的重要对象，是马克思主义美学的核心范畴。李卜克内西、列宁、高尔基、葛兰西等对之都有重要的阐述。1942 年，毛泽东《在延安文艺座谈会上的讲话》里对文艺的人民性进行了中国化的阐述，使之成为具有中国特色的人民美学思想，并且成为我国社会主义文艺学理论体系中的一个重要组成部分。正如有学者指出的："毛泽东提出的人民美学思想，就是马克思主义美学的现代性思想，是中国特色马克思主义美学的根本思想。只有在毛泽东人民美学思想指引下，我们才有可能建设联系中国实际的社会主义文艺。"[①]在中国，无论是毛泽东的文艺思想，还是文艺"为人民服务、为社会主义服务"的"二为"方针，以及习近平总书记在文艺工作座谈会上的讲话，人民美学都是其中的核心思想。从国家话语层面来讲，人民美学反映了中国共产党和人民的骨肉相连的关系，为人民服务是中国共产党执政的合法性来源，也是中国人民"永远跟党走"的认同基础。而对这一国家话语进行影像叙事，显然是重大题材文献纪录片的一个重要的意识形态功能。

文献纪录片《邓小平》在创作中就明确坚持了人民美学这一创作原则。纪录片一开头就提出，邓小平曾深情地说过："我是中国人民的儿子，我深情地爱着我的祖国和人民。"这既是邓小平在情感上的真切表述，同时也是纪录片在影像叙事中试图表达的一个主要观点。而正是对人民美学这一创作原则的认同，使制作者产生了走近邓小平，将邓小平作为一个立足于人民的伟人形象进行创作的理念。正如总编导刘效礼指出的："这正是我们在《邓小平》一片创作中要抓住的一个感觉。在这当中，把握住大的感觉，将思考和情感，以及对创作主体准确的认识有机地交融，并艺术地再现，是我们要走近邓小平的关键。比如说邓小平的早年岁月，他也曾经是一个普普通通的人，是逐步走上革命道路的。他的父亲为他选择了留洋的路，而后来的道路却是他自己走出来的。在后来的革命道路上，他经历了'三落三起'，一步步地成长为党的领袖。"[②]这段话，无疑是对邓小平一生的总结：他来自人民、热爱人民、为了人民。因为热爱人民，邓小平才从留洋的路走向革命道路；因为心怀为了人民的远大目标，他才能够不被逆境摧垮，最终成长为党的领袖，受到人民的热爱。可以说，"人民领袖爱人民，人民领袖人民爱"，这一句话也构成了《邓小平》的创作主题。

为了将人民美学这一创作原则通过影像叙事呈现出来，《邓小平》的摄制组也付出了许多努力，他们坚持一切场景全部实地拍摄，为此跋涉太行山、鲁西

① 冯宪光.毛泽东与人民美学[J].文艺理论与批评，2003(6)：5.
② 刘效礼，汪恒.走近邓小平——文献纪录片《邓小平》创作谈[J].电视研究，1997(2)：9.

南、大别山等艰苦地区。摄制组的人员后来回忆说："(我们)冒着七八月间的持续高温，追寻刘邓大军当年的足迹两个月的时间里，采访了近百位当事人和学者，包括老房东、老船工、老村干部和省市党史研究人员，拍摄素材三千多分钟。可以说，从小平同志担任一二九师政委到渡江战役总前委书记这期间，一些重要事件的发生地，我们摄制组几乎全部实地采拍过。虽然在片中受篇幅限制，我们只编上了有限的一小部分，但是，从大量的采访素材中，我们去粗取精、去伪存真，找出了最能反映小平同志性格特征的细节，刻画他每每在中国人民解放事业的紧要关头勇挑重担、顾全大局的伟人风采，也为我们把握全片的脉络打下了基础。"①毫无疑问，摄制组通过两个月的跋涉和大量的民众采访，不仅获得了展现小平同志在中国人民解放事业中心系人民的画面资料，同时也通过不同民众的回忆，丰富了他在中国人民心目中的形象。

人民美学的创作原则也体现在其他众多重大题材文献纪录片的影像叙事中。由中共中央组织部、中共中央文献研究室、中共中央党史研究室以及中央电视台联合摄制的历史文献纪录片《信仰——我们的故事》，同样表达了中国共产党来自人民、热爱人民、为了人民的叙事主题。在第一集《只要主义真》中，纪录片以彭湃为个案，讲述了这个出身大地主家庭的年轻人，因为心怀解放人民的信仰而毁地契、投身革命的光辉事迹。在对这一段历史的回顾中，纪录片没有选择煽情的画面和繁复的解说，而是运用了最直接的影像叙事方式。纪录片画面中出现了一本打开的颇有历史质感的共产党宣言，上面写着："过去的一切运动都是少数人的或者为少数人谋利益的运动，无产阶级的运动是绝大多数人的、为绝大多数人谋利益的独立的运动。"不过，如何才能够让民众相信这一点呢？画面随之切换到对一棵叶繁枝茂的大榕树的特写，解说词这样说道："彭湃用了一种最直接、最直达肺腑的方式，去冲破一个富家子弟与农民兄弟之间的隔膜。就在这棵大榕树下，当一万多农民的面，彭湃将一箱子田契铺约一张张烧毁，而随着那一把火烧掉的是彭家折合成今天每年近400万元人民币的收入。"与此同时，画面中火光跃跃。而此刻观众看到的，不仅仅是烧掉田契铺约的火，更是烧掉不公正的旧社会的火。它还是燃起革命希望的星星之火。而画面中连续出现的从不同角度对大榕树的特写，也可以解读为革命英雄已逝，但

① 华越.从真实的细节透视历史的真实——大型文献纪录片《邓小平》拍摄手记[J].电视研究，1997(4)：59-60.

一切为了人民信仰常青。

习近平总书记指出："伟大的作品一定是对个体、民族、国家命运最深刻把握的作品。"[①]这句话同样可以用来指导重大题材文献纪录片的创作。在重大题材文献纪录片的创作中，影像叙事不仅是镜头语言的有机陈述，同时还承担着重要的历史表意功能。这就要求影像叙事一方面要再现历史的真实感，另一方面要遵循影像叙事独特的表象和表意方式，遵循影像叙事自身的逻辑和规则。与此同时，重大题材文献纪录片还必须体现人民美学原则，将个体、民族、国家三者的命运有机地融合在一起，只有这样，才可以做到"以历史的观点来解释影像，以影像的叙事策略来诠释历史"，实现表象与表意的内在统一。

① 习近平.在中国文联十大、中国作协九大开幕式上的讲话[N].光明日报，2016-12-01.

后记

对于后记，在著述出版之际，作者们大多采取两种方式：要么不写，要么致谢。

我选择致谢。

这是因为，在我人生之路踯躅前行的时候，不期而遇的外力帮助总是让我受益良多。

2001年，因为发表过几篇小说，而被师兄张夏放引荐于曹文轩老师，承蒙先生不弃，忝列门下，沐浴先生恩泽之际，也有机会面聆钱理群、陈平原、洪子诚、陈晓明、戴锦华等北大老师的教诲，结交了刘复生、李云雷、徐则臣等师兄师弟。而今，刘、李已经成为名满京华的文艺评论家，徐则臣也成了茅盾文学奖得主，其成就常常让我汗颜。

2004年，从京城西北移居京城东南，在当时还是“北京广播学院”的中国传媒大学任职，斗转星移、光阴似箭，至今已经16年。此前，关于知识群体的故事，读过钱钟书的《围城》、沈从文的《八骏图》、鹿桥的《未央歌》、戴维洛奇的《小世界》，待到置身其中，才知道现实往往是历史的故事新编。但幸而，也有让我钦佩与感激的同事存在。中国传媒大学人文学院现当代文学教研室的同仁张鸿声、谢筠、陈友军、刘春勇、颜浩、凌云岚、胡洪春，大家学问各有所长，但为人处世却难得地一致：亲和、善良、热心、正直，颠覆了“同行是冤家”的古训，也让我的工作氛围单纯而快乐。世事千变万化，友情的变质格外让人心生惆怅。通识教育中心的李有兵与影视学院的张宗伟，是我相识近30年的老同学，至今友情依然如故。与有兵因为曾经长期共事，更是相知相惜，而他忠厚老实、热心仗义、公正认真的秉性不仅让我几度受益，也让学校对他赞誉有加。让人心怀感激的，有相处多年的熟人，也有鲜曾谋面的“生人”。中国传媒大学出版社的赵均老师，素昧平生，却曾经因为错爱我的一篇文章，而四处推荐发表，其以文为本的编辑态度，在当今流行资本兑换、权力寻租的学术场域，实属凤毛麟角。本书的出版，自然要感激中国传媒大学传媒学术新锐资助奖励项目的支持，同时也要感谢蒋倩和刘广东两位编辑，蒋倩老师为拙著能够尽早问世而尽心尽力，刘广东老师则从专业的编辑立场为书稿提出了许多精准的修改意见，在此谨致谢意。

最后，要感谢我的爱人张晨怡、爱女张恺越、爱子张恺泽，因为心力不逮，没有让你们过上更好的生活，但你们却一如既往地宽恕我，并且容忍我的坏脾气。

张　宏

2020 年 9 月 8 日于北京西城广外蜗居

图书在版编目(CIP)数据

变革时代的镜像:中国现实主义文艺 40 年解析:1978—2018 / 张宏著. --北京:中国传媒大学出版社,2021.12
ISBN 978-7-5657-2862-4

Ⅰ.①变… Ⅱ.①张… Ⅲ.①社会主义现实主义—文艺评论—研究—中国—1978—2018 Ⅳ.①I209.99

中国版本图书馆 CIP 数据核字(2020)第 256916 号

变革时代的镜像:中国现实主义文艺 40 年解析(1978—2018)
BIANGE SHIDAI DE JINGXIANG:ZHONGGUO XIANSHIZHUYI WENYI 40NIAN JIEXI(1978—2018)

著　　者 张　宏
责任编辑 蒋　倩
封扉设计 拓美设计
责任印制 李志鹏

出版发行 中国传媒大学出版社
社　　址 北京市朝阳区定福庄东街 1 号　　**邮　　编** 100024
电　　话 86-10-65450528　65450532　　**传　　真** 65779405
网　　址 http://cucp.cuc.edu.cn
经　　销 全国新华书店

印　　刷 唐山玺诚印务有限公司
开　　本 787mm×1092mm　1/16
印　　张 13
字　　数 219 千字
版　　次 2021 年 12 月第 1 版
印　　次 2021 年 12 月第 1 次印刷

书　　号 ISBN 978-7-5657-2862-4/I·2862　　**定　　价** 59.00 元

本社法律顾问:北京李伟斌律师事务所　郭建平